D0591822

# LES SARMENTS
# D'HIPPOCRATE

Sylvie M. JEMA

# LES SARMENTS D'HIPPOCRATE

*roman*

Fayard

Le Prix du Quai des Orfèvres a été décerné sur manuscrit anonyme par un jury présidé par Madame Martine Monteil, Directeur de la Police judiciaire, au 36, quai des Orfèvres. Il est proclamé par M. le Préfet de Police.

Novembre 2003

*à Natnaël, mon fils*
*à Éliane et Jean, mes parents*

*Moi, je suis la vigne et vous, les sarments. Celui qui demeure en moi et en qui je demeure, celui-là donne beaucoup de fruits, car, en dehors de moi, vous ne pouvez rien faire. Si quelqu'un ne demeure pas en moi, il est comme un sarment qu'on a jeté dehors, et qui se dessèche.*

Évangile selon saint Jean.

Compte bien les jours, ordure : ta fin est proche... Tout finit toujours par se payer.

Mêmes lettres découpées collées avec soin sur un papier bistre un peu gaufré... Même enveloppe grise avec l'adresse tapée à la machine... Même ton... Mêmes menaces... Le professeur Desseauve froissa d'un geste rageur lettre et enveloppe, et jeta le tout violemment au fond du tiroir où s'entassaient déjà les autres courriers similaires qui arrivaient avec une régularité de métronome, un jour sur deux, depuis bientôt deux mois. Assis à son bureau, il passa une main lasse dans sa chevelure blonde que l'âge n'avait pas dégarnie et poussa un profond soupir. Pour la millième fois au moins, il pensa à l'auteur de ces lettres anonymes... Il n'était pas inquiet, simplement agacé par cette ponctualité maniaque et la lâcheté du procédé. De quel côté chercher ce mystérieux correspondant ?...

À cinquante-sept ans, patron du service de gynécologie-obstétrique de l'hôpital, directeur de l'école de sages-femmes, adjoint au maire, membre du Conseil de l'Ordre des médecins et de plusieurs autres instances professionnelles ou honorifiques, il savait que, grande figure locale, sa réussite lui avait apporté nombre d'opposants et d'ennemis. Fallait-il chercher parmi eux ?... Ou bien se tourner du côté « vie privée » ?... Il haussa les épaules : non... Bien sûr, il avait des aventures épisodiques... Jamais assez longues pour que d'éventuels maris jaloux aient le temps d'en prendre ombrage... Suffisamment répétées et discrètes pour que Geneviève, sa femme, en vingt-cinq ans de mariage, s'y soit habituée...

Il eut un nouveau soupir. En fait, cette histoire l'irritait au plus haut point. Il lui semblait avoir entendu dire qu'une des internes du service avait un membre de sa famille inspecteur de police. Il faudrait voir ça... Il resta songeur un instant, puis, refermant d'un coup sec le tiroir aux lettres, se leva et, essayant de vider son esprit de toute pensée importune, partit faire la visite dans l'unité de gynécologie.


L'unité de gynécologie était le secteur le plus éloigné du bureau du professeur Desseauve. Arpentant les couloirs d'une démarche lente et posée, héritée de ses ancêtres paysans, les mains croisées derrière le dos en un geste habituel et machinal, Desseauve répondait, sans y prêter attention, aux bonjours respectueux qu'on lui adressait au passage. Les odeurs si caractéristiques, les mille bruits du fonctionnement quotidien du service, le ballet incessant des blouses blanches ou roses dans les couloirs le rassuraient : ici était son domaine ; ici il était à sa place, chez lui...

Un sourire de fierté éclaira brièvement son visage – laissant muettes de surprise, devant ce qu'elles prenaient pour un signe inhabituel d'amabilité, les deux sages-femmes qui venaient de le saluer. Il y en avait eu, du chemin parcouru, depuis son enfance rude dans ce petit village de Creuse où ses parents étaient agriculteurs, en passant par ses études à Paris, jusqu'à ce poste de chef de service dans un hôpital d'une grande ville normande ! Du chemin parcouru, beaucoup de travail, des épreuves surmontées et de gros sacrifices... Il fronça les sourcils, en proie à quelque souvenir désagréable et, tout aussi soudainement, esquissa un discret sourire de contentement : ses enfants – ses « sarments », comme il se plaisait à les appeler –, partis avec de meilleures armes que lui, iraient plus loin encore ! Surtout Clara, la première de ses filles, qui avait brillamment réussi son concours de première année de médecine et entamait, à dix-neuf ans, la suite de ses études avec enthousiasme et détermination...

Penser à la préférée parmi ses enfants l'avait remis de bonne humeur et c'est presque avec

cordialité qu'il salua la surveillante de gynécologie :

– Bonjour, madame Cavelier, sommes-nous
prêts pour la visite ?

– Bonjour, monsieur. Absolument : nous
vous attendions.

Le rituel était immuable : si, dans chaque
unité, les internes et les chefs de clinique assuraient une visite et une contre-visite quoti-
diennes, la Visite – avec un grand V –, celle
réalisée par le grand patron, ou par son
adjoint, le professeur Buissonnet, entouré de
l'habituel aréopage au grand complet, se
déroulait le matin à 10 heures. Pour sa part, le
professeur Desseauve passait le mardi en
gynécologie et le jeudi en « suites de
couches », les visites du mercredi à l'unité
« césariennes » et du vendredi au « SIG » – surveillance intensive de grossesse – étant assu-
rées par son adjoint.

Aussi, ce mardi matin, le bureau des infirmières et le couloir de gynécologie étaient-ils
remplis de ceux qui souhaitaient ou qui
devaient suivre la Visite. Cyprien Desseauve
jeta un rapide coup d'œil circulaire, notant
avec satisfaction que nul ne manquait à
l'appel. Entourant le chariot qui contenait les
dossiers des hospitalisées, il y avait là : Marthe
Cavelier, l'infirmière surveillante du service
– grande femme brune, mince, le port élégant,

d'une humanité sans faille et d'un professionnalisme rigoureux –, Marc Tobati – jeune chef
de clinique prometteur, à la sulfureuse réputation de Don Juan –, Cécile Brandoni, l'interne
– ses courts cheveux roux et ses grands yeux
verts faisaient caresser à Desseauve l'idée de
remplacer Bénédicte, sa maîtresse actuelle –,
les cinq externes en stage dans l'unité – dont
les visages, aussi pâles que leurs blouses,
disaient assez leur peur d'avoir à répondre aux
questions du patron en cours de visite –, les
trois infirmières de service ce matin, deux
élèves infirmières et trois stagiaires de troisième année de médecine. Au bas mot, seize
personnes qui, suivant le chef de service et le
chariot – avec autant de déférence et d'appréhension que s'il se fût agi d'une statue de la
Vierge –, allaient processionner, avec lenteur,
à petits pas, de chambre en chambre, d'un
bout à l'autre du couloir...

La visite s'ébranla, en bon ordre hié-
rarchique, et la procession s'arrêta à la première station. Extirpant un dossier du fond du
chariot, la surveillante le tendit à Desseauve,
puis, son cahier bien en main, prête à
recueillir la moindre des précieuses consignes
qui tomberaient des lèvres du patron, elle
attendit sans impatience qu'il prenne la
parole.

– Quel est l'externe qui s'occupe de cette
patiente ?

– C'est moi, monsieur.

Une jeune brunette s'avança gauchement, ne sachant trop quelle contenance adopter.

– Très bien... Voyons votre observation, mademoiselle... ?

– Fontaine, monsieur. Laurence Fontaine.

Desseauve ouvrit le dossier qu'il avait en main, en sortit l'observation qu'il parcourut d'un œil critique. Une observation bien faite, visant à apprendre la « démarche médicale » à son rédacteur, devait comporter un interrogatoire précis (sur les antécédents familiaux et personnels, et tous les événements médicaux, chirurgicaux, survenus jusqu'à ce jour), une « histoire de la maladie » qui avait conduit la patiente jusqu'ici, le compte rendu de l'examen clinique qui avait été fait avec rigueur et méthode, et une conclusion diagnostique avec une éventuelle proposition thérapeutique. Cyprien Desseauve releva les yeux et fixa l'externe sans aménité.

– Dites-moi, mademoiselle Fontaine, êtes-vous adepte des *digests* ?

Le visage de Laurence Fontaine passa du blanc au rouge, puis du rouge au blanc avec une surprenante vivacité.

– Des *digests*, monsieur ?

– Des résumés, si vous préférez : votre observation est incomplète, bâclée, mal écrite. Si vous faites médecine dans la perspective d'une profession et pas simplement pour vous

caser avec un bon parti, vous avez du pain sur
la planche !

Joignant le geste à la parole, il déchira théâtralement l'observation, la laissa tomber à
terre avec mépris et conclut :

– Vous êtes dispensée de visite, mademoiselle. Occupez donc ce temps à faire une
observation digne de ce nom que vous vien-
drez me présenter ensuite.

Laissant Laurence Fontaine livide et pétrifiée, la procession s'engouffra dans la
chambre, en ressortit quelques minutes plus
tard et se dirigea vers la deuxième station où
le rituel se répéta :

– Quel est l'externe qui s'occupe de cette
patiente ?

– Aucun, monsieur. Ils n'ont pas eu le
temps. Cette patiente a été opérée cette nuit en
urgence. J'ai fait moi-même l'observation.

Le professeur Desseauve fixa Cécile Brandoni, qui venait de parler tranquillement.

– Croyez-vous que ce soit un service à leur
rendre, Brandoni ?

– Non, monsieur, bien sûr. Mais il fallait
que l'observation soit faite pour ce matin... et
Tobati était d'accord.

Cyprien Desseauve eut le temps de noter le
bref regard de complicité échangé par l'interne
et le chef de clinique. Il en ressentit un curieux
déplaisir : ce jeune coq n'allait tout de même

pas chasser sur des terres qu'il s'était implici-
tement réservées !

– L'avis de M. Tobati m'indiffère, mademoiselle Brandoni, laissa-t-il tomber froidement,
et votre travail ne consiste pas à faire ce que
les externes n'ont pas fait.

Cécile Brandoni le regarda avec calme.

– Rédiger cette observation n'a en rien gêné
mon travail, monsieur. Quant aux externes, ils
ont des semaines devant eux pour en faire
d'autres... Je ne pense pas que ce soit bien
grave.

Cette fille ne manquait pas de cran. Son
insolence renforça l'attrait que ressentait
Desseauve. Ce fut toutefois d'un ton sec qu'il
répliqua :

– C'est à moi d'en juger, Brandoni, veuillez
vous en souvenir.

Tournant les talons, le patron entra dans la
chambre, suivi du groupe des assistants.

À la troisième chambre, le déroulement se
modifia : la patiente hospitalisée était une
patiente « privée » de Desseauve, et seuls ce
dernier, la surveillante et le chef entrèrent.

– Bonjour, madame Chichemont ! Comment va, ce matin ?

– Pas trop fort, docteur... Quand enlève-t-on
tout ça ?

Elle désigna du menton la perfusion qui
s'écoulait lentement jusqu'à son bras gauche.

– Demain, si tout va bien.

– Et puis... je me sens toute drôle... Toute
vide, là, sans mon utérus... C'est tout léger...

– Allons, allons, madame Chichemont !
Vous n'allez pas vous envoler !... Et puis, à
votre âge, il ne vous servait plus à grand-chose,
cet utérus, hein ?... Allez, vous verrez, ça sera
beaucoup mieux comme ça !...

Et la visite se poursuivit, dans le plus strict
respect du rituel, jusqu'à la chambre
numéro 20, après laquelle les participants
s'égaillèrent avec un réel soulagement. Cécile
envisageait, elle aussi, d'aller faire une petite
pause bien méritée lorsque la voix du patron
l'arrêta :

– Brandoni, je vous attends dans mon
bureau en fin de matinée.


Il était midi pile lorsque Geneviève Desseauve, toujours ponctuelle, franchit, du pas
décidé de l'habituée, la porte à double battant
du Body's Center. Installé en centre-ville, dans
les locaux désaffectés de l'ancienne gare rou-
tière, le Body's Center avait su, en quelques
années, se gagner la clientèle de la fraction
aisée de la population. On y trouvait, en effet,
intelligemment réparti dans l'immense espace,
tout le nécessaire (et le superflu) pour l'entretien du corps : professeurs de sport qualifiés,

équipements sophistiqués, installations raffinées et environnement luxueux. Rien n'avait été laissé au hasard...

Franchir la double porte permettait d'accéder à un hall, vaste et lumineux, qui s'élevait jusqu'au toit de l'édifice, constitué par d'immenses verrières. Du hall partaient des sortes de longues coursives colorées, qui, pour certaines, semblaient s'enfoncer dans le sol et, pour d'autres, s'élevaient en ondulations gracieuses jusqu'aux étages qu'elles desservaient, débouchant sur de vastes « couloirs-balustrades » surplombant le hall. Le long des couloirs, côté mur, s'ouvraient les portes des différentes salles, et, côté hall, les balustrades, finement sculptées, permettaient, en s'y appuyant, d'observer le hall et les étages en contrebas.

Partout la lumière : entrant à flots par les verrières du toit ou les grandes baies astucieusement réparties, habilement filtrée pour certaines des pièces, artificielle parfois... Partout des plantes : touches de nature discrètes ou luxuriance végétale selon les emplacements. Partout des miroirs : le pouvoir du corps démultiplié à l'infini... voir et être vu...

Quelques panonceaux permettaient, du hall, de repérer les points stratégiques du centre : au sous-sol, la piscine, ou plutôt *les* piscines – bassin de natation, bassin d'aqua-gym, parcours aquatique avec jets –, et les cabines

d'hydrothérapie ; au rez-de-chaussée, hormis
l'accueil, le bar « sans alcool » et les boutiques
– vêtements et accessoires de sport essentiellement ; au premier étage, les salles de muscula-
tion avec leurs appareils dernier cri, les salles
de gymnastique, danse, yoga, stretching ; au
deuxième, les cabines d'esthétique, les salles
d'UV, le salon de coiffure ; et enfin, au dernier
étage, sous les verrières – qui glissaient en été
pour placer le centre « à ciel ouvert » –, le sola-
rium, la salle de sophrologie et relaxation, et
le restaurant diététique.

C'est vers ce dernier que se dirigea, sans
hésiter, Geneviève. Deux ou trois déjeuners
par semaine, elle retrouvait là l'une ou l'autre
de ses amies qui, comme elle, inactives,
désœuvrées, le conjoint au travail et les
enfants à l'école, venaient préserver leur physique, dans le but – pas toujours atteint – de
conserver leur mari et surtout le train de vie
qui allait avec... Geneviève entra dans le restaurant et sourit : Nicole était déjà là... Aussi
mince, blonde et bronzée que Geneviève, elle
portait, comme cette dernière, un jean
« griffé », un impeccable chemisier blanc et
des tennis de marque. Une luxueuse veste de
sport était négligemment jetée sur une des
chaises vides autour de la table où elle s'était
installée.

– Bonjour, ma chérie ! dit Nicole en se

levant pour accueillir Geneviève. Tu as l'air en pleine forme !

Elles s'embrassèrent, s'assirent et se plongèrent dans l'étude du menu sans parler, prenant plaisir à retarder le moment des confidences – petites ou grandes – pour mieux en profiter ensuite. Les deux femmes avaient, pour ainsi dire, grandi ensemble : seule fille au milieu de quatre garçons, Nicole avait trouvé en Geneviève la sœur qui lui manquait désespérément, et cette solide amitié, forgée sur les bancs de l'école primaire, avait sauvé Geneviève de sa solitude d'enfant unique. Issues, l'une comme l'autre, de vieilles familles bourgeoises, elles ne s'étaient jamais quittées, de classe en classe, partageant les mêmes loisirs, les mêmes amis, le même style de vie facile et dorée.

Tout naturellement, lorsqu'il s'était agi de mariage, Nicole avait choisi Jean-Maxime Hardel-Leblanc, fils, comme elle, d'une notabilité locale, jeune magistrat alors « très en vogue », et devenu, depuis, le procureur du tribunal de grande instance. En revanche, Geneviève était tombée passionnément amoureuse – comme on peut l'être à vingt ans – d'un jeune inconnu, récemment nommé praticien à l'hôpital, et qui, venant de Paris, faisait son apparition dans leur cercle mondain : son mariage avec Cyprien Desseauve avait été rapide, et les relations financières, politiques et professionnelles du père de Geneviève (le professeur

Larivière, président du Conseil de l'Ordre des médecins, chef de service de cardiologie, doyen de la faculté de médecine et député) avaient permis à Desseauve une notoriété tout aussi rapide, et une carrière fulgurante.

Geneviève releva la tête et demanda :

– Tu as choisi ?

– Oui... Je vais prendre un jus de tomate en apéritif... un steak de soja aux petits légumes et, en dessert, un entremets maison. Et toi ?

– Jus de tomate, gratin du pêcheur et brochettes de fruits grillés...

Elles passèrent leur commande et se regardèrent, impatientes comme des gamines.

– Bon, dit Geneviève, commence ! Quoi de neuf ? Ces vacances de la Toussaint ?

– Affreux, ma chérie, positivement affreux !... Tu sais à quel point j'ai horreur de ces vacances... Elles sont tellement prévisibles ! Tous les ans la même chose ! Cette tradition ridicule de mes beaux-parents de réunir tout le monde dans la demeure familiale... La messe qu'ils font dire en mémoire de tous les ancêtres défunts... C'est d'un ennui !... Positivement mortel !... Mais tu connais Jean-Maxime : il y tient tellement !...

Geneviève hocha la tête : cette semaine de Toussaint, bête noire de son amie, représentait un problème tous les ans.

– Vous aviez amené les enfants ?

– Bien sûr !... Tu penses bien que, pour ma

belle-mère, il est hors de question qu'il manque un seul membre de la famille !... Et, de toute façon, Charles et François-Xavier sont encore trop jeunes pour qu'on les laisse seuls, et Margaux mourait positivement d'envie de voir ses cousines...

Elles s'interrompirent pour que la serveuse dépose leurs jus de tomate.

– D'ailleurs... en parlant de ses cousines...

Nicole se pencha vers son amie.

– Je pense que ma belle-sœur ferait bien de surveiller Hélène, son aînée... Tu verrais le genre qu'elle a !... À dix-neuf ans, elle est maquillée comme une traînée, avec des jeans moulants, les cheveux teints, d'énormes boucles d'oreilles pendantes et même un diamant dans le nez !... Elle va mal tourner, c'est sûr ! affirma-t-elle avec la mine gourmande d'une chatte devant un bol de lait. Tu ne serais pas inquiète, toi, de voir Clara comme ça ?

– Oh ! Ça ne risque rien ! Clara est un modèle de sagesse : elle ne pense qu'à son travail, ne sort jamais... Tu sais bien que c'est la fierté de son père !

Nicole ne releva pas la petite pointe d'aigreur contenue dans la dernière phrase et poursuivit :

– Enfin... Je suis tranquille pour un an !... Maintenant, on va préparer les fêtes de fin d'année... Que faites-vous, vous, cette année ?

– Justement : il fallait que je t'en parle. Bien

sûr, nous passons Noël en famille, dans la Creuse, mais pour le 31 décembre, nous avions envie de faire une réception pour fêter nos vingt-cinq ans de mariage. Qu'en penses-tu ?

– Positivement original !... Qui inviteriez-vous ?

– Oh... Tu sais bien... Toujours un peu les mêmes : les amis les plus proches, quelques collègues de Cyprien, deux ou trois conseillers municipaux... La liste n'est pas encore dressée : j'avais espéré que tu voudrais bien m'aider à la préparation...

– Mais bien sûr, ma chérie ! Sans problème ! Quelle excellente idée ! Enfin un réveillon qui sortira un peu de la routine ! Je serai positivement ravie de te seconder !

Elles se turent quelques instants, savourant les plats qui avaient été apportés sur ces entrefaites. Nicole reprit :

– Dis-moi, les enfants, comment vont-ils ?

– Je dois dire que nous n'avons pas trop de problèmes actuellement : Marie veut toujours être journaliste, mais elle n'est qu'en première, elle a le temps de voir... Les jumelles sont toujours aussi adorables !... J'ai du mal à croire qu'elles seront en sixième l'an prochain. Je me demande d'ailleurs s'il ne faudra pas envisager de les placer dans deux classes différentes : elles deviennent vraiment trop inséparables !...

Nicole approuva d'un air entendu.

– Les grands, tu sais... ça suit son cours...

Antoine prépare sa maîtrise de chimie, Clara... sans commentaire...

– Et mon filleul ?

Geneviève eut un sourire attendri à l'évocation de son aîné.

– Oh... Pierre... C'est de pire en pire avec son père... Cyprien ne comprend pas sa vocation : pour lui, sculpteur, ce n'est pas un métier... Et comme ils sont aussi têtus l'un que l'autre...

Elle exhala un soupir, reposa ses couverts, poussa légèrement son assiette.

– Ça t'ennuie si je fume ?

– Bien sûr que non... Mais je croyais que tu avais arrêté ?

– En fait, non... J'ai repris pendant les vacances : tous les enfants étaient partis et...

Elle eut un instant d'hésitation, pendant lequel elle alluma un cigarillo dont elle tira quelques bouffées avant de demander :

– Nicole... Il n'y a qu'à toi que je peux parler... Il faut que je te dise : c'est tellement extraordinaire ! Puis-je te faire confiance ?

Nicole leva un regard étonné sur son amie, notant tout à coup l'aura inattendue, l'éclat nouveau dans le regard, une sorte de jubilation...

– Mais, ma parole, lâcha-t-elle, tu es amoureuse !

– Oh, Nicole ! Je sais que c'est fou... Il est si jeune !... Mais tellement gentil... Tellement

tendre... Et tellement beau !... Si tu le connaissais !...

– Eh bien ! Je n'osais plus l'espérer !...
Depuis le temps que je te conseille de prendre
un amant ! Souviens-toi comme mon histoire
avec Damien m'avait fait du bien !...

– Oui... Bien sûr... Mais Cyprien...

– Enfin, ma chérie, tu sais comme moi que
Cyprien change de maîtresse comme de chemise depuis des années ! Ça n'enlève rien à
votre couple... Vous ne vous entendez pas si
mal, non ?

– C'est vrai..., reconnut Geneviève avec hésitation.

– Alors ? Pourquoi te priver d'une bonne
chose ? Vraiment, je suis tellement contente
pour toi ! Positivement ravie ! Tiens, une nouvelle comme ça, ça se fête ! Je t'offre une coupe
de champagne !

Elle appela la serveuse d'un geste.

Quelques minutes plus tard, Nicole levait
sa coupe.

– Je porte un toast à toi et à... Au fait, comment s'appelle l'heureux élu ?

Geneviève Desseauve posa un doigt sur ses
lèvres d'un air conspirateur et répondit :

– Attends un peu... C'est si récent... Je te
promets que je te le dirai plus tard...

Cécile Brandoni frappa avec détermination à la porte du professeur Desseauve.

– Entrez, Brandoni.

Cécile entra, ferma la porte et resta debout sur le seuil. Son regard parcourut le décor qui, sans lui être familier, lui était connu (qui n'avait pas été convoqué, au moins deux ou trois fois, dans le bureau de Desseauve ?) : les étagères en verre, étonnamment aériennes malgré le monceau de livres, thèses ou revues qui les surchargeait, le grand bureau en acier – limite infranchissable entre le patron et ses visiteurs – où trônait une statuette en bronze d'un accoucheur du siècle dernier, les fauteuils en cuir blanc, l'épaisse moquette grise et, curieusement, sur le seul mur sans étagères où le style moderne de l'ensemble aurait imposé une lithographie abstraite, une reproduction de la *Madone à la chaise* de Raphaël et une grande photographie de Cyprien Desseauve et de sa femme, entourés de leurs six enfants.

Le patron leva les yeux et sourit à Cécile.

– Asseyez-vous, Brandoni, asseyez-vous.

Surprise par cette soudaine cordialité, Cécile s'exécuta.

– Je vous ai demandé de venir (« ordonné », pensa Cécile *in petto*) parce que j'ai un service à vous demander.

Désarçonnée par cette remarque, alors qu'elle s'attendait à un sermon – compte tenu de son attitude à la visite – ou à une tentative de séduction – compte tenu de la réputation de Desseauve –, Cécile ne trouva rien à répondre. Le professeur, sans paraître noter le silence de son interne, continua :

– D'après certains bruits qui courent dans le service, l'un des membres de votre famille est dans la police ?

– Oui, dit Cécile de plus en plus abasourdie, Stéphane...

– Parfait. Je sais que ma requête est un peu... disons... inhabituelle... Mais pourriezvous lui demander de venir me voir ? J'ai un léger problème à lui soumettre, et je préférerais éviter de me rendre au commissariat par discrétion... Vous comprenez ?

– Euh... Oui... Je pense... Je vais lui poser la question...

– C'est ça ! Le plus tôt sera le mieux... Je vous en serai, bien sûr, *très* reconnaissant ajouta-t-il en lui décochant un de ses fameux sourires de séducteur.

Et comme Brandoni prenait congé, il ajouta, avec un regard qui ne laissait pas le moindre doute sur ses intentions :

– À très bientôt, j'espère, Cécile...

## 2

Après avoir dîné d'une choucroute en boîte, largement arrosée d'une bouteille de riesling, il se leva, fit la vaisselle, rangea la cuisine et nettoya la table avec un soin maladif. Il vérifia que la porte d'entrée était bien fermée, les volets clos. Alors seulement, il sortit d'un coffre verrouillé une nappe blanche immaculée, un gros paquet de journaux – dont certains étaient découpés par endroits –, une paire de ciseaux, un tube de colle, quelques feuilles de papier, cinq ou six enveloppes et une paire de gants fins.

Avec application, il étala la nappe dont il lissa lentement le moindre pli, caressant presque religieusement le revêtement blanc. Il disposa ensuite, selon un ordre précis, pièce à pièce, tout le butin qu'il avait extrait du coffre, et, après avoir enfilé les gants et refait le tour de la cuisine en voilant le moindre interstice de jour résiduel, s'assit.

Un long moment s'écoula, sans que rien semblât se passer. La lumière, pauvrement distribuée par un plafonnier étique, habillait la pièce, au-delà du halo lumineux qui se posait sur la table, de mouvances fantasmagoriques. Le seul bruit perceptible était celui des

ciseaux triant, isolant des mots ou des bribes
de phrase.

Penché sur la table, l'homme accumulait
avec précaution cette moisson sinistre et dérisoire, poussant par intermittence quelques
vagues grognements, de fines gouttelettes de
sueur perlant sur son front. Le temps passa...
Il soupira, s'étira, se leva, rangea avec soin les
journaux et les ciseaux, et se servit une bière.
Il but longuement, goulûment, au goulot,
reposa la bouteille sur l'évier et revint prendre
place à la table.

À présent, une sorte de mauvais sourire
jouait sur son faciès vultueux. Il prit une
feuille du papier gaufré qu'il avait préparé, disposa presque amoureusement ses carrés de
papier journal et les colla avec une précision
maniaque. Il se relut une dernière fois et
sourit : un vrai sourire, presque lumineux,
démenti par le bref éclair égaré de son
regard... Il plia le papier en trois, l'introduisit
dans une enveloppe grise, sur laquelle une
adresse était déjà tapée à la machine, et posa
le tout sur le réfrigérateur : il le posterait
demain.

Il rangea avec attention le reste de son matériel dans le coffre, referma ce dernier. Il
attrapa sa bière qu'il finit d'un seul trait, rota
bruyamment, éteignit et quitta la pièce.

Il ne faisait pas encore tout à fait jour, ce vendredi matin, lorsque Cécile Brandoni ouvrit les yeux, juste un peu avant la sonnerie du réveil. Le vent, soufflant par bourrasques, faisait vibrer les fenêtres sur lesquelles la pluie crépitait en percussions allègres. Cécile poussa un soupir : l'hiver était bien là, inutile de se faire des illusions ! C'était le genre de matinée où il aurait été bon de s'attarder au fond du lit chaud et moelleux...

Elle se tourna un peu, regardant avec tendresse l'homme endormi à son côté. Elle sourit : leurs emplois du temps chargés ne leur permettaient guère de passer souvent les soirées ou les nuits entières ensemble, et pourtant, à chaque fois, ces moments privilégiés étaient de réels instants de bonheur. Elle s'étira paresseusement, se pencha sur son compagnon et, déposant un baiser léger sur son épaule, chuchota :

– Salvador... C'est l'heure... Debout !

Le jeune homme grommela, bougea à son tour et, se tournant tout à fait vers Cécile, la prit dans ses bras.

– Oh ! *querida*... Écoute le temps qu'il fait... Ne bougeons pas d'ici... Qu'en penses-tu ? Une journée entière au lit !...

– Bien sûr !... Et si nous sommes en retard au staff, tu iras expliquer tout ça à Desseauve !

répondit Cécile en souriant. Allez ! Je file sous
la douche ! Tu prépares le petit déj' ?

À contrecœur, Salvador ouvrit les bras pour
libérer Cécile, qui, après un dernier baiser,
s'engouffra dans la salle de bains.

Le staff du service, grand-messe hebdomadaire, se déroulait chaque vendredi matin à
7 h 30 précises. Réunion de tous les praticiens
exerçant dans le service (à temps complet ou
partiel), il avait vocation d'enseignement
(raison pour laquelle il était fortement recom-
mandé aux étudiants en stage dans le service
d'y assister) et de planification de la semaine
à venir.

Une fois rassemblés le chef de service, son
adjoint, le praticien hospitalier, les chefs de
clinique des différentes unités (qui permu-
taient tous les six mois), les internes (soumis
au même rythme de permutation), les surveil-
lantes de chacune desdites unités, les externes
et stagiaires du semestre, et les praticiens libé-
raux qui avaient gardé des vacations hospita-
lières (les « attachés »), en tout de vingt à
trente personnes selon les semaines, la cérémonie pouvait commencer.

Ici se discutaient les dossiers les plus déli-
cats, les plus épineux, soumis à la sagacité de
tous pour aboutir à la meilleure ligne de

conduite ; ici se planifiait le tableau opératoire de la semaine ; ici également, le vendredi matin, le patron annonçait d'éventuels changements dans l'organisation ou les méthodes, ou rappelait les réunions de travail ou les congrès prévus ; là enfin, pour clore le staff, prenait place le compte rendu (quotidien quant à lui) de la garde de la veille : compte rendu effectué par l'interne qui présentait chaque cas auquel il avait dû faire face, expliquait sa conduite et la justifiait au besoin selon les questions, réflexions et commentaires de ses aînés... Transmission du savoir, dans la convivialité ou la souffrance, dans la cordialité ou les grincements de dents... Transmission quand même, dans une grande chaîne jamais interrompue, de génération en génération, où le désir de connaissance, le besoin d'acquisition des compétences, la recherche d'une constante amélioration soudaient tous les maillons, indépendamment des frictions, animosités, rancœurs, jalousies, amours ou amitiés personnels : « Respectueuse et reconnaissante envers mes maîtres, je rendrai à leurs enfants l'instruction que j'ai reçue de leurs pères... »

Cécile Brandoni sursauta. Perdue dans sa rêverie sur cette transmission incessante des connaissances et des gestes au fil des temps, elle n'avait pas suivi l'explication que venait de donner Sevgi Karaduman, interne de garde la veille, explication qui n'avait manifestement pas satisfait Desseauve. Tapant rageusement du poing sur la table (ce qui avait ramené Cécile à la réalité) pour mieux marquer son propos, il vociféra à l'adresse de la jeune femme :

– Ce n'est pas un argument valable ! Vous n'auriez pas dû laisser durer l'épreuve du travail si longtemps ! Laisser traîner autant avant d'appeler le chef pour une décision de césarienne, c'était une connerie ! Regardez sur le monitoring : là, là et là, les altérations du rythme cardiaque fœtal !... Vous avez de la chance que le bébé s'en sorte bien !... On ne peut pas se permettre de prendre ce genre de risques en obstétrique, Karaduman : la patience est une vertu pour l'obstétricien, mais l'inertie est un défaut grave... Nous ne travaillons pas sur des machines mais sur des personnes... et qui nous font confiance, qui plus est ! Tâchez de vous en souvenir...

Karaduman, un peu pâle, baissait la tête sous le reproche justifié. « Grâce au ciel ! se dit Cécile, le staff est bientôt fini, sinon, c'est sûr, elle va se mettre à pleurer ! » Sevgi, venue on ne sait comment de sa Turquie natale pour faire ses études en France au titre d'« étudiant étranger » (comme Salvador venait d'Espagne et Anton de Pologne), débutait juste son internat, et son désir de bien faire, de se

« montrer à la hauteur », la rendait fragile et susceptible à la moindre critique... Son soulagement fut nettement perceptible lorsque Desseauve se leva en annonçant :

– Bon... S'il n'y a plus de questions... tout le monde peut aller au travail... Je vous remercie.

Les participants sortirent progressivement de l'amphithéâtre, seuls ou par petits groupes, pendant que Cyprien Desseauve, resté en arrière, entamait une conversation à mi-voix avec son adjoint. Cécile s'approcha de Sevgi et, lui mettant affectueusement la main sur l'épaule, dit :

– Allez, viens prendre un café à l'internat, ça va te remonter. Tu viens, Salvador ?

– Non. Je suis au bloc ce matin. Pas le temps. À plus tard, ajouta-t-il en adressant un clin d'œil à Cécile.

Les deux jeunes femmes sortirent du bâtiment pour se diriger vers l'internat. La tempête faisait toujours rage, noyant les allées, soulevant les feuilles mortes en de capricieux ballets aériens, obscurcissant le ciel matinal... Leurs blouses blanches claquant au vent, à peine protégées des bourrasques par leurs longs manteaux bleus et les cheveux trempés, Cécile et Sevgi arrivèrent enfin à l'internat. C'était un bâtiment carré, sans grâce, qui, au milieu des autres pavillons de l'hôpital – disposés harmonieusement le long des allées –, semblait posé là par erreur. L'entrée, à peine fermée par une double porte oscillant sous les coups de boutoir du vent, donnait accès à un rez-de-chaussée terne surmonté de deux lourds étages : ces derniers abritaient les chambres des internes et la salle de télévision – la cuisine, le réfectoire et la salle de ping-pong étant, quant à eux, au rez-de-chaussée.

Quelques internes s'attardaient encore autour du petit déjeuner avant de gagner leurs différents services lorsque les deux femmes entrèrent, suivies de près par d'autres partici-pants du staff : quelques internes, un ou deux chefs et même quelques attachés qui avaient pris l'habitude de venir ainsi, chaque vendredi (invités par les internes), prendre un café teinté de la nostalgie de leurs années estudian-tines...

– Tiens ! Voilà les gynécos..., dit un des retardataires, attablé devant un grand bol et un monceau de tartines.

– Salut, Mathieu ! On a toujours bon appétit en dermato à ce que je vois...

Les arrivants firent chacun avec soin le tra-ditionnel tour de table, posant la main sur l'épaule de chaque convive, salutation tradi-tionnelle et signe de reconnaissance indispen-sables avant de pouvoir s'asseoir à son tour (sous peine de s'exposer à des projections ali-mentaires diverses ou autres représailles). Dès

que tout le monde fut installé, les conversations reprirent de plus belle. Cécile attira à elle
un bol propre et une grande cafetière fumante,
et servit Sevgi, assise en face d'elle, avant de
se servir elle-même largement. Près d'elle, un
des attachés fit remarquer :

– Elle n'est pas mal, cette fresque... Je ne
l'avais pas encore vue terminée...

– Ce sont des étudiants des Beaux-Arts qui
sont venus la faire, répondit un des internes
présents.

Cécile leva les yeux sur la grande fresque qui
courait tout le long des murs du réfectoire et
sur les fenêtres rencontrées au passage. Elle
n'y faisait plus attention, à la voir tous les
jours. De loin, la réalisation était magnifique :
haute d'environ un mètre, d'inspiration médié-
vale, elle explosait de couleurs chatoyantes, de
personnages innombrables côtoyant des ani-
maux mythiques, d'enluminures rehaussées de
dorures... Mais, en s'approchant un peu, on
distinguait aisément que tous les personnages
participaient, en fait, à une gigantesque orgie
– que n'aurait pas reniée Rabelais –, adoptant
des positions classiques, curieusement acroba-
tiques ou même inconnues du *Kama-sutra*, ne
laissant aucun espace d'un personnage à
l'autre, vaste puzzle grivois, voire franchement
pornographique... Cécile soupira, excédée : ce
vieil esprit carabin, héritage du temps où les

salles de garde étaient uniquement mascu-
lines, l'agaçait souvent. Mais, même si parfois
cet esprit se faisait plus discret, il était difficile
d'y échapper, quel que soit l'internat... Cécile
baissa les yeux sur son café, attrapa une tar-
tine et la beurra lentement.

– Finalement, il a pas tant gueulé pour ma
connerie, dit tout à coup Sevgi.

Cécile sourit : avec son accent, Sevgi donnait un air chantant même aux grossièretés.

– Non... Mais c'est vrai que c'est toujours
difficile de prendre au bon moment une décision de césarienne. Je me demande si on arrive
vraiment un jour à être sûr de soi...

Valérie, une des femmes de service, surgit à
cet instant.

– La surveillante des consultations a
téléphoné, mademoiselle Karaduman : les
dames commencent à s'impatienter dans la
salle d'attente...

Sevgi finit son bol, s'essuya soigneusement
avec la nappe et se leva :

– Bon. J'y vais. À plus tard.

– Bonne journée !

Cécile suivit des yeux la mince silhouette de
Sevgi et jeta un œil à sa montre. Elle avait bien
encore cinq minutes...

– Valérie, dit-elle avec un grand sourire, je
reprendrais bien un peu de café...

Le staff terminé, et après avoir mis au point avec le professeur Buissonnet, son adjoint, quelques modifications concernant les cours de gynécologie-obstétrique aux étudiants de quatrième année de médecine, le professeur Desseauve regagna son bureau pour y prendre connaissance de son courrier et régler quelques problèmes en cours.

D'un geste machinal, il tria rapidement les enveloppes déposées sur le bureau, les classant par catégories : résultats d'examens de laboratoire, missives administratives, envois universitaires, lettres de collègues, propositions de participation à des congrès, publicités diverses... Pas de nouvelle lettre anonyme... C'était attendu : comme prévu, il en avait reçu une hier, et donc, probablement, la prochaine serait demain ou lundi.

Il tapota sur son bureau avec agacement. La lettre d'hier avait amorcé un changement de ton : aux menaces le visant s'ajoutaient des insinuations plus ou moins malveillantes sur sa famille... Si l'auteur de ces lettres comptait l'impressionner, c'était raté ! Il ne permettrait pas qu'on touche un seul cheveu de la tête de ses enfants ! Ses enfants qu'il aimait plus que tout au monde... même s'il ne savait pas toujours le leur montrer. Clara, si sérieuse, sa préférée... Marie, la romantique... Antoine, le bûcheur... Les facétieuses jumelles, et même ce fumiste de Pierre, au caractère pourtant si proche du sien... Personne n'y toucherait ! Il allait foutre tous les flics au cul de ce maniaque, et cette histoire allait s'arrêter une bonne fois pour toutes ! Un peu calmé, il appuya sur l'interphone.

– Krügel, mon café !

Comme si elle n'avait attendu que ce signal, Bénédicte Krügel, après avoir frappé un coup discret, s'encadra dans la porte, un petit plateau à la main. C'était une femme de trente-cinq ans, pas très grande, avec des cheveux blonds aux boucles indisciplinées et de grands yeux bleus, à peine masqués par des lunettes à monture extravagante. Ses rondeurs un peu exubérantes s'habillaient d'une jovialité, d'une bonne humeur constantes et d'un dynamisme à toute épreuve qui les faisaient aisément oublier. Pour l'heure, son visage habituellement souriant reflétait une gravité surprenante. Elle ferma vivement la porte derrière elle et, posant le plateau près de Desseauve, elle dit :

– Cyprien, il faut que je te parle.

– Écoute, ce n'est pas le moment. J'ai des tas de problèmes à régler. On verra ça plus tard.

Et, soulignant son propos d'un geste de la main :

– Allez, allez... Laisse-moi... On verra ça plus tard, je te dis.

Bénédicte Krügel sortit à regret, l'air, cette fois, franchement mécontent.

Le professeur Desseauve soupira, s'appuya contre le dossier de son haut fauteuil en cuir, laissa tomber deux sucres dans sa tasse et commença à remuer sa cuillère d'un air absent. Bon. Que lui voulait encore Bénédicte ? Six mois auparavant, il avait été séduit tout à coup par cette jeune femme qu'il voyait pourtant quotidiennement depuis des années. Il avait soudain découvert sa joie de vivre, son rire communicatif, sa façon suggestive de balancer les hanches à chaque pas, ses fesses rebondies, sa poitrine généreuse et ses rondeurs accueillantes... Leur relation avait été simple, au départ : Bénédicte avait, dans l'amour, le même appétit, la même joie, la même belle simplicité que dans la vie quotidienne...
Quand donc avait-elle commencé à lui parler de divorce et de vie commune ? Elle envisageait sans sourciller de quitter son mari et même sa fille de onze ans, et attendait la même chose de Desseauve, perdue dans le rêve d'une vie nouvelle vibrante de passion... Il haussa les épaules. L'idiote !... Il était temps de lui mettre les points sur les *i*. Il but son café d'un trait et sourit : il fallait quand même reconnaître à Bénédicte sa compétence à faire

un très bon café... Il se remit au travail, éliminant toute pensée parasite.

Il était plongé dans la relecture d'un article qu'il devait envoyer, pour publication, en fin de mois lorsque l'interphone retentit. Réprimant un mouvement d'humeur, il appuya sur le bouton.

– Oui ?

– Le lieutenant Stéphane Brandoni désire vous voir.

– Ah, très bien ! Dites-lui d'entrer.

Desseauve sourit avec satisfaction. Cette petite Cécile avait donc fait la commission... Bien... Il faudrait voir à faire plus ample connaissance avec cette intéressante jeune femme lorsqu'il aurait rompu avec Bénédicte... Il baissa les yeux sur son article, reprenant sa lecture.

– Entrez, dit-il lorsque Brandoni frappa, et, sans lever les yeux, il ajouta :

– Asseyez-vous, monsieur l'inspecteur, je finis ce chapitre et je suis ensuite entièrement à vous...

– Je n'en demande pas autant, rétorqua une voix féminine au timbre agréable et posé.

Desseauve releva la tête brutalement et fixa avec étonnement la jeune femme debout devant lui. Elle offrait une frappante ressemblance avec Cécile Brandoni, mis à part les cheveux, coupés court, et la couleur d'un roux plus sombre, auburn. À mieux y regarder, elle

paraissait également plus petite que Cécile...
Mais c'était le même regard vert qui, pour
l'instant, croisait le sien avec ironie.

– Je suis désolé..., commença Desseauve.

– Je vous en prie... Je suis habituée... On ne
s'attend généralement pas à voir des femmes
dans la police..., ajouta la jeune femme avec
un sourire narquois.

Le professeur Desseauve, surpris un instant,
retrouva instantanément ses habitudes de
séducteur. Se levant avec courtoisie, il désigna
un des fauteuils à Brandoni.

– Surtout des femmes aussi charmantes...
Asseyez-vous, je vous en prie. Voulez-vous
boire un café ?

– Non, merci. Je n'ai pas beaucoup de
temps. Ma sœur m'a fait part de votre requête,
et je suis ici à titre exceptionnel, après avis de
mes supérieurs. En général, les personnes qui
font appel à nos services se déplacent à l'hôtel
de police.

– Oui, je sais. C'est pourquoi je vous en sais
gré. C'est vraiment très aimable de votre part.

– Ne me remerciez pas : je ne serais pas
venue si mes supérieurs ne me l'avaient pas
demandé... Alors, quel est donc le problème ?

« Bon, pensa Desseauve, voilà une jeune
femme qui ne s'embarrasse pas de longs
préambules... » Il retourna s'asseoir à son
bureau, ouvrit un des tiroirs et, en sortant tout

le contenu, le posa théâtralement entre Brandoni et lui.

– Voilà le problème : ces saloperies qui arri-
vent tous les deux jours depuis deux mois.

Sans bouger de son siège et désignant les
lettres du menton, Stéphane demanda :

– Lettres anonymes ?

– Oui. Des menaces... D'abord contre moi,
et, depuis hier, des propos plus ou moins hos-
tiles contre ma famille.

– Pourquoi avoir attendu deux mois pour
faire appel à nous ?

– Je pensais que ç'allait s'arrêter...

– Je vois... Désirez-vous porter plainte ?

– Je veux que ça s'arrête ! Je veux qu'on
retrouve ce malade et qu'il stoppe ça. J'exige
que ma femme et mes enfants soient protégés
par vos services.

Stéphane Brandoni hocha la tête.

– Je ne peux rien vous promettre. Les lettres
anonymes, ce n'est pas de mon ressort... J'ap-
partiens à la brigade criminelle. Mais je peux
transmettre votre plainte au service concerné.
Quant à la protection de votre famille, je ne
crois pas qu'elle soit nécessaire en l'absence
d'un nouvel élément.

– Quoi, un nouvel élément ? Est-ce qu'il faut
que ce taré tue un de mes enfants pour qu'on
soit protégés ? C'est le rôle de la police de
défendre les citoyens ! Nos impôts vous font
vivre, il me semble ! Mais ça ne va pas se

passer comme ça, faites-moi confiance ! J'en parlerai en haut lieu, j'ai de nombreux amis, croyez-moi !

– Je vous crois volontiers, professeur Desseauve, répondit Stéphane avec calme, mais je doute qu'ils se chargent personnellement de l'enquête... Alors, en attendant, je vais transmettre au service concerné. Maintenant, si vous voulez bien m'excuser...

Et Stéphane Brandoni sortit de la pièce avant que Cyprien Desseauve, médusé, n'ait le temps de laisser éclater sa fureur.


La pièce baignait dans une douce chaleur qui contrastait violemment avec le froid extérieur. Les rideaux tirés maintenaient une semi-pénombre. Une musique *New Age* s'entendait en sourdine. Sur la moquette, deux paires de chaussures, deux jeans, des vêtements jetés à la va-vite... Dans le lit, Clara Desseauve bougea un peu, puis s'étira longuement avec délices.

– Humm... Qu'est-ce que c'est bon... On est bien, hein ?

Elle leva un regard amoureux vers l'homme qui, allongé à son côté, la tête appuyée sur une main, la regardait. Il lui rendit son sourire.

– Tu veux une cigarette ?

– Ce n'est peut-être pas raisonnable, répondit Clara, soudain hésitante.

– Pourquoi, ma chérie ? dit-il en se penchant sur elle pour l'embrasser.

– Eh bien... Je ne voulais pas te le dire tout de suite... Je voulais te faire la surprise... Je suis enceinte.

Il se redressa brutalement, toute tendresse disparue.

– Enceinte ? Comment ça, enceinte ? Il n'en est pas question !

Sidérée par la brutalité de cette réaction, au bord des larmes, Clara balbutia :

– Mais... c'est toi-même qui m'as dit que tu serais tellement heureux d'être père... Tu étais d'accord, il y a trois mois, pour que j'arrête ma pilule... Je ne te comprends pas...

– Je ne te demande pas de me comprendre... Je ne veux pas de cet enfant, c'est tout. Débrouille-toi comme tu veux.

Et, sans ajouter un mot, il se leva, s'habilla rapidement et sortit en claquant la porte, un sourire curieusement satisfait sur les lèvres.

## 3

Une petite bruine, fine mais ininterrompue, trempait peu à peu le col de son manteau, lui glaçant la nuque. Le vieux feutre usagé protégeait à peine son crâne maigrement garni de quelques cheveux grisonnants... Il frissonna, resserra d'un geste frileux la ceinture du pardessus et tapa un peu des pieds pour se réchauffer. Il jeta un œil à sa montre : elle ne devrait pas tarder.

Voilà un peu plus de deux heures que, sur les pas de Geneviève Desseauve, il était arrivé devant ce petit hôtel discret, un peu à l'extérieur de la ville... Ses épaules se soulevèrent en un rire silencieux : depuis qu'il avait décidé de suivre Desseauve et les membres de sa famille, tantôt l'un, tantôt l'autre, au gré de ses envies et de ses possibilités, il avait appris des tas de choses instructives... Ses lèvres se retroussèrent en un sourire méchant. De quoi alimenter nombre de nouvelles lettres... jusqu'au jour où il n'y aurait plus besoin des lettres...

Il se rencogna un peu sous le porche qui l'abritait à peine, pour se dissimuler au regard du jeune homme qui venait de franchir la porte de l'hôtel : non pas qu'il craignît d'être reconnu – le jeune homme était de ceux qui ne s'intéressent qu'à eux-mêmes, ne voient qu'eux-mêmes –, mais pour l'observer tout à loisir ; sa démarche, son attitude, l'expression de son visage et cent autres petits détails le lui rendaient, spontanément, antipathique ; cependant, le fait qu'il était l'amant de Geneviève atténuait un peu son aversion. Tout ce qui pouvait nuire à Desseauve le réjouissait.

Il ricana, se remémorant ses découvertes de la veille. Décidément, cette famille était bien intéressante... Derrière la belle façade sociale, si lisse, il s'en passait de belles !...

La pluie redoubla d'intensité. À cet instant, Geneviève Desseauve franchit, à son tour, la porte de l'hôtel. Elle jeta un bref coup d'œil circulaire, ouvrit d'un geste élégant son parapluie Hermès, s'attarda encore un peu sur le seuil, un sourire rêveur sur le visage, puis s'engagea sous les gouttes d'une démarche alerte.

Après lui avoir laissé un peu d'avance, il quitta prudemment l'abri de son porche et, à son tour, partit sous la pluie.


– Il m'emmerde, Lambert. C'est pas du ressort de la criminelle, ça, les lettres anonymes ! tempêta Stéphane Brandoni en reposant brutalement son verre de vodka sur la table.

Face à elle, Pujol sourit. Attablés au 22, ce

bar, tenu par Frédérique, dite « Fred », qui
était devenu, en quelques années, le lieu de
ralliement des employés et inspecteurs du
commissariat tout proche, les deux policiers
sirotaient un verre après leur dernière journée
de travail de la semaine.

– Lambert est prudent. Il se méfie toujours
des retombées et des complications dans ces
histoires de « corbeaux »... Ce ne serait pas la
première fois qu'il y aurait mort d'homme.

Stéphane grommela :

– D'accord... Mais pourquoi moi ?

– C'est Desseauve lui-même qui t'a demandé
d'intervenir, non ? Par l'intermédiaire de
Cécile... Lambert a juste officialisé.

Pas convaincue, Brandoni haussa les
épaules et, sortant un paquet de Benson d'une
poche de son blouson, alluma une cigarette, en
tira quelques bouffées rageuses et poursuivit :

– En plus, il est odieux, ce Desseauve...
Cécile et Salvador ont raison ; ils m'en ont déjà
parlé la dernière fois qu'ils sont venus chez
moi...

– Salvador ?

– C'est le nouveau petit copain de Cécile. Ils
sont dans le même service.

Stéphane fit une pause et reprit avec un sourire attendri :

– Ça m'a l'air d'être sérieux cette fois-ci.
Cécile est transformée, je ne l'ai jamais vue
comme ça... Quant à Salvador, il n'y a qu'à voir

comment il la regarde... Maman va respirer : elle va enfin caser une de ses filles !

Pujol et Brandoni rirent de concert. Après avoir perdu un de ses fils à dix ans dans des circonstances tragiques, Elena Brandoni n'avait survécu qu'en renforçant le côté « cocon familial », tissant une toile protectrice d'amour inquiet autour de son mari et de ses quatre enfants restants. Pour elle, rien n'avait autant d'importance que la famille, et elle souhaitait de tout cœur voir sa tribu s'agrandir, être entourée d'enfants, de gendres, de petits-enfants, avoir une maison bruissante du babil des petits et des rires des plus grands... Mais, à son grand désespoir, seul son aîné, Antoine, avait comblé ses désirs en se mariant et en lui donnant deux petites-filles blondes et bouclées, ses trois filles (et encore la dernière, Juliette, avait-elle l'excuse de son âge : elle avait à peine vingt ans) semblant jusqu'alors peu désireuses de fonder une famille... Cette préoccupation maternelle, parfois pesante, Stéphane l'avait maintes fois confiée à Pujol, qui, plus qu'un collègue, était aussi un ami, et c'est ce qui expliquait, à l'instant, leur amusement commun.

– Pourquoi dis-tu que Desseauve est odieux ? enchaîna Pujol.

– Oh... Tu sais, d'après ce que j'en ai vu, c'est le Patron dans toute son horreur : autoritaire, exigeant, arrogant... En plus, il a essayé de me la jouer au séducteur !

– Je vois ça d'ici ! Il a dû être bien reçu !

Stéphane haussa les épaules.

– Je n'ai pas été très diplomate, j'en ai peur...

– C'est bien pour ça que Lambert m'a demandé de travailler avec toi sur cette affaire de lettres anonymes : il te connaît, notre commissaire !

– Tu vas travailler avec moi ? Ça, c'est une bonne nouvelle ! Pourquoi ne le disais-tu pas ?

– Parce que tu n'arrêtes pas de râler, bougonner, fulminer depuis hier, et tu ne m'as pas laissé la possibilité d'en placer une !

À son tour, Stéphane sourit, toute bonne humeur revenue.

– Ça ne m'étonne pas de Lambert, ça ! Il s'est dit que le vicomte Amaury Pujol de Ronsac saurait mieux se tenir chez les gens de « la hautc » !

Sans s'émouvoir (Pujol savait que l'énoncé de son titre complet était, de la part de Brandoni, une amicale taquinerie), ledit vicomte acquiesça, ajoutant :

– Surtout il connaît ton tempérament disons... explosif, et mon côté disons... plus flegmatique, et il sait que nous faisons toujours une bonne équipe, non ?

Brandoni finit son verre d'un trait et consulta sa montre.

– Aïe ! Il faut que je file ! Je vais être en retard... En tout cas, je suis drôlement contente que nous fassions équipe ! Sinon je suis sûre que j'aurais passé le week-end à ronchonner ! On va voir Desseauve lundi matin ?

– Ce n'est pas à une journée près, je pense, et j'ai convoqué lundi des témoins pour les dernières confrontations dans l'affaire Berthier...

– OK. Alors, mardi matin ?

– Ça marche. Bon week-end, Stéphane !

– Bon week-end, Amaury ! Embrasse Anne-Laure et les enfants pour moi !

Sur ces derniers mots, Brandoni attrapa son casque posé sur la banquette à son côté et sortit en laissant claquer la porte derrière elle.


– Cyprien, il faut VRAIMENT que je te parle.

Cyprien Desseauve jeta un regard rapide vers sa pendule de bureau : 18 h 30. Bon... Il avait bien une demi-heure à consacrer aux récriminations de Bénédicte Krügel. Une demi-heure, mais pas plus ; il avait promis à Geneviève de rentrer tôt ce vendredi soir : ils recevaient les Hardel-Leblanc. Ils feraient probablement un bridge après le dîner ; les équipes étaient immuables : pour éviter les accrochages ou les connivences entre conjoints, Geneviève jouait avec Jean-Maxime, et lui avec Nicole. Une femme intelligente,

Nicole : ils avaient eu une liaison de plusieurs
mois, il y avait quelques années déjà, sans que
cela ne transparaisse dans leurs relations ami-
cales, sans bruit ni faux pas, sans cri ni faux
serment... Un épisode agréable... bien différent
de ce que devenait son histoire avec Bénédicte.
Il reporta les yeux sur cette dernière, soupira
ostensiblement, s'assit à nouveau dans son
fauteuil – sans toutefois ôter son manteau –
et répondit :

– D'accord... D'accord... Je t'écoute...

– Cyprien, cette situation devient impos-
sible... Ça ne peut plus durer !

« C'est bien mon avis », se dit Desseauve en
son for intérieur, et à voix haute :

– Bénédicte, ne recommence pas ! Nous en
avons déjà discuté des dizaines de fois...

– Mais, Cyprien, je t'aime ! Je ne peux plus
vivre comme ça : mentir sans arrêt à Patrice...
attendre la moindre de tes minutes de liberté...
se cacher en permanence... jongler avec les
horaires de ma fille... Tu ne crois pas qu'il est
temps de dire la vérité ?

Desseauve plissa le front, faisant saillir
toutes les rides qui s'y dessinaient, et prit un
air chagrin.

– Voyons, Bénédicte, je ne t'ai jamais rien
promis, n'est-ce pas ? J'ai toujours été clair
avec toi. Je ne t'ai rien caché... Tu sais que je
ne peux pas abandonner mes enfants : j'ai des
responsabilités envers eux.

– Oui... Mais envers le nôtre ? Tu ne crois pas que tu en as aussi, des responsabilités ?

Il y eut un silence pesant. Les couleurs quittèrent progressivement le visage de Desseauve, qui, passant de l'incrédulité à l'ahurissement et à la colère, comprenait, peu à peu, la signification complète de ce qu'il venait d'entendre.

– Tu ne vas quand même pas me dire que tu es enceinte ? articula-t-il, la voix pleine d'une rage encore contenue.

– Eh bien... si... Il fallait bien que je te le dise... Mais tu ne voulais jamais m'écouter ces derniers temps... J'attends un enfant. Ton enfant...

– Foutaises ! interrompit Desseauve d'une voix glaciale. Foutaises ! Tu n'as tout de même pas cru que j'allais marcher dans ce vieux truc éculé ?

Bénédicte Krügel pâlit affreusement et ses yeux se remplirent de larmes. Elle dit, la voix un peu tremblante :

– Ce n'est pas un truc, mon biquet... Je suis enceinte, et je suis sûre qu'il est de toi : tu sais bien que Patrice ne peut pas être le père.

– Arrête de m'appeler « mon biquet » ! explosa Desseauve. C'est ridicule et c'est inutile ! Tu ne me feras pas endosser cette paternité. Si ce gamin n'est pas de ton mari, c'est ton problème !... Allons, mon petit, tout le monde sait bien que les femmes de représentants ont la cuisse plutôt légère dès que leur

mari a le dos tourné ! Essaie de refaire ton
numéro à un autre de tes amants.

De grosses larmes roulant sur ses joues et
tout à fait blême à présent, Bénédicte
répliqua pourtant :

– Tu sais très bien que je n'avais jamais
trompé Patrice avant toi. Tu es injuste. Injuste
et méchant.

Desseauve eut un rire sarcastique.

– Tu ne me coinceras pas comme ça, ma
fille ! Tu n'es pas la première à essayer ce coup-
là... Mais on ne roule pas un Desseauve !...
Quand je pense que je t'ai fait confiance... que
j'envisageais même de t'épauler pour une promotion... Mais c'est bien fini, tout ça ! Tu as
cru que j'allais marcher dans ta combine ?...
Eh bien, c'est raté : pour l'enfant, débrouille-
toi avec ton mari et, quant à ton poste, tu peux
me croire, je trouverai un moyen pour te faire
virer... Les jeux sont faits... Bel essai, mais tu
as perdu !... Allez ! Fais une croix sur tout ça
et file ! Je ne veux même plus te voir ici.

Immobile, livide, le corps secoué de gros
sanglots convulsifs, le visage noyé de larmes,
Bénédicte hoqueta :

– Tu n'aurais pas dû, Cyprien... Tu es trop
méchant... Trop méchant... Oui, je vais en
parler à Patrice, et je crois bien qu'il te tuera...
Et si lui ne le fait pas, peut-être alors que moi,
je le ferai... Tu es trop méchant... C'est trop...
C'est trop...

Et, répétant inlassablement ces derniers mots, toujours agitée de pleurs désespérés, Bénédicte quitta le bureau, refermant soigneusement la porte par habitude, et laissant derrière elle un Desseauve sidéré, mal à l'aise et vaguement inquiet.

Il y eut un flot de liquide amniotique accompagnant l'expulsion du petit corps, encore gluant de vernix, que Cécile Brandoni saisit fermement pour le poser sur le ventre de la femme. L'enfant hurla ; les parents échangèrent un sourire ému, heureux, encore incrédule.

– C'est un beau petit garçon, madame Rudic ! dit Cécile en posant deux clamps sur le cordon, soulagée : tout s'était passé sans anicroche, et elle n'avait même pas eu besoin de faire une épisiotomie.

Elle respira. Elle ne pouvait se défendre d'une certaine appréhension à chaque accouchement : il s'en fallait parfois de si peu pour que ça tourne mal ! Et pourtant, c'était un instant tellement magique... Elle sourit, heureuse de faire ce métier, se sentant profondément à sa place ici... Ses yeux se posèrent sur les parents, presque des gosses encore...

– Et comment va-t-il s'appeler, ce petit bonhomme ? demanda-t-elle.

– Antonin, répondit la jeune mère.

– Antonin... C'est mignon comme tout !...
Eh bien, Antonin, il va falloir t'habiller !
Voulez-vous couper le cordon, monsieur ?

Le père avança une main tremblante,
attrapa avec hésitation les ciseaux tendus par
Brandoni et sectionna le cordon avec application. Aussitôt la sage-femme prit le petit
garçon pour le premier examen et les soins.

Passé les moments de tension des dernières
minutes de l'accouchement, il régnait maintenant dans la salle de travail une ambiance
apaisée, une joie sereine, à peine troublée par
les cris de protestation d'Antonin.

Le bip de Cécile retentit. Elle ôta ses gants,
qu'elle jeta machinalement dans la poubelle à
ses pieds, et s'empara du téléphone.

– Brandoni. Oui. OK. Faites-la attendre un
peu, j'arrive.

Cécile se tourna vers la sage-femme et l'élève
sage-femme avec qui elle avait travaillé.

– Il y a une urgence qui vient d'arriver. Je
vous laisse faire la délivrance... Désolée de ne
pas finir...

– Vas-y, vas-y ! dit la sage-femme. On s'en
occupe.

Elle sourit à Brandoni : ce n'était pas le
genre de médecin qui venait juste pour le
« moment noble » – l'expulsion du bébé – et
qui laissait ensuite le reste du boulot aux

sages-femmes ; Cécile était toujours respectueuse de ce que faisaient les autres, jamais méprisante, et les équipes aimaient bien travailler avec elle.

Cécile Brandoni eut un sourire reconnaissant, se lava les mains, et, après avoir adressé un mot gentil aux parents, sortit de la salle de travail.

En passant dans le hall d'entrée généreusement éclairé où le standardiste et Annick, l'hôtesse d'accueil de garde, luttaient contre le sommeil en prenant un café, elle leva les yeux vers la grosse pendule ronde sur le mur du fond : 3 heures du matin... Elle soupira : si certains de ses collègues avaient des gardes calmes, les siennes étaient toujours bien remplies et agitées, ne lui laissant généralement pas le temps de profiter de la chambre de garde... Dans le service, c'était d'ailleurs en passe de devenir proverbial : une garde où l'interne était débordé de travail devenait une « garde à la Brandoni »... Elle haussa les épaules, résignée. De toute façon, elle ne pouvait pas y faire grand-chose... Elle se hâta vers les urgences.

De loin, le couple qu'elle aperçut dans la salle d'attente lui évoqua vaguement quelque chose... Elle retourna vers l'accueil pour demander le nom de la patiente qui venait d'arriver.

– Mme Vergebleux..., lui dit Annick avec un regard entendu.

Cécile sentit tout à coup la fatigue de la nuit peser sur ses épaules : elle pouvait dire adieu à tout espoir de sommeil. Mis à part son nom, qui avait, dans le service, donné lieu à toutes les plaisanteries possibles et imaginables, Mme Vergebleux était connue pour être une enquiquineuse de première. Il se passait rarement une semaine sans qu'elle vienne consulter en urgence, de préférence la nuit. Lorsqu'elle n'était pas enceinte, elle souffrait de douleurs « atroces », de saignements « pas comme d'habitude », de « boules » aux seins, de « fourmillements » dans les ovaires, ou d'autres symptômes encore, pour lesquels les multiples examens cliniques et paracliniques qu'elle avait subis n'avaient jamais donné de résultat... Lorsqu'elle était enceinte (ce qui était le cas actuellement), elle se plaignait de « vomissements incoercibles », de « douleurs » dans la tête, dans le ventre, dans le dos, dans les jambes... de « vertiges », « bourdonnements » d'oreilles, « nœuds » dans la gorge et « sensations d'étouffement »... Sa panoplie de plaintes s'enrichissait et se diversifiait au fur et à mesure de ses grossesses (c'était sa quatrième) avec une surprenante inventivité...

Cécile Brandoni s'arma de toute la patience qu'elle avait en réserve et s'avança vers le couple qui s'était installé dans la salle d'attente comme s'il y était chez lui (et c'était presque le cas, songea Cécile avec une pointe d'amusement). Mme Vergebleux aurait pu être séduisante sans cet air de perpétuelle souffrance, de constante inquiétude, posé sur son visage et qui la faisait ressembler à un masque de tragédie grecque. Petite, mince, la tête auréolée d'une tignasse châtain clair bouclée, le geste précieux, elle s'exprimait avec la recherche qui seyait à son poste d'enseignante en arts plastiques, de façon un peu maniérée et très complaisante, s'écoutant plus que s'exprimant... Le moindre de ses symptômes, sujet de descriptions minutieuses et interminables, était prétexte à de multiples commentaires, analyses, déductions, explications, et point de départ d'effarantes digressions. Bien entendu, elle n'avait en général rien du tout, et son cas aurait largement plus relevé de la psychothérapie que de la gynécologie, mais on ne pouvait prendre le risque de négliger un éventuel *réel* problème, aussi, au fil des semaines, des mois, des années, son dossier se gonflait-il de multiples examens, annotations, et analyses, qui la rassuraient et laissaient le médecin de garde épuisé et excédé après son passage.

– Bonsoir, dit Cécile avec autant d'amabilité qu'elle le put. Que se passe-t-il donc ?

Le fin visage de Mme Vergebleux se contracta en une grimace angoissée.

– Ah ! mademoiselle Brandoni... J'ai ATROCE-
MENT mal, là, depuis ce soir...

Elle désigna du doigt un point précis, situé
au milieu de la dernière côte gauche.

– J'étais assise devant les informations
quand ç'a commencé... Il était 19 h 35, j'en suis
sûre, parce que, à ce moment-là, j'ai demandé
à mon mari...

– Attendez ! interrompit Cécile en levant la
main pour endiguer le flot de paroles qui allait
suivre. Je vais d'abord chercher votre dossier,
et puis nous passerons dans une salle
d'examen et vous me raconterez tout ça.

Joignant le geste à la parole, Brandoni
repartit vers l'accueil.

– Qu'est-ce qu'elle a ce soir ? demanda l'hôtesse avec ironie.

Cécile eut un sourire navré.

– Rien, je suppose. Tu as les clés du fichier ?
Elle est venue probablement il y a moins de
quinze jours... Je vais récupérer son dossier, ça
m'évitera de lui refaire trente-six fois les
mêmes examens...

Annick fourgonna quelques instants dans
les tiroirs du bureau, puis sous le comptoir,
avant d'annoncer avec surprise :

– Tiens... non... Les clés ne sont pas là...
Bénédicte a dû oublier de les déposer en partant... (Bénédicte Krügel, secrétaire du patron,
jouissait du statut envié de « chef » du *pool* de
secrétaires et, en tant que telle, détenait les

clés des fichiers et archives.) J'espère pour toi
qu'elle a oublié aussi de fermer le fichier à clé.
– J'y vais, on verra bien.

Le fichier, immense pièce où l'on stockait les
dossiers qui dataient de moins de dix ans (les
autres étant versés aux archives), se trouvait
au sous-sol. Brandoni prit l'escalier et enfila le
long couloir qui y menait avec moins d'assurance qu'elle ne l'aurait souhaité. Si, la
journée, le sous-sol était animé par l'activité et
les jacasseries des secrétaires qui s'y trouvaient et dans le bureau desquelles passaient
les médecins – pour dicter ou signer leur courrier –, les secrétaires des autres unités – pour
chercher un renseignement ou simplement
papoter – et les sages-femmes – pour prendre
un dossier –, en revanche, dès 17 heures,
moment où les bureaux se vidaient, le sous-
sol, devenu désert, prenait un aspect sinistre
et presque inquiétant, accentué par ce long
couloir froid et le silence...
   Cécile arriva devant la porte du fichier et
appuya sur la poignée qui céda sans difficulté.
« Ouf ! se dit-elle, Bénédicte a bien oublié de
fermer en partant. » Elle entra, alluma et resta
quelques secondes immobile pour s'orienter
dans ce dédale d'allées formées par les gigan-
tesques rayonnages couverts de dossiers, véritable labyrinthe où chacun – à part les
secrétaires – se trompait régulièrement.

– Voyons..., murmura-t-elle. Vergebleux...
Les V doivent être par là...

Elle tourna dans la deuxième rangée, la
suivit jusqu'au bout, puis s'enfonça vers la
gauche.

Elle s'arrêta net, sentant son cœur battre à
grands coups : allongée sur le dos, à même le
sol, le visage figé en une sorte de rictus, les
yeux grands ouverts, Bénédicte Krügel lui
barrait le chemin. Au premier coup d'œil,
Cécile sut qu'elle était morte. Surmontant sa
frayeur, elle s'accroupit pourtant près d'elle
pour vérifier.

À cet instant précis, la minuterie s'éteignit.

## 4

Cécile se releva brutalement, à deux doigts de crier. Debout au milieu du labyrinthe du fichier, dans l'obscurité totale, seule avec le cadavre de Bénédicte à ses pieds, elle fut submergée par une vague de terreur. Elle s'adossa tant bien que mal au rayonnage le plus proche, avec la conscience aiguë des battements affolés de son cœur, du rythme saccadé de sa respiration, du tremblement qui gagnait l'ensemble de son corps. Elle tenta de se raisonner : ce n'était certes pas le premier cadavre qu'elle voyait... Quant à la lumière, il y avait des interrupteurs répartis dans la pièce, il suffisait d'en trouver un... Ce n'était pas le moment de se comporter en gamine apeurée !

Mais pas plus les raisonnements que les essais de respiration contrôlée ne parvinrent à la calmer. La présence de Bénédicte, morte, prenait dans le silence et le noir absolus du fichier une inquiétante densité. Elle semblait envahir la pièce, à tel point que Cécile n'osait plus bouger d'un pouce, persuadée de la toucher au moindre mouvement... Et ce visage... Cécile avait juste eu le temps de l'apercevoir avant que la lumière ne s'éteigne : figé dans la souffrance... Déformé par la peur ?

Brandoni sursauta : Bénédicte avait-elle été
tuée ? Et, dans ce cas, où était l'assassin ?...
Peut-être encore là, caché au détour d'un
fichier ?... Peut-être là, à la guetter dans
l'ombre ?... Une sueur d'angoisse la recouvrit
des pieds à la tête, la faisant frissonner. Elle
retint son souffle, scrutant les ténèbres qui
l'entouraient à la recherche de la moindre
variation de nuance, tendant l'oreille pour per-
cevoir le son le plus infime... Le temps s'étira
indéfiniment...

À la limite du malaise, Cécile se décida
pourtant, enfin, à bouger. Tâtonnant avec précaution sur les rayonnages, posant les pieds
prudemment, elle avança pas à pas, frôlant des
mains tous les pans de mur rencontrés dans
l'espoir d'y sentir l'interrupteur salvateur...
Elle se déplaçait lentement, agitée parfois de
frissons incontrôlables, le cœur au bord des
lèvres. Elle haïssait l'obscurité depuis le jour
où son frère aîné, Antoine, l'avait, par jeu,
enfermée dans la cave alors qu'elle n'avait pas
cinq ans, et elle haïssait cet endroit, ce fichier
labyrinthique perdu à l'autre bout du service...
Avançant en aveugle, elle sentait ses terreurs
d'enfant et ses frayeurs d'adulte la submerger
peu à peu. Jamais elle ne sortirait de ce
fichier... Elle allait croiser le meurtrier au
détour d'une allée... Celle-là... La prochaine
peut-être... Elle posa une main hésitante sur le
nouveau mur qu'elle venait de rencontrer : à

la place du contact froid et lisse qu'elle attendait, elle sentit, sous sa paume, le relief et la
tiédeur d'une autre main... Elle poussa un
hurlement. Juste à cet instant, la lumière
revint, éclairant le visage surpris d'Annick.

– Je t'ai fait peur ? Excuse-moi, mais
comme tu ne revenais pas, j'ai pensé que tu ne
trouvais pas le dossier... Je venais t'aider.

Cécile Brandoni regardait avec attention
l'inspecteur qui lui faisait face. Pour l'heure,
ce dernier, l'ignorant avec ostentation, taillait
avec application la mine d'un crayon à papier
– dont, à l'évidence, il n'avait pas besoin dans
l'immédiat – comme si ce seul fait revêtait une
importance capitale... Cécile sourit intérieurement et avala une gorgée du breuvage vendu
sous le nom de café par le distributeur auto-
matique à l'entrée du commissariat. Elle dut
reconnaître que Stéphane avait raison quand
elle disait que cette mixture était à peine
buvable. Elle en but cependant une seconde
gorgée, parce qu'il était chaud et qu'elle avait
besoin de se ressaisir.

Après être sortie du fichier avec Annick,
Cécile avait d'abord essayé de joindre sa sœur,
mais Stéphane n'était pas chez elle. Elle avait
donc ensuite appelé le commissariat, et
l'inspecteur de garde était arrivé dans les cinq

minutes, avec une équipe de techniciens. Les premières constatations faites, et le corps de Bénédicte Krügel emporté vers le laboratoire du légiste, les policiers avaient prié Cécile de venir enregistrer son témoignage à l'hôtel de police, ce qu'elle avait fait bien volontiers (elle ne se sentait pas capable de terminer sa garde), après s'être fait remplacer par l'interne d'astreinte.

Tout en buvant son café à petites gorgées, Cécile Brandoni observait avec curiosité l'homme qui lui faisait face : elle n'avait encore jamais rencontré le lieutenant Martineau auparavant, mais sa sœur lui en avait abondamment parlé. Personne ne l'aimait au commissariat (où les remarques acerbes qu'il tenait toujours prêtes pour chacun ou chaque chose l'avaient fait surnommer « Pisse-Vinaigre »), et encore moins Stéphane, dont il était l'ennemi juré. Cécile nota le visage chafouin de Martineau, sa maigreur, les cheveux sales et clairsemés qui grisonnaient sur son crâne oblong, ses dents irrégulières, mal plantées, jaunies par la nicotine, et son regard fuyant. Elle soupira avec résignation. Le lieutenant posa soigneusement le crayon taillé devant lui, juste parallèle à son sous-main, tapota le taille-crayon sur le bord du cendrier débordant de mégots avant de le ranger dans un tiroir, puis, soupirant à son tour, fit face à l'ordinateur et annonça :

– Je vais prendre votre déposition. Essayez d'être la plus précise possible dans les faits.

Cécile acquiesça de la tête. Il poursuivit :

– Votre nom ?

– Brandoni. Cécile Brandoni.

– Épelez.

– Quoi ?... Cécile ?

– Non, Brandoni.

C'était donc ça... Il avait décidé de l'emmerder... Probablement parce qu'elle était la sœur de Stéphane... Ce n'était pas étonnant d'après ce que cette dernière lui avait dit du personnage. « Eh bien, allons-y ! » pensa-t-elle. Elle avait tout le reste de la nuit devant elle, et s'il voulait jouer à ce petit jeu... Elle lui fit un délicieux sourire (son « 65 *bis* modifié », aurait dit Stéphane) avant de répondre :

– B comme Bartok, R comme Ravel, A comme Albéniz, N comme Nikolais, D comme Debussy, O comme Offenbach, N comme Naudot, et I comme Isouard, bien sûr !

Martineau grommela quelque chose d'incompréhensible.

– Vous n'aimez pas la musique, inspecteur ?

Sans répondre, Martineau continua :

– Adresse ?

– 21, place Athénaïs-de-Montespan. J'épelle ?

– Athénaïs ? dit l'inspecteur, pris par surprise.

– Non... Montespan...

– Ce ne sera pas la peine, maugréa-t-il. Profession ?

– Je suis médecin. Actuellement interne en gynécologie-obstétrique. En cours de spécialisation, si vous préférez.

L'entretien se poursuivit sur le même ton. Cécile, à présent, s'amusait beaucoup, émaillant ses propos de réflexions qui agaçaient visiblement Martineau qui, de son côté, se montrait pointilleux à l'extrême.

Toutefois, désireuse d'être honnête et de faciliter l'enquête sur la mort d'une femme qu'elle aimait bien, Cécile faisait très attention à la véracité de ses réponses, aux détails qu'elle pouvait donner, à la qualité de son témoignage, si bien qu'il fallut plusieurs heures avant qu'elle ne puisse, enfin, signer sa déposition.

Il était pourtant à peine 8 h 30, le samedi matin, lorsqu'elle franchit la porte du commissariat, au moment précis où la moto de sa sœur faisait une tonitruante entrée sur le parking. Stéphane en descendit prestement, ôta son casque, se passa rapidement la main dans les cheveux et regarda Cécile avec étonnement.

– Qu'est-ce que tu fais là ?

– Si tu avais été chez toi cette nuit, tu le saurais, répondit Cécile malicieusement.

Stéphane rosit légèrement, mais enchaîna sans paraître noter la remarque :

– Allez, viens me raconter tout ça chez Fred.
J'ai bien quelques minutes avant de prendre
ma garde...

Cécile finit de descendre les marches de
l'hôtel de police, passa son bras sous celui de
Stéphane, et les deux sœurs s'en furent, en
papotant, vers le café.

Le commissaire Lambert aimait bien réunir
ses « troupes », comme il disait, chaque lundi
matin, pour faire un bilan global des affaires
en cours, répartir le travail et maintenir la
cohésion dans l'équipe. C'était une méthode
qu'il avait rapportée de stages à l'étranger et
qu'il appliquait depuis qu'il avait été nommé à
la tête de la criminelle. La confrontation des
idées, des renseignements, des détails détenus
par les uns et les autres (alors même qu'ils ne
travaillaient pas sur les mêmes affaires),
apportait très souvent une vision nouvelle sur
une enquête, débouchait sur une piste jusqu'a-
lors ignorée... bref, se montrait fréquemment
positive et intéressante.

Toujours ponctuel, il franchit la porte de la
vaste salle de réunion du sous-sol à 8 h 30 précises ; la plupart des inspecteurs s'y trouvaient
déjà. Stéphane Brandoni sourit en notant le
regard langoureux jeté par Annie Raymond

sur le commissaire. Avec ses épais cheveux
d'un noir de jais (où se devinaient à peine quelques filets argentés), ses grands yeux bleus,
d'une clarté étonnante au milieu d'un visage
buriné et griffé par les années, sa minceur, sa
démarche souple et assurée qui trahissait l'entraînement sportif quotidien, Jean-Pierre
Lambert, surnommé « JP » par son équipe,
restait, effectivement, très séduisant en dépit
de la cinquantaine proche. Mais les œillades
énamourées d'Annie n'avaient aucune chance
d'aboutir : malgré la pudeur et la retenue avec
lesquelles Lambert abordait tout ce qui lui
était intime, tout le monde savait, au commissariat, qu'il aimait plus que tout sa femme et
sa fille. Personne n'ignorait, sans en connaître
toutefois tous les détails, les circonstances
romanesques de son mariage : l'enquête au
cours de laquelle Lambert, encore inspecteur,
avait sauvé la vie d'une jeune aveugle kid-
nappée, leur coup de foudre réciproque, l'op-
position farouche de la riche famille de la
jeune fille, et le *happy end* final...

Stéphane sourit à nouveau. On aurait eu du
mal, ce matin, à trouver en JP une once du
romantisme que supposait cette rocambo-
lesque aventure : précis, concis, efficace, il
menait la réunion avec son professionnalisme
habituel. Stéphane ne suivait que d'une
oreille : elle n'avait aucune « grosse » affaire

en cours et laissait paresseusement vaga-
bonder ses pensées tout en observant ses collègues. Elle entendit soudain Martineau
prononcer son nom et se fit, instantanément,
attentive.

– Cécile Brandoni ? demanda JP, reprenant
les derniers mots de Martineau.

Et, se tournant vers Stéphane :

– Votre sœur ?

Elle acquiesça de la tête. Martineau continuait :

– Son témoignage a été très précis. Quant
au corps, on aura les résultats de l'autopsie
ce matin.

Lambert resta pensif quelques instants,
puis annonça :

– Bon... Martineau, vous n'avez pas terminé
l'audition des témoins dans l'affaire du SDF
brûlé vif, je crois ? Pujol en finit avec l'affaire
Berthier aujourd'hui, et Brandoni n'a pas
grand-chose actuellement... Pujol et Brandoni
devaient déjà travailler chez Desseauve pour
cette histoire de lettres anonymes. Je suggère
qu'ils s'occupent aussi de la mort de la secrétaire... Ça fera moins « débarquement de
police » à l'hôpital et ce sera plus cohérent
pour notre organisation. Pas d'objection, Martineau ?

Ce dernier, l'air renfrogné, fit non de la tête,
et Lambert poursuivit :

– Bien entendu, Brandoni, s'il s'avérait que

votre sœur soit impliquée, de près ou de loin, dans cette histoire, je vous retirerais immédiatement l'enquête.

Il feuilleta rapidement les papiers posés devant lui.

– Je pense qu'on a fait le tour des problèmes. Des questions ?... Non ?... Très bien. Je vous remercie.

Et, ramassant ses notes, le commissaire Lambert quitta prestement la salle pour regagner son bureau.


– Bon, dit Stéphane en allumant une Benson. Par quoi on commence ?

Après un bref passage dans le bureau de Martineau pour récupérer ses notes et le témoignage de Cécile (remis à contrecœur), Pujol et Brandoni s'étaient installés dans le bureau de cette dernière.

– Je te propose de voir d'abord si l'autopsie est finie et ce que François peut nous apprendre. Ensuite, avec l'entrée en matière que nous fournissent les lettres anonymes, on ira interroger Desseauve.

– Mais... Et les témoins que tu avais convoqués pour aujourd'hui ?

– Schwartz les recevra. On a travaillé ensemble sur l'enquête, ça ne pose pas de problème. Tu viens au labo avec moi ?

Stéphane eut un instant d'hésitation : depuis qu'elle avait rompu avec lui, il y avait quelques mois, elle limitait au maximum ses rencontres avec François Marchant, le médecin légiste. Leurs entrevues, toujours un peu difficiles, restaient soigneusement maintenues dans le cadre professionnel. Mais François n'avait pas perdu espoir et faisait tout pour reconquérir Stéphane, lui laissant un « temps de réflexion », comme il disait...

– Si ça ne te dérange pas, je préférerais autant pas ; je t'attends chez Fred, on ira au CHU après.

Pujol hocha la tête pour montrer qu'il comprenait et partit vers le département de médecine légale.


Dans le service de gynécologie-obstétrique, ce lundi matin, l'atmosphère n'était pas précisément laborieuse... Oh, bien sûr, le travail se faisait... On pouvait voir les sages-femmes aller de chambre en chambre, poussant leurs chariots de soins, les aides soignantes commencer à préparer les plateaux du déjeuner et les agents de service agiter balais, serpillières ou cireuses... Mais on sentait que cette agitation n'était qu'apparence, répétition machinale de gestes quotidiens. En fait, seule la

mort de Bénédicte Krügel occupait les esprits :
de petits groupes se faisaient et se défaisaient,
échangeant réflexions, suppositions, informations et ragots, avec des airs de conspirateurs.
L'air, empli d'une électricité presque palpable,
vibrait d'une sorte de fébrilité diffuse.

Observateurs attentifs mais indifférents à
cette excitation mal contenue, Pujol et Brandoni, après avoir traversé l'accueil et l'unité de
consultations externes pour gagner la partie
du service – isolée en bout de bâtiment – où
se trouvaient les bureaux des deux patrons, de
leurs secrétaires et des chefs de clinique, attendaient à présent, assis dans les fauteuils gris
pâle, le professeur Desseauve. Malgré le fait
que la pièce où ils se trouvaient (dont un des
côtés était formé par un simple claustra à
claire-voie où se dessinait la porte) fût la salle
d'attente exclusive des patientes et des visiteurs du patron et de son adjoint, l'aménage-
ment n'avait pas été très soigné : deux tables
basses, posées plus que disposées, portaient
quelques revues anciennes, souvent déchirées,
les fauteuils étaient alignés sans recherche
contre les murs – d'une désolante nudité – et,
dans un coin, un ficus anémique tentait vail-
lamment de survivre dans cet environnement
hostile...

Un pas se fit entendre au bout du couloir.
Quelques instants plus tard, la silhouette de
Desseauve s'encadra dans l'entrée de la pièce.

– Vous vouliez me voir ?

Le ton était soigneusement neutre.

– Bonjour, monsieur. Nous aurions effectivement aimé vous parler quelques instants. Je
suis le capitaine Pujol de Ronsac, et vous
connaissez ma collègue, le lieutenant Brandoni.

– Entrez. Mais je n'ai que très peu de temps
à vous consacrer...

– Nous essaierons d'être brefs, répondit
Pujol avec courtoisie.

Desseauve s'assit à son bureau et fit signe
aux deux policiers de prendre place face à lui.
Stéphane nota ses traits tirés, son air las et la
trace horizontale, un peu ridicule, laissée par
la bavette, indiquant qu'il sortait à l'instant de
la salle d'opération. Pujol prit la parole :

– Vous vous doutez, je suppose, que nous ne
venons pas uniquement pour les lettres anonymes.

Desseauve acquiesça d'un mouvement de
menton. Pujol poursuivit :

– Quand avez-vous appris la mort de
Mme Krügel ?

– Samedi matin. L'administrateur de garde
a téléphoné à mon domicile pour me prévenir.
Je suis venu dans le service pour régler le problème du remplacement provisoire de
Mme Krügel.

– Quand avez-vous vu votre secrétaire pour la dernière fois ?

– Vendredi soir, vers 18 h 30, avant de partir, comme tous les soirs.

– Avez-vous noté quelque chose de particulier ?

Desseauve réfléchit un instant.

– Non... Je ne crois pas... Il faut dire que j'étais un peu pressé, vendredi, nous avions une soirée avec le procureur et sa femme, et je ne me suis pas attardé.

Stéphane admira, au passage, l'habileté avec laquelle Cyprien Desseauve mentionnait ses relations, invitation implicite à la prudence pour les deux inspecteurs...

– Savez-vous si elle avait des ennemis ?

– Des ennemis ? Vous pensez qu'elle a été assassinée ?

– Nous n'avons, pour l'instant, aucun élément permettant de trancher entre un crime, un suicide ou même une mort naturelle. Nous n'avons pas encore le rapport d'autopsie et les analyses sont en cours.

Desseauve resta muet. Stéphane prit le relais :

– Avait-elle des ennemis, professeur Desseauve ?

– Pas que je sache... Mais je ne la connaissais pas assez pour être affirmatif.

– Que savez-vous d'elle ?

– C'était une bonne secrétaire, compétente, efficace, de caractère égal...

– Et sa vie privée ? demanda Pujol.

– Oh... Je crois qu'elle est – du moins était – mariée à un VRP, et ils ont une petite fille d'une dizaine d'années...

– Pensez-vous qu'elle pouvait avoir des raisons de se suicider ?

– Comment voulez-vous que je le sache ? Nous n'avions que des relations professionnelles : elle ne me faisait pas ses confidences...

Stéphane intervint à nouveau :

– Excusez-moi, mais il y a pourtant des rumeurs, dans le service, sur le fait qu'elle aurait été votre maîtresse...

Desscauve la toisa.

– Je ne pensais pas que la police prêtait l'oreille aux commérages de bas étage... Si vous écoutez les ragots, mademoiselle, vous apprendrez sûrement qu'on m'attribue pour maîtresse toute femme qui passe le seuil de ce bureau... Vous êtes peut-être même déjà sur la liste depuis votre dernière visite, ajouta-t-il avec ironie.

Devançant l'explosion de Brandoni, Pujol enchaîna :

– Et ces derniers temps, vous n'avez noté aucun changement dans son comportement, ses habitudes ?

Le professeur Desseauve prit un temps de

réflexion, ses doigts soigneusement manu-
curés tapotant machinalement le plateau de
son bureau.

– Peut-être... Elle semblait moins gaie,
moins joviale... plus préoccupée... Enfin, c'est
une impression...

Il y eut un bref silence, brisé par Stéphane :

– Saviez-vous qu'elle était enceinte ?

Desseauve hésita un quart de seconde.

– Non. Je l'ignorais totalement.

Il y eut, à nouveau, un silence.

– Bien entendu, si quelque chose vous revenait en mémoire..., commença Pujol.

– Bien entendu ! coupa Desseauve, sans lui
laisser le temps de finir sa phrase.

Pujol hocha la tête. Tous trois restèrent
muets un long moment.

Pujol reprit :

– Et ces lettres anonymes, quand avez-vous
commencé à les recevoir ?

– Il y a deux mois, environ... Une tous les
deux jours... Toujours le même ton.

– Y a-t-il eu quelque chose de particulier il
y a deux ou trois mois ? Un événement qui
aurait pu déclencher l'envoi de ces courriers ?

– Non. Je ne vois pas. Vous pensez bien que
j'y ai déjà longuement réfléchi...

– Vous connaissez-vous des ennemis ?

Desseauve eut un sourire bizarre, mélange
d'orgueil et d'amertume.

– Dans ma position, inspecteur, et avec

toutes les charges et responsabilités qui sont les miennes, il faudrait plutôt me demander si j'ai des amis ; ça irait plus vite...

– Et voyez-vous quelqu'un qui pourrait envoyer ces lettres ? Avez-vous une idée ?

– Non, aucune... J'y pense sans succès depuis deux mois.

À son tour, Stéphane demanda :

– Avez-vous songé que votre vie privée, plutôt que professionnelle, pouvait être la cause de ces courriers ?

Le médecin tourna vers elle un regard agacé.

– Je ne comprends pas le sens de votre question.

– Eh bien... Disons que votre réputation de séducteur peut ne pas plaire à tout le monde : le mari d'une de vos conquêtes... votre femme...

Le ton de Desseauve se fit glacial :

– Je crois vous avoir déjà dit, mademoiselle, qu'on me prêtait bien des liaisons n'existant que dans l'imagination des gens « bien intentionnés » qui colportent ces bruits... Quant à ma femme, elle sait que je l'aime et elle a l'intelligence de ne pas se fier aux commérages, ajouta-t-il avec une attitude et une intonation qui indiquaient clairement qu'il soupçonnait Stéphane de ne pas avoir cette intelligence.

Ce fut à nouveau Pujol qui sauva la situation

de l'affrontement imminent. Il toussota et, se
penchant vers Cyprien Desseauve :

– Pourriez-vous nous confier quelque temps
l'intégralité des lettres que vous avez déjà
reçues, afin que nous les analysions et voyions
ce qu'on peut en tirer ?

Joignant le geste à la parole, il sortit une
grande pochette de papier kraft qu'il tendit,
ouverte, au professeur, pour que ce dernier y
glisse lui-même les papiers. Il referma ensuite
avec soin, apposant sa signature et demandant
à Desseauve et à Brandoni d'en faire autant.

– Je vous remercie, professeur Desseauve.
Nous vous tiendrons au courant dès que nous
aurons du nouveau. Nous n'allons pas vous
retenir plus longtemps aujourd'hui...

Se levant, Pujol prit poliment congé, suivi
par une Stéphane maîtrisant à grand-peine
son irritation.


La porte refermée sur les deux inspecteurs,
le professeur Desseauve resta un long moment
pensif, appuyé sur son bureau, la tête dans les
mains. Puis il ouvrit le tiroir dont il avait retiré
toutes les lettres qu'il venait de confier à la
police et en sortit un papier : c'était la dernière
lettre en date, celle reçue ce matin même et
qu'il n'avait pas voulu donner. Il la posa bien
à plat sur son sous-main en cuir florentin
ouvragé – cadeau de Geneviève lors de leur

premier séjour en Italie – et la relut soigneusement. Puis, tout aussi soigneusement, il sortit
de sa poche un élégant briquet de marque
– autre cadeau de Geneviève –, enflamma la
lettre et, prenant garde à ne pas se brûler, la
laissa se consumer en entier, faisant disparaître jusqu'aux derniers mots : « TU ES COCU. »

## 5

Il entra d'un pas pressé dans les toilettes, vérifia qu'il n'y avait personne et, ôtant sa blouse blanche en un tournemain, la plia prestement et la glissa dans une sorte d'attaché-case. Il ajusta son image dans la glace, se permettant un sourire satisfait : c'était vraiment d'une facilité déconcertante de circuler dans un service hospitalier. Vêtu d'une blouse blanche, la démarche pressée, l'air préoccupé : le tour était joué... Il ne serait venu à l'idée de personne de vous demander ce que vous faisiez là... Son sourire se transforma en un rictus cynique, découvrant des dents inégales à la propreté douteuse : ce n'était pas la première fois qu'il utilisait ce stratagème. Là encore, la manœuvre avait été payante : les langues se déliaient avec la mort de la secrétaire de Desseauve.

Sa secrétaire... mais aussi sa maîtresse... comme il le savait pour être resté là, certains soirs, dans la pénombre, à les observer en silence...

Savaient-ils que Desseauve couchait avec sa secrétaire, ces deux flics qu'il avait vus ce matin enquêter dans le service ? Car ils étaient là pour ça, sûrement... Ils avaient même eu un entretien avec Desseauve.

Il plissa le front, soucieux tout à coup... Ce dernier avait-il aussi parlé des lettres anonymes ?... Non... C'était peu probable...

Il haussa les épaules, sortit des toilettes, s'attardant un instant pour jeter un œil autour de lui. Justement, les deux inspecteurs se dirigeaient vers la sortie. Il accéléra le pas, les dépassant dans le hall, et se retourna, trouvant cocasse de leur tenir la porte, laissant courtoisement passer devant lui la jeune femme rousse (qu'il détailla à loisir d'un œil salace) et son collègue, un quadragénaire élégant. Il esquissa même un sourire sur leur passage, mais les deux policiers, plongés dans une discussion animée, ne lui firent pas même l'aumône d'un regard. À peine Stéphane, lui murmurant un machinal merci, se fit-elle la réflexion que cet homme était affreusement laid.


Stéphane Brandoni, le front appuyé à la vitre ruisselante, contempla d'un air morne la cour du commissariat balayée par une violente pluie. Son regard effleura, sans les voir vraiment, les quelques véhicules qui s'y trouvaient. Trébuchant sur des talons trop hauts, luttant contre le vent qui plaquait l'étoffe de sa jupe

contre ses cuisses fuselées, la jeune standardiste traversa la cour en se hâtant et disparut
à la vue de Stéphane. À son tour, haute
silhouette pressée, un homme passa sous la
fenêtre de Brandoni, s'attardant l'espace d'un
instant pour jeter un œil dans sa direction.
Stéphane se rejeta vivement en arrière... François... Quand donc comprendrait-il que leur
histoire était bel et bien terminée ?... Elle
soupira, se détourna de la fenêtre et prit une
cigarette.

En évidence sur son bureau, Pujol avait
déposé le rapport d'autopsie de Bénédicte
Krügel. Brandoni s'assit, prit un stylo et un
carnet à spirale (une de ses manies) pour en
noter les points importants, et se plongea dans
sa lecture.

Comme à chaque fois, l'étude des multiples
détails et précisions, mentionnés avec une
méticulosité professionnelle, la mit mal à
l'aise. La rigueur clinique, la froideur de l'exposé lui donnaient la chair de poule. Malgré
les années, elle avait du mal à s'habituer à des
phrases comme : « Individu de sexe féminin,
de type caucasien, de race blanche. Pilosité
blonde. Taille : 1 m 60. Poids : 82 kg (corps
pesé déshabillé). Température rectale : 32°5.
Rigidité cadavérique totale... », ou à des locu-
tions comme : « À l'ouverture... », ou encore :
« Cœur : 350 g. » La liste ainsi étalée et analysée des multiples composants qui faisaient

un être humain accentuait le côté fragile et dérisoire d'une vie. Une nouvelle fois Stéphane se surprit à se demander si, réellement, un être humain ne se réduisait qu'à cet agencement sophistiqué d'organes au milieu d'une charpente osseuse et de quelques muscles... « Cœur : 350 g » : combien avaient pesé, pour Bénédicte Krügel, les joies, les peines et l'amour qu'elle avait pour ses proches ?... Où trouver, dans cette énumération sans âme, cette étincelle qui nous anime ?...

Elle avait décidément horreur des rapports d'autopsie... Cependant, sachant tout l'intérêt et toute la valeur que celui-ci pouvait avoir pour la poursuite de l'enquête, elle alluma une nouvelle cigarette et en reprit la lecture avec attention.

Le rapport concluait que le décès de Bénédicte Krügel était intervenu entre 18 et 20 heures et, pour l'instant, ne permettait de retrouver aucune étiologie à cette mort subite d'une adulte jeune. Aucune trace d'agression sexuelle ou de violence n'avait été relevée sur le corps de la victime. Pas de trace d'injection non plus. Le corps n'avait pas été déplacé : Mme Krügel était donc morte à l'endroit où Cécile l'avait trouvée. Mis à part son surpoids, Bénédicte Krügel avait été une femme en bonne santé ; l'autopsie ne retrouvait aucune lésion organique grave, ni même de trace

d'une quelconque intervention chirurgicale.
Stéphane Brandoni tourna la page et grimaça.
Le feuillet suivant concernait l'autopsie du
fœtus :

> Fœtus non macéré. Poids : 120 g. Longueur
> vertex-talon : 17 cm. Longueur vertex-coccyx :
> 12 cm. Périmètre crânien : 13 cm. Pied :
> 2,30 cm.
>     Pas d'anomalie des membres ni des extré-
> mités, pas de fente labio-palatine.
>     Pas d'imperforation anale.
>     À l'ouverture : les organes sont en place, pas
> de hernie diaphragmatique...

Le rapport se poursuivait avec la même précision glaciale jusqu'à la conclusion : « Fœtus
de sexe masculin, d'environ 17 semaines... »
    Stéphane leva un sourcil surpris : dix-sept
semaines ! Plus de trois mois !... Personne ne
s'en était rendu compte ?... Dans le service de
gynécologie, tout le monde affirmait ignorer la
grossesse de Bénédicte... C'est vrai que les rondeurs de cette dernière pouvaient aisément
masquer une grossesse encore peu avancée...
Pourquoi n'en avait-elle pas parlé ? En
général, dès le début d'une grossesse, les
femmes s'empressent d'annoncer la bonne
nouvelle à l'entourage familial, professionnel,
le ban et l'arrière-ban... À moins que ce ne soit
une grossesse non désirée, bien sûr... Si c'était

le cas, pourquoi avoir gardé le bébé ? Plus que toute autre, Bénédicte était bien placée pour connaître les démarches à effectuer... Était-ce son mari qui souhaitait cette grossesse et pas vraiment elle ?... Ou bien cet enfant, si l'on en croyait les bruits qui couraient dans le service, n'était-il pas de son mari ?... Perplexe, Brandoni nota dans le carnet de penser à vérifier où se trouvait Patrice Krügel dix-sept semaines auparavant. Décidément, il était grand temps de rencontrer le mari !

Prévenu par les parents de sa femme (qui gardaient leur petite-fille) dès le samedi, Patrice Krügel, qui était en séminaire en Tanzanie, n'avait pu rentrer que la veille, dimanche, dans la nuit... Pujol et elle devaient le rencontrer cet après-midi.

À cet instant, quelques coups rythmés, frappés à sa porte, annoncèrent l'arrivée d'Amaury.

– Dis donc, dit ce dernier en passant la tête par la porte entrebâillée, tu as vu l'heure ? Je t'emmène tester un nouveau petit restaurant près du port... Ils ont une grande cheminée : par ce temps, ça nous réchauffera ! On ira chez Krügel après. Qu'est-ce que tu en dis ?

– Je suis entièrement d'accord ! répondit Stéphane et, fourrant son carnet et son paquet de cigarettes dans une des poches d'un gros

blouson confortable pendu au perroquet de
bois blanc à l'entrée du bureau, elle sortit à la
suite de Pujol.


Comme le voulait la mode des dernières
années, les Krügel habitaient en dehors de la
ville, dans un de ces hameaux de campagne
colonisés par les citadins en mal de verdure,
où les vrais « campagnards » se faisaient rares.
Après avoir roulé sur quelques routes difficilement praticables et emprunté un petit
chemin perdu au milieu des champs, Pujol et
Brandoni s'arrêtèrent enfin devant une maison
ancienne arborant fièrement une restauration
voyante. Pujol gara soigneusement la voiture,
puis descendit et, après avoir vérifié sur la
boîte aux lettres qu'ils étaient bien arrivés où
ils le souhaitaient, ouvrit galamment la porte
à Brandoni.

– Bon, dit-il sans enthousiasme, allons-y.

Ils se dirigèrent avec ensemble vers le portail et Stéphane tira sur le cordon d'une
clochette dont le son, cristallin et guilleret,
leur sembla incongru. Aussitôt, comme s'il
avait guetté leur arrivée (ce qui était probablement le cas), un homme sortit de la maison et
s'avança vers eux.

Patrice Krügel était aussi maigre que sa
femme avait été ronde. La peau, tendue à

l'extrême sur des os saillants, épousait exagérément les reliefs et méplats de son visage. Les
pommettes haut situées, les yeux sombres,
surmontés par des sourcils broussailleux, et
les rides et cernes ajoutés par les récents événements accentuaient encore le tableau. Brandoni pensa fugitivement à Raspoutine, mais
l'image à peine évoquée disparut dès que
Krügel ouvrit la bouche. Sa voix, bien posée,
basse, s'efforçant au calme malgré la tension
qu'on y devinait à certaines hésitations, certains silences ou chevrotements, était loin du
timbre tonitruant et prédicateur que l'aspect
physique faisait craindre.
    – Vous êtes les policiers, je suppose ?
    – Capitaine Pujol de Ronsac, acquiesça
Amaury et, avec un geste de la main vers
Stéphane, lieutenant Brandoni.
    – Entrez, je vous en prie. Excusez le
désordre : je suis rentré hier, comme vous le
savez...
    La pièce où pénétrèrent Pujol et Brandoni
était grande, avec, en son centre, un escalier
qui menait à l'étage. Sur la droite, la tradition-
nelle cuisine aménagée « à l'américaine », avec
son coin-repas de l'autre côté du comptoir. Sur
la gauche, le salon avec cheminée... L'ensemble, quoique conventionnel, sonnait faux.
Comme souvent, les Krügel avaient transporté
un appartement de ville à la campagne et,
exilés dans ce cadre rustique, l'étagère design

et sa chaîne hi-fi dernier cri, le canapé cuir, la table basse en verre ou les meubles contemporains se trouvaient curieusement inadaptés et un peu ridicules.

Patrice Krügel les invita à s'asseoir dans le salon et se laissa tomber avec lassitude dans un des fauteuils. La cheminée s'ouvrait sur un foyer à l'aspect froid et désolé d'« après-feu », laissant voir quelques fragments de bois noirs pas entièrement brûlés et de nombreuses cendres grises. Sur la table du coin-repas, le couvert sale, non desservi, du midi et, selon les apparences, du petit déjeuner. Enfin, comme jetés au pied de l'escalier, une valise de marque et un attaché-case abandonné... Stéphane embrassa le tableau d'un rapide coup d'œil, croisant au passage le regard d'une petite fille boulotte figée avec un ballon rouge dans un cadre doré, et se tourna vers Krügel.

– Votre fille n'est pas ici ?

– Chloé est chez ses grands-parents. Je crois que c'est préférable pour l'instant... Tant que tout ça n'est pas réglé...

Il s'arrêta brusquement, déglutit avec difficulté et reprit :

– Quand pourrai-je la voir ?

Puis, après une brève pause :

– Que s'est-il passé exactement ? On a juste dit à mes beaux-parents que Bénédicte était... morte (il buta sur le mot). Et puis, maintenant, la police...

Pujol, avec autant de ménagements qu'il le pouvait compte tenu des circonstances, prit la parole :

– Monsieur Krügel, vous pourrez voir votre femme dès aujourd'hui, si vous le souhaitez. Je dois vous prévenir que nous avons été obligés de procéder à une autopsie...

Et, après un bref silence destiné à laisser Patrice Krügel comprendre le sens des mots qu'il entendait, il termina :

– Pour l'instant, nous n'avons malheureusement pas d'explication à sa mort... Il peut aussi bien s'agir d'une mort naturelle, d'un meurtre...

Patrice Krügel eut un hoquet incrédule.

– Un meurtre ?... Elle a été tuée ?...

À son tour, Stéphane intervint :

– Peut-être s'est-elle donné volontairement la mort...

– Un suicide ! Vous voulez dire que ma femme s'est suicidée ?... Mais ce n'est pas possible ! Nous avons tout pour être heureux : notre petite fille, cette maison... Et je l'aime comme un fou... Oh ! mon Dieu...

Le chagrin qu'il essayait vainement de réprimer envahit Krügel et il se recroquevilla au fond de son fauteuil, la tête entre les mains, secoué par de gros sanglots convulsifs.

Respectant sa peine, les deux policiers restèrent silencieux quelques instants. À nouveau, ce fut Pujol qui brisa la trêve :

– Monsieur Krügel, excusez-nous, mais il faut que nous vous posions quelques questions... Cependant, si vous préférez, nous pouvons revenir à un autre moment...

Patrice Krügel, ôtant les mains de son visage, se redressa avec effort et, sans se soucier des larmes qui coulaient encore sur ses joues mal rasées, regarda ses interlocuteurs. Il respira deux ou trois fois, à fond, comme avant une épreuve physique.

– Non, non... Excusez-moi... Le choc... Les circonstances... Je l'aimais, vous savez... Moi aussi, j'ai besoin de comprendre. J'en ai besoin ! Posez vos questions... Ça ira... Je peux répondre.

– Quand avez-vous vu votre femme pour la dernière fois ? demanda Stéphane.

– Jeudi dernier. Le matin. Avant de partir. Elle m'a conduit à la gare. Je devais prendre le train pour Paris, afin de rejoindre le groupe avant l'envol pour la Tanzanie.

– Vous n'avez pas eu de nouvelles ensuite ?

– Vous savez, quand je suis en séminaire, comme ça, nous avons... euh... nous avions l'habitude de nous téléphoner uniquement en cas de gros problèmes... Sinon, ce n'est pas très facile entre nos horaires respectifs, le décalage horaire...

– Votre femme vous a-t-elle paru comme d'habitude ce matin-là ?

– Oui... Je n'ai pas fait attention... Je n'ai

rien noté de particulier... Tout m'a semblé normal...

Pujol prit le relais :

– Voyez-vous quelqu'un qui pouvait assez en vouloir à votre femme pour la tuer ?

– Non !... Mais non... Pas du tout... Nous avons une vie calme, sans histoires... Nous voyons la famille, quelques amis... Et Bénédicte est... était, se reprit-il avec peine, une femme adorable : spontanée, drôle, gentille et surtout d'une franchise rare... On ne pouvait que l'aimer !...

Il lutta quelques instants contre les pleurs qui menaçaient à nouveau.

– Pensez-vous qu'elle aurait pu mettre fin à ses jours ?...

– Grands dieux, non ! Tout allait bien ! Nous étions mariés depuis quinze ans et toujours aussi amoureux... Notre petite fille est une enfant sans problème : un peu turbulente parfois, mais à onze ans c'est un peu normal... Elle est gentille, pas difficile, et elle travaille bien à l'école... Cette maison sera payée dans cinq ans... Nous n'avons pas de problèmes d'argent... Vraiment, je ne vois pas...

Il eut une brève hésitation, aussitôt remarquée par Stéphane.

– Vous pensiez à quelque chose, monsieur Krügel ?

– Oui... Nous en avions si souvent parlé avec Bénédicte... Je ne crois pas que ça puisse être ça... Nous avions réglé le problème depuis plusieurs années, et elle ne l'abordait même plus, d'ailleurs.

– Et ce problème ? insista Amaury.

Krügel eut un pauvre sourire, contrit, presque un sourire d'excuse.

– Bénédicte voulait un autre enfant. C'était très important pour elle. Mais, voyez-vous, quand Chloé était petite, j'ai attrapé les oreillons en même temps qu'elle... Alors, forcément, pour un deuxième enfant...

Ce n'est que bien plus tard, alors qu'ils roulaient tranquillement vers la ville, sous un ciel sombre et tourmenté qui promettait une nouvelle averse proche, que Stéphane, brisant le silence qui régnait dans la voiture où chacun était plongé dans ses pensées, se tourna vers Pujol.

– Dis donc, Amaury, pourquoi tu ne lui as pas dit qu'elle était enceinte ?

Pujol haussa les épaules et retourna la question :

– Et toi ?

Stéphane soupira.

– Pour la même raison que toi, je suppose... Ce pauvre type m'a fait de la peine... Je voulais peut-être lui éviter ça en plus... Sa femme si amoureuse et si franche !... Il semble déjà assez perdu comme ça...

– Nous avons peut-être eu tort... Première- ment, ce n'est pas très professionnel et notre cher JP ne serait probablement pas d'accord avec notre attitude !... Deuxièmement, c'est, je pense, reculer pour mieux sauter : nous ne pourrons pas toujours le lui cacher...

À son tour, Brandoni haussa les épaules.

– On verra bien...


Cyprien Desseauve s'installa avec soulage- ment au volant de sa Mercedes dernier modèle : cette journée exécrable était enfin ter- minée... Il se permit un bref instant de laisser- aller contre l'appui-tête en cuir fauve et enclencha un CD. Il laissa passer les cuivres de l'introduction et tourna le démarreur sur l'entrée des violons... L'ouverture de *Tann- häuser*... un des premiers opéras qu'il avait écoutés en arrivant à Paris... un de ses préférés encore actuellement... Depuis sa rencontre avec la musique classique, ses goûts le por- taient, tout naturellement, vers Wagner. Le baroque, très à la mode ces dernières années, l'ennuyait... La légèreté des compositeurs ita- liens l'insupportait... Il aimait la profondeur, les grandes envolées des opéras wagnériens. Le caractère tourmenté et sombre, volontiers

pompeux, de cette musique l'exaltait et le ras-
sérénait.

Cependant, ce soir-là, les accents familiers
de l'opéra, loin de l'apaiser, ne faisaient
qu'aggraver l'énervement, l'inquiétude, le
malaise ressentis tout au long de la journée. Il
poussa un profond soupir... Il était loin, le
temps des premiers opéras que, jeune interne
fraîchement débarqué de sa province, il découvrait avec avidité et émerveillement... Loin, le
temps du travail acharné et des gardes épui-
santes mais partagées entre amis... Loin, les
virées de carabin dans les bars d'étudiants et
les petits restos chaleureux, les soirées interminables passées à refaire le monde ou à jouer
au tarot dans une pièce enfumée, et les filles
subjuguées par leur statut de médecins... Une
bouffée de nostalgie l'envahit : oh oui ! il y en
avait eu, des filles : des rousses, des blondes,
des Noires... jusqu'à cette jolie brune, si tendre
et si amoureuse, qu'il avait pourtant quittée
pour venir ici, en Normandie, se construire la
carrière dont il rêvait depuis l'enfance... Un
instant, le visage de la jeune femme brune
flotta dans sa mémoire.

Un impérieux coup de klaxon le ramena à la
réalité. Il jeta un œil au feu, vert depuis quelques instants, et, haussant ostensiblement les
épaules à destination du conducteur irascible
et pressé qui le suivait, démarra sans hâte.

Le cours capricieux de ses réflexions le

conduisit à la situation présente : la mort de
Bénédicte, l'enquête policière et cette nouvelle
lettre anonyme, ce matin... Geneviève avait-
elle réellement un amant ? Il s'aperçut avec
surprise que l'idée qu'elle pût avoir un amant
ne l'avait jamais effleuré auparavant. Il tourna
et retourna cette pensée dans sa tête, constatant avec agacement que cela le dérangeait
plus qu'il ne l'aurait supposé. Bien sûr, leur vie
sexuelle, quoique pleinement satisfaisante,
avait, avec les années et l'habitude, perdu de
sa fougue et de son intensité... Bien sûr, lui-
même accumulait les aventures extra-conju-
gales... Il hocha la tête : ce n'était pas la même
chose ! Coucher avec une ou deux jolies filles
de temps à autre, des aventures passagères,
c'était sans importance, mais les femmes ne
pouvaient pas s'empêcher d'y mettre du sentiment ! Il ne manquerait plus que Geneviève
soit amoureuse... Avec son statut social, leurs
enfants, et alors qu'ils allaient bientôt fêter
leurs vingt-cinq ans de mariage, c'était tout
bonnement inenvisageable ! Non... Geneviève
était raisonnable... Il lui en parlerait dès ce
soir... Elle comprendrait...

L'ouverture de *Tannhäuser* touchait à sa fin :
c'était le temps qu'il fallait à Desseauve pour
rentrer chez lui sans se presser. Il mit le cligno-
tant pour tourner à droite dans l'impasse qui
menait à sa demeure. En plein centre, au cœur
de la partie ancienne de la ville, les Desseauve

avaient acheté un hôtel particulier du XVIIIe siècle, entouré d'un vaste jardin clos de murs où subsistaient encore, vestiges d'une époque révolue où l'on fabriquait une affreuse piquette, quelques pieds de vigne que les propriétaires successifs ne s'étaient pas résolus à arracher et qui donnaient son nom à la maison : « Les Sarments ». Ce nom avait semblé un bon présage à Cyprien Desseauve, pour qui les sarments – séquelle de son éducation paysanne – évoquaient ses nombreux enfants.

Desseauve actionna la télécommande, ralentit pour donner au portail – remarquablement ouvragé – le temps de glisser sur ses gonds et entra dans la cour, se rendant directement au garage astucieusement aménagé dans un recoin discret, en laissant la barrière se refermer derrière lui.

En sortant de sa voiture, Cyprien eut un mouvement de surprise : contrairement à toutes ses habitudes, Geneviève l'attendait près de la porte. Cette anomalie dans le déroulement quotidien des jours, jointe à l'air catastrophé de sa femme, fit craindre le pire à Desseauve. Aussi, au lieu d'attendre le moment plus propice où, au calme de leur chambre, ils prenaient le temps de commenter leurs journées respectives, de parler des enfants, d'aborder les éventuels problèmes ou, simplement, de discuter, saisissant la main de

Geneviève comme une bouée offerte dans ce
jour parti à la dérive, il demanda avec inquiétude :

– Dis-moi, ma chérie, est-ce vrai que tu as
un amant ?

La réponse de sa femme, loin de le rassé-
réner, lui assena le coup fatal de cette fati-
dique journée :

– Il s'agit bien de ça ! Le problème est ailleurs : ta petite Clara est enceinte !


Stéphane secoua dans l'entrée les gouttes de
pluie attardées sur son blouson, posa son
casque et eut juste le temps de retirer ses
bottes avant qu'une grosse boule de fourrure
ronronnante ne se jette sur elle.

– Bonsoir, Arakis... Tout doux, ma belle,
laisse-moi arriver...

Elle se baissa en souriant pour prendre la
siamoise dans ses bras et, tout en satisfaisant
au rituel du bonsoir, se dirigea vers la cuisine.

Après avoir nourri la chatte, qui s'était préci-
pitée sur son assiette comme si elle était
affamée depuis huit jours, et s'être servi une
Zubrowka bien méritée, Stéphane revint vers
le salon. Elle s'approcha d'une des grandes
baies vitrées qui s'ouvraient sur tout un côté
de la vaste pièce. La terrasse, sous les assauts
conjugués du vent et de la pluie, avait pris un

aspect désolé. Au-delà, la ville qui s'étendait en contrebas avait revêtu son habit d'hiver. L'obscurité tombante y allumait mille petits feux dont l'éclat tremblotait sous la pluie : alignement régulier des réverbères, nuances multiples des fenêtres éclairées, lumières mouvantes de la circulation... Une ou deux rues arboraient même déjà leur parure de Noël.

Se détournant du spectacle de la ville qui, toujours renouvelé, l'enchantait depuis qu'elle avait acheté, voilà bientôt quatre ans, ce grand duplex sous les toits, Stéphane alluma quelques lampes (elle avait toujours préféré une répartition astucieuse des points lumineux à la clarté uniforme d'un plafonnier) et, agenouillée devant la cheminée, entreprit d'y faire naître une joyeuse flambée. Froissant le papier journal et agençant les bûches en une architecture savante, elle sourit en pensant à Pujol : combien de fois l'avait-elle entendu dire, en jetant un œil complice à sa femme : « Seuls les fous et les amoureux savent faire le feu » ? Elle craqua la longue allumette sur son grattoir et soupira : évoquer Amaury la ramenait à l'enquête en cours.

Il y avait de grandes chances pour que Desseauve soit le père de l'enfant porté par Bénédicte Krügel... Et, dans ce cas, avait-il pris le risque de la supprimer ? Ou s'était-elle suicidée ?... C'était pour l'instant les deux

hypothèses les plus vraisemblables. Mme Desseauve n'avait jamais rien dit pour les incar-
tades de son époux, pourquoi aurait-elle agi
cette fois-ci ?... Elle ne savait peut-être même
pas qui était la maîtresse « en titre » du
moment. Il faudrait quand même vérifier son
emploi du temps... Patrice Krügel adorait sa
femme et n'était visiblement au courant de
rien... En plus, en Tanzanie, ça lui aurait été
difficile de tuer Bénédicte ! Quant à la mort
naturelle, si elle ne pouvait, pour l'instant, être
écartée, elle semblait peu vraisemblable à
François : il ne la « sentait » pas... De toute
façon, toutes les analyses n'étaient pas reve-
nues...

Les flammes dansèrent, hésitèrent, puis se
lancèrent à l'assaut de la fragile structure
construite par Stéphane. Cette dernière,
confortablement assise près du feu, se servit
une nouvelle vodka. Tout en grattant d'une
main distraite le ventre rebondi d'Arakis
affalée sur le tapis, elle réfléchit au lendemain :
de toute façon, le professeur Desseauve avait
une responsabilité dans la mort de sa secrétaire. Laquelle exactement ? Voilà ce qu'il
importait de déterminer. Oui... Demain, il fallait retourner à l'hôpital pour interroger à nouveau le patron de la maternité, et, au vu des
rencontres précédentes, ça n'allait sûrement
pas être une partie de plaisir !...

## 6

Il ouvrit les yeux et s'étira. Sans avoir à vérifier sur le radio-réveil, il savait qu'il était 9 heures. Lorsqu'il n'avait rien de prévu, il ne programmait pas la sonnerie et, depuis qu'il était en longue maladie, son réveil spontané s'effectuait, immuablement, à 9 heures. Rien ne semblait pouvoir affecter ce nouveau rythme interne qui s'était instauré depuis sa dépression et tous les traitements qui avaient suivi : ni l'heure de son coucher, ni les saisons, ni les soucis...

Il s'assit sur le bord du lit, se gratta longuement le crâne, puis le pubis, et enfin cura soigneusement chacune de ses narines du bout d'un ongle douteux. Cela fait, il s'étira à nouveau, se leva tout à fait et, écartant les lourds rideaux de velours, constata que le temps était sec et ensoleillé : une belle journée d'automne.

Il sourit, satisfait : sa fille préférée enceinte (et encore devait-il ignorer tous les détails savoureux de l'histoire...), sa maîtresse morte et sa femme s'adonnant aux joies d'une liaison extra-conjugale, Desseauve devait avoir assez de soucis en tête pour qu'il puisse l'abandonner pour la matinée !

Oui... Ce matin, il se sentait d'humeur assez joyeuse pour aller voir Martine.

Les fleurs qu'il lui avait apportées, il y avait trois semaines, pour la Toussaint, devaient être fanées, et il faudrait nettoyer la tombe.

Il laissa retomber les tentures et, sifflotant entre ses dents inégales, partit préparer le petit déjeuner.


Confirmant les pires prévisions de Stéphane, la matinée dans le service de gynécologie-obstétrique se déroulait, pour l'instant, de façon chaotique et orageuse.

Les deux policiers, arrivés tôt, s'étaient vu opposer par Desseauve la nécessité du fonctionnement habituel du service, indispensable pour un bon suivi des malades. Difficile d'avancer un argument contraire... Pujol et Brandoni avaient donc dû patienter pendant le déroulement du staff quotidien (moins long et officiel que celui, hebdomadaire, du vendredi, selon les renseignements glissés au passage par Cécile), puis attendre le règlement par le professeur Desseauve de deux ou trois questions *forcément* urgentes... Actuellement, assis dans la même salle d'attente déprimante que la veille, ils tentaient de prendre leur mal en patience jusqu'à la fin de la visite du mardi...

À travers la cloison à claire-voie de la pièce, Stéphane pouvait voir une partie du secrétariat vitré de Desseauve. Elle observa la remplaçante de la malheureuse Bénédicte Krügel et ne put réprimer un sourire : cette secrétaire-là ne risquait pas de tourner la tête du patron ! Entre deux âges (lesquels exactement ?), plutôt grande, elle semblait porter sa blouse blanche sur un fantôme de corps : corps renié ou soigneusement maîtrisé, en tout cas inexistant. Pas une once de formes, de vie, de chair, encore moins de sensualité. Pas une once d'amabilité non plus, d'ailleurs, comme ils l'avaient constaté en arrivant. C'était une sorte d'humanoïde asexué, neutre, qu'on devinait efficace et professionnel jusqu'au bout de ses ongles courts et sans une once de vernis. La seule trace patente de son appartenance à l'humanité était une sorte de nævus verruqueux, niché contre l'aile gauche de son nez, d'où sortait un poil noir incongru.

Ramenant son regard sur sa montre, Brandoni poussa un soupir excédé. Pujol se tourna vers elle et lui sourit.

– Ne t'énerve pas. Tu sais bien que c'est ce qu'il cherche. C'est une technique classique : nous l'utilisons bien, nous ! D'ailleurs, le voilà, poursuivit-il en désignant de la tête le professeur Desseauve qui venait d'apparaître au bout du couloir.

– Bon, dit ce dernier, je peux vous consacrer

quelques instants, mais pas longtemps.
Entrez !

Stéphane et Amaury se levèrent pour passer
dans le bureau du patron. À cet instant surgit
au bout du couloir, hurlant des imprécations,
gesticulant comme un possédé, un forcené
dans lequel les deux policiers reconnurent
avec peine l'homme écrasé de chagrin qu'ils
avaient vu la veille. Avant qu'ils aient pu intervenir, Patrice Krügel, car c'était bien lui, se
jeta sur Desseauve, l'attrapant à la gorge et le
secouant avec une force insoupçonnée.

– Salaud ! C'est ta faute ! Assassin ! Je vais
te tuer !

Revenus de leur surprise, les deux inspecteurs se précipitèrent sur Krügel et réussirent
à le neutraliser. Dans l'instant de calme relatif
qui suivit, Pujol, désignant de la tête quelques
membres du personnel et quelques patientes
qui suivaient la scène avec un grand intérêt,
fit observer :

– Nous pourrions peut-être entrer dans le
bureau, qu'en pensez-vous ?

Desseauve, qui n'avait pas dit un seul mot
depuis l'irruption de Krügel, entra le premier
dans la pièce, toujours silencieux, en se mas-
sant doucement le cou, suivi par Stéphane et
Amaury qui maintenaient fermement un
Patrice Krügel maintenant calmé. Pujol ferma
la porte derrière lui et demanda :

– Monsieur Krügel, pouvons-nous vous lâcher et vous faire confiance ?

Krügel, l'air confus, acquiesça de la tête.

– Je ne sais pas ce qui m'a pris... Je suis désolé... C'est ce papier...

– Quel papier ? interrogea à son tour Brandoni.

Pour toute réponse, Patrice Krügel sortit de sa poche un morceau de papier froissé et le tendit à Stéphane. Sans le prendre, cette dernière le parcourut rapidement du regard et se tourna vers Pujol. Celui-ci, à son tour, se pencha sur le fragment de feuille déchirée que tenait Krügel. Il y eut un bref flottement dans l'atmosphère de la pièce, comme si chacun attendait ou redoutait une explication dans ces quelques phrases, puis Pujol constata d'une voix calme :

– Eh bien, messieurs, je vais vous demander de bien vouloir nous suivre au commissariat pour que nous puissions enregistrer officiellement vos dépositions.

À l'arrivée au commissariat, Pujol et Brandoni, par accord tacite, s'étaient partagé la tâche. Stéphane, compte tenu de ses relations difficiles avec Desseauve, avait préféré se charger de l'interrogatoire de Patrice Krügel, laissant à son collègue le soin de recueillir la déposition de l'irascible professeur. Pour l'heure, le fragment de papier, maintenant protégé par un plastique, posé bien à plat devant elle, Brandoni laissait parler Krügel tout en l'observant, se contentant de l'interrompre brièvement de temps à autre pour lui faire préciser un détail.

À présent calmé, Krügel s'exprimait avec lenteur, de cette même voix basse et posée qui avait déjà frappé Stéphane. Ses longs doigts noueux jouaient distraitement avec la cigarette qu'il avait demandée mais qui n'était toujours pas allumée.

– Vous voyez, hier, après votre départ, j'ai essayé de comprendre... Ce n'était pas possible de rester là sans savoir, sans rien faire... Alors j'ai pensé que, peut-être, je trouverais une explication dans ses affaires. J'ai commencé à regarder dans ses papiers, ses vêtements...

– Vous pensiez trouver quoi ?

– Je ne sais pas... Je n'avais pas d'idée précise de ce que je cherchais. C'était autant pour m'occuper que pour chercher... Ne pas rester inactif...

Brandoni hocha la tête en signe de compréhension.

– C'est dans la poche d'une de ses vestes que je l'ai trouvé. Il était roulé en boule, froissé, comme si elle avait voulu le jeter au panier et, finalement, s'était ravisée et l'avait glissé dans sa poche. Je l'ai déplié et...

Il marqua une pause, soupira, et conclut :

– Et voilà.

Stéphane profita du silence qui suivit pour examiner à nouveau le papier trouvé par Krügel. C'était un fragment irrégulièrement découpé de ce qui avait dû être une lettre. Les inégalités des déchirures avaient amputé une partie du texte, mais on lisait clairement les mots suivants :

*... Desseauve ? Comment lui annoncer que je suis enceinte ? J'ai peur de sa réaction : il peut être tellement violent. Je vais attendre qu'...*

« On ne saura jamais ce que cette pauvre Bénédicte voulait attendre », songea brièvement Brandoni. Puis, souriant à Krügel, elle dit :

– Je vous remercie, monsieur Krügel. Si vous voulez bien signer votre déposition ?

Elle prit les feuilles dans le bac de l'imprimante et, les lui tendant, ajouta :

– Bien entendu, vous restez à la disposition de la justice pendant l'enquête. Nous vous tiendrons au courant.

– Oui. Bien sûr. Merci. Vous savez, tout ce que je veux maintenant, c'est que ce salaud de Desseauve soit puni !

Et, sur ces mots, Patrice Krügel quitta le bureau.

De son côté, Pujol, malgré sa légendaire courtoisie, avait un peu de mal à garder son calme face à un Desseauve toujours aussi arrogant.

Installé face au policier, Cyprien Desseauve, les jambes croisées avec nonchalance, semblait aussi à l'aise que dans le salon de vieux amis. Depuis le début de l'interrogatoire, sa ligne de conduite était restée la même : il n'était pour rien dans cette affaire, il n'avait pas de liaison avec Bénédicte Krügel, et cette lettre n'était qu'une invention de Patrice Krügel qui avait probablement l'esprit dérangé.

– D'ailleurs, conclut-il, cette lettre est sûrement un faux grossier.

– Ne vous inquiétez pas, monsieur Desseauve, cette lettre va être épluchée par nos services techniques et, si c'est un faux, nous le saurons rapidement.

Pujol laissa passer un long silence. Au cours des interrogatoires, il le savait par expérience, cela déstabilisait souvent les personnes qu'il avait en face de lui. Desseauve, drapé dans une dignité offensée et boudeuse, sembla ne pas s'en apercevoir, mais Pujol remarqua que le médecin s'agitait légèrement, décroisant puis recroisant ses jambes avec nervosité. Amaury se permit un léger sourire et, se penchant vers Desseauve, lui glissa d'un ton confidentiel, presque aimable :

– D'ailleurs, nos services techniques vont examiner beaucoup d'autres éléments. Nous allons faire, entre autres, l'étude génétique du fœtus... À ce propos, vous ne verrez aucun inconvénient, je suppose, puisque vous n'êtes impliqué ni de près, ni de loin dans cette histoire, à ce que nous réalisions sur vous un prélèvement... Je ne vous apprendrai rien, je pense, sur la génétique et les recherches de paternité...

Les jambes du professeur Desseauve se décroisèrent brutalement, comme mues par un ressort. Le médecin se leva, arpenta rageusement la petite pièce, puis s'assit à nouveau, sa belle assurance envolée.

– Écoutez... C'est une situation assez pénible pour moi... Avec mon statut social... ma famille... ma femme... (Pujol admira, au passage, l'ordre d'importance accordé à chacun.) Si je pouvais compter sur votre discrétion... d'homme à homme...

– Professeur Desseauve, il vaut mieux que vous disiez tout ce que vous savez. Nous éviterons d'ébruiter ce qui n'a pas lieu de l'être, je vous assure. D'ailleurs, la presse n'est au courant de rien : pour l'instant, la version officielle est celle d'une mort subite probablement naturelle.

Cyprien Desseauve eut un dernier sursaut.

– Et alors ? Où est le problème s'il s'agit

d'une mort naturelle ? Pourquoi cette enquête ? Que cherchez-vous exactement ?

– Nous cherchons la vérité, monsieur Desseauve. Le lieutenant Brandoni et moi-même trouvons qu'il y a des éléments troublants, des coïncidences curieuses dans cette affaire. De plus, notre légiste est persuadé qu'il ne s'agit pas d'une mort naturelle, même s'il n'a pas tous les éléments... Et puis, ce papier trouvé par Krügel...

– Tout ça n'est que suppositions !

– Peut-être... Peut-être... Tant mieux si nous nous trompons... En attendant, toutes les pistes seront explorées, dont – et surtout – celle de ce bébé que portait Mme Krügel. Alors, professeur Desseauve, je vous écoute...

Ce dernier poussa un soupir à rendre l'âme.

– Bien... Écoutez... D'accord... Il est probable que je sois le père de cet enfant.

– Probable ?

– Je ne surveillais pas la vie privée de Bénédicte Krügel ! Tout ce que je peux vous dire, c'est que son mari est stérile, du moins c'est ce qu'elle disait. Elle disait aussi qu'elle ne l'avait jamais trompé... Mais vous savez ce que c'est : elles disent toutes ça !

Pujol eut la brève vision d'Anne-Laure, sa femme, dénouant ses longs cheveux pour un autre homme, en lui chuchotant : « Je n'ai jamais trompé Amaury avant... » Il secoua la

tête : absurde ! Il reporta son attention sur
Desseauve.

– Depuis combien de temps était-elle votre
maîtresse ?

– Depuis environ six mois, je crois. Mais elle
commençait à être pesante, si vous voyez ce
que je veux dire...

Pujol sourit intérieurement. Le choix du
mot, compte tenu de la morphologie de Bénédicte, semblait presque calculé.

– Pesante ?

– Elle voulait que nous divorcions, que
nous refassions nos vies ensemble, ce genre
de fadaises... Je crois qu'elle n'avait rien
compris !...

Pujol eut une bouffée de pitić pour Bénédicte Krügel, pauvre petite bonne femme ron-
douillarde, endormie dans une vie conjugale
sans aspérités, terne et ronronnante, et brutalement réveillée par ce qu'elle avait pris pour
une grande passion... Non... Elle n'avait probablement rien compris à ce qui lui arrivait...

– Était-elle pesante au point de la faire disparaître ?

Desseauve eut une sorte de haut-le-cœur.

– M'accusez-vous de l'avoir tuée ?

– Je ne vous accuse pas, je vous pose une
simple question.

– Eh bien, non, je ne l'ai pas tuée !
Réfléchissez un peu : je n'aurais jamais pris
ce genre de risques ! (« Avec mon statut

social... », ajouta mentalement Pujol.) Et puis je suis médecin, je donne la vie, pas la mort.

« Il ne manque plus que les violons » songea, ironique, le policier qui poursuivit à voix haute :

– Saviez-vous qu'elle était enceinte ?

– Oui.

– Depuis quand ?

– Depuis le soir où elle est morte.

Pujol leva un sourcil intéressé.

– Je pense que vous feriez aussi bien de me raconter tout ça.

– Le soir où elle est morte, vendredi, j'allais partir – nous recevions des amis, ma femme et moi – lorsque Bénédicte est entrée dans mon bureau. Elle voulait absolument me parler, ce qui m'a agacé car j'étais pressé.

– Il était quelle heure ?

– 18 h 30. Je le sais parce que j'ai regardé la pendulette, sur mon bureau pour voir combien de temps je pouvais lui accorder.

– Après ?

– Elle m'a dit qu'elle attendait un enfant de moi et qu'elle souhaitait que nous mettions fin à cette situation clandestine pour vivre ensemble.

– Et ?

– Et quoi ? explosa Desseauve. Qu'est-ce qu'elle attendait, cette cruche ? Qu'est-ce qu'elle croyait ? Que j'allais fondre de bonheur ? Quitter ce que j'ai mis toute ma vie à construire ?... Je lui ai dit que rien ne prouvait que j'étais le père de cet enfant, que je ne voulais pas en entendre parler, et qu'il était tout bonnement hors de question que je change de vie pour elle.

– Comment a-t-elle réagi ?

Il y eut, à nouveau, un long silence.

– Elle avait l'air désespéré, malheureux... *sincèrement* malheureux, dit-il en faisant ressortir l'adverbe, comme surpris par cette sincérité. Elle s'est mise à sangloter et elle est sortie du bureau. Je ne l'ai pas revue ensuite.

– Pensez-vous qu'elle aurait pu se suicider ?

Plus bouleversé qu'il ne voulait bien le montrer par les événements de ces derniers jours, Desseauve fixa un instant Pujol sans rien dire, puis, se passant machinalement la main dans les cheveux, répondit avec lassitude :

– C'est, hélas, ce que je redoute depuis que j'ai appris sa mort.

Et, pour la première fois de l'enquête, Pujol se surprit à penser qu'il existait peut-être, dissimulée sous la façade bien travaillée du professeur Desseauve, une trace d'humanité.

Krügel et Desseauve ayant été priés de rester à la disposition de la police, et François Marchant n'ayant, pour l'instant, aucun élément nouveau, Pujol et Brandoni, assis devant

un croque-monsieur-salade chez Fred, décidè-
rent, après cette matinée bien remplie, de s'accorder une fin d'après-midi de repos.

Amaury avait quelques courses à faire avant
de retrouver sa femme et ses enfants (dont le
petit dernier venait d'avoir six mois), et il fila
dès la fin du rapide repas, sans même prendre
un café. Quant à Stéphane, après avoir pris le
temps de fumer une cigarette, elle décida de
passer embrasser ses parents. Elle aimait ces
brefs instants, trop rares dans son emploi du
temps surchargé, où elle prenait le temps de
s'arrêter, de retrouver la magie de son enfance.
Même s'ils ne comprenaient pas toujours leurs
enfants (surtout leurs filles), Elena et Joseph
Brandoni les adoraient et cet amour était largement réciproque. Aussi, malgré quelques
« prises de bec », inévitables et agaçantes mais
jamais très longues, entre les filles et leur
mère, les Brandoni formaient-ils une famille
unie, plus soudée encore depuis la mort tra-
gique du petit Paul.

Stéphane sourit avec tendresse en pensant à
ses parents et freina pour venir s'arrêter
devant leur maison. Son sourire se transforma
en une grimace déçue en apercevant la 806
verte garée devant la porte : Laurence devait
être là. Malgré tous leurs efforts, les trois
sœurs Brandoni n'arrivaient pas à sympathiser
avec Laurence, la femme de leur frère aîné.
Bien sûr, il n'y avait jamais eu de réel

esclandre ou de sévère dispute, et même – surtout depuis la naissance de leurs nièces – les
trois sœurs étaient plutôt aimables avec leur
belle-sœur. Vus de l'extérieur, les rapports
semblaient au beau fixe. Elena et Joseph Brandoni ne s'y trompaient pourtant pas, et
Stéphane se demandait parfois si Laurence
s'en doutait, s'en rendait compte, ou si cela la
préoccupait... Mais qu'est-ce qui pouvait
préoccuper Laurence en dehors d'elle-même
et, peut-être, de ses filles ?...

Stéphane poussa un soupir agacé : Laurence
ne pouvait que les excéder. Alors même que
Stéphane et Cécile avaient choisi des métiers
exigeants (« Des métiers d'hommes... », disait
Laurence) où elles entendaient réussir malgré
le handicap d'être une femme, alors même que
Juliette, marchant sur les traces de ses sœurs,
clamait haut et fort qu'elle voulait s'assumer
seule, Laurence, elle, était l'archétype de la
femme-objet. Une fois les filles parties à l'école
(c'est Antoine qui les déposait à la maternelle
tous les matins), Laurence passait des heures
à se pomponner, se maquiller, coiffer ses longs
cheveux blonds et s'habiller comme les
starlettes des magazines (« Comme une
pute... », disait Juliette) avant de daigner sortir
faire quelques courses. Dans la maison, elle ne
s'occupait que des achats et de ses filles
(qu'elle traitait et habillait comme des pou-
pées). Toute la gestion, les comptes, les

papiers, et les démarches diverses et variées
étaient du domaine d'Antoine (« Je n'y comprends rien », disait Laurence en agitant ses
mains aux longs ongles vernis). Toutes les
contingences ménagères – y compris la cuisine – étaient prises en charge par la femme de
ménage exigée par Laurence dès que la petite
entreprise d'électricité créée par son mari
avait commencé à prospérer. Aussi les journées de Laurence Brandoni se déroulaient-
elles entre la toilette, la sortie du matin, les
feuilletons américains, les courses dans les
grands magasins ou les papotages avec les
copines jusqu'à ce qu'il soit l'heure de récupérer Faustine et Malvina à l'école.

Stéphane, comme ses sœurs, avait vraiment
du mal à comprendre ce qu'Antoine pouvait
trouver à cette blonde fadasse et un brin vul-
gaire, pas désagréable mais sans aucune
conversation, hormis la mode, les potins de la
presse *people* ou les aventures des héros de
séries insipides. Mais enfin, il en était fou...

Stéphane monta les quelques marches qui
menaient à la porte-fenêtre du séjour et jeta
un œil par le rideau entrouvert : pendant que
son père servait le café, sa mère semblait
plongée dans une grande discussion avec Laurence, dont Stéphane nota rapidement le chi-
gnon savamment élaboré, la robe-fourreau
bleu électrique dévoilant largement des bas à

couture et les talons disproportionnés. « C'est pire que d'habitude ! » se dit-elle et, poussant un soupir résigné, elle frappa au carreau.

– Salut, Cécile ! Quoi de neuf, ce soir, dans le service ?

Sortant du service de gynécologie où elle avait effectué la contre-visite, Cécile Brandoni s'arrêta sous le porche où elle venait de croiser Marc Tobati.

– Rien de bien spécial. Il y a eu une entrée pour suspicion de grossesse extra-utérine, on attend les résultats du bilan et des HCG. C'est Catherine Garnier le chef de garde : elle est prévenue. Autrement, j'aimerais que tu passes examiner la petite Aurore Vimont : je trouve que sa température ne baisse pas vite malgré les antibiotiques...

– OK, je vais jeter un œil... Rien d'autre ?

– Non. Je crois que je t'ai tout dit.

– Oh, non ! Tu ne m'as pas dit comment tu allais, toi... Ni comment ça allait avec Salvador...

Les yeux de Cécile se mirent à briller.

– Rien à dire sauf : EXTRAORDINAIRE !

– Oh ! Oh !... Donc c'est sérieux, cette fois-ci ?

– J'en ai bien peur, dit Cécile, mi-émue, mi-blagueuse.

– Alors, tant pis pour moi ! répondit Marc
en prenant un air exagérément désespéré qui
les fit rire tous les deux.

Cécile et Marc s'étaient rencontrés, plusieurs années auparavant, au hasard d'un
stage. À l'époque, ils étaient tous deux externes
– Cécile débutante, et Marc, un peu plus âgé,
un peu plus chevronné. La sympathie avait été
réciproque : ils avaient la même vision de leur
futur métier, la même exigence dans le travail
et le même humour un peu caustique. Sans
devenir vraiment amis (ils s'étaient rarement
vus en dehors de l'hôpital), et encore moins
amants, ils avaient pourtant progressivement
partagé, au fil de stages communs, une solide
complicité et une estime, une confiance réci-
proques.

– C'est ça ! Moque-toi de moi ! Tu verras
quand ça t'arrivera !

– Ouh là ! Le plus tard possible ! Tu sais
bien ce que dit Montherlant : « Savoir que les
choses bonnes abondent, mais vouloir ne jouir
que d'une seule d'entre elles, c'est cela qui n'est
ni naturel, ni raisonnable. »

– Je te reconnais bien là, Don Juan impé-
nitent, séducteur sans vergogne de pauvres
femmes...

– Mariées, uniquement mariées : ni vu, ni
connu, pas d'embrouille, pas de fil à la patte,
rien que les bons côtés à partager !

Il eut un de ses lumineux sourires et ajouta
avec malice :

– D'ailleurs, ma chérie, quand donc te
maries-tu ?

– Mais que tu es bête, mon pauvre Marc !
gloussa Cécile avant de regagner sa voiture.

## 7

Le brouillard, compact et huileux, étouffait les bruits matinaux de la ville, gommait les formes abruptes de l'habituel décor urbain et faisait curieusement ressortir, comme exacerbés au sein de cette uniformité cotonneuse, les odeurs habituelles de la cité au réveil.

Il pressa le pas, resserrant machinalement les pans de son pardessus : il ne s'agissait pas d'être en retard ! Le clocher de l'église Sainte-Félicité égrena sept coups lointains. Il grimaça un sourire : il avait le temps... Ça valait la peine de mettre le réveil à sonner à l'aube, contrariant toutes ses habitudes de lever !

Les mains dans les poches, la tête enfoncée dans le col de son manteau élimé, il ralentit un peu pour s'orienter et tourna à droite. Il ne devait plus être loin...

Surgissant tout à coup du flou ambiant, l'entrée de l'impasse de la Miséricorde fut devant lui : l'impasse de la Miséricorde au fond de laquelle se dressait fièrement « Les Sarments ».

Il s'arrêta, réfléchit brièvement. Dans quelques minutes, il le savait depuis ses longues heures de surveillance, Desseauve allait sortir de l'impasse, faisant vrombir les moteurs de sa luxueuse voiture, pour se rendre à l'hôpital. Il fallait choisir la bonne place : il voulait que Desseauve le voie. Oh, il n'espérait pas que le médecin le reconnaisse, non... Il devait déjà l'avoir oublié... Mais il voulait qu'il le voie, là, debout, à l'attendre... Qu'il le voie, là, debout, ce matin et les matins suivants... Qu'il le voie, là, debout, tous les jours...

Il essaya quelques emplacements différents, imaginant le regard de Desseauve, puis se décida pour la sortie de l'impasse, juste à l'angle de la rue. Il s'adossa au mur humide et commença son attente, percevant, sans y prêter attention, le ronflement ininterrompu de la circulation débutante sur le boulevard tout proche et les bruits assourdis des poubelles.

Quelques instants à peine et Desseauve apparut. Les phares éclairèrent tout à coup l'homme, comme les projecteurs d'un théâtre. Dans le halo de lumière qui le dessinait avec une précision un peu surréaliste, ce dernier se détacha du mur, s'avança vers la voiture en fixant intensément son conducteur et disparut dans l'obscurité aussi brutalement qu'il en avait surgi.

Le premier mouvement de surprise passé, Desseauve haussa les épaules et grommela :
– Encore un timbré...
Mais c'est avec une vague sensation d'appréhension et de malaise qu'il poursuivit sa route.

Cécile referma derrière elle la porte du ves-
tiaire où elle venait d'entrer. Elle étouffa un
bâillement : la mise en route quotidienne lui
était toujours un peu difficile... Elle se désha-
billa pourtant rapidement et revêtit le pyjama
vert indispensable pour circuler au bloc opératoire. Elle troqua ses chaussures contre des
mules en plastique, coiffa ses cheveux indisci-
plinés d'une calotte en jersey qui les masquait
entièrement et ajusta une bavette en papier
devant sa bouche. Cela fait, et après avoir ôté
sa bague pour la glisser à la chaîne qu'elle portait au cou, elle entra dans le bloc. Comme
tous les matins, il y régnait une activité fié-
vreuse. Dans le couloir et les différentes pièces
se croisaient médecins, brancardiers, infirmières, aides-soignantes et sages-femmes,
tous vêtus comme Cécile. Cette dernière, après
avoir repéré, d'un rapide coup d'œil sur le
tableau, la salle où opérait Desseauve – dont
elle devait, ce matin, être l'aide opératoire –,
se dirigea vers le lavabo.

Cécile aimait le rituel de la salle d'opération : elle éprouvait, à chaque fois, une sensation bizarre, curieux mélange d'appréhension,
d'assurance et aussi de fierté... le sentiment
d'être, d'une certaine façon, *initiée*. Le déroulement, immuable et minutieux, des préparatifs

ne lui pesait jamais : elle en appréciait tous les moments, depuis le lavage et le brossage soigneux des mains, ongles et avant-bras jusqu'à la disposition précise des champs opératoires et du matériel, en passant par le revêtement de la casaque – en ne touchant que les cordons – et l'enfilage – codifié et rigoureux – des gants. Elle sourit : décidément, chaque instant de ce métier la confortait dans son choix. Même le fait qu'elle devait opérer, ce matin, avec Desseauve ne pouvait altérer son plaisir : bien sûr, le patron était exigeant, irascible et même parfois injuste, mais il intervenait avec art et aimait à transmettre son savoir.

Cécile adressa un bonjour amical à Sevgi, qui venait, à son tour, de rentrer au bloc, et, après avoir laissé tomber sa brosse dans le lavabo et s'être longuement rincée, elle se dirigea, les mains en l'air (« Comme pour faire les marionnettes... », lui avait dit une panseuse la toute première fois où elle s'était préparée), vers la porte de la salle 3 qui s'ouvrit dans un chuintement aseptisé.

Stéphane écrasa soigneusement son mégot et se leva pour ouvrir grand la fenêtre de son bureau malgré la fraîcheur matinale. Paradoxalement, elle ne supportait pas l'odeur de tabac froid. L'air vif, un peu piquant, de cette matinée d'hiver s'engouffra dans la pièce, entraînant dans son sillage quelques relents d'essence en provenance du parking, de vagues odeurs de pain chaud flottant depuis la boulangerie voisine et un timide rayon de soleil. La jeune femme s'attarda devant la fenêtre, l'esprit vagabond...

Quelques coups pressés frappés à sa porte la sortirent de sa rêverie.

– Entrez, dit-elle en se retournant.

La haute silhouette de François Marchant s'attarda, comme hésitante, dans l'encadrement de la porte.

– Eh bien, entre, François, reprit Stéphane en essayant de masquer sa gêne : depuis leur rupture, encore récente, Stéphane Brandoni et François Marchant avaient du mal à trouver un ton « juste » dans leurs inévitables rapports professionnels.

– Dis donc, il fait glacial dans ton bureau ! Toujours cette manie d'aérer, hein ?

Il y eut un silence embarrassé, rompu par Stéphane :

– Tu voulais me voir ?

– Oui... À propos de l'affaire Krügel... J'ai tous les résultats d'analyse. Je voulais t'expliquer un peu. C'est difficile de mettre ça froidement sur papier... Je ne suis pas entièrement satisfait de la conclusion...

Stéphane leva un sourcil étonné : la compé-

tence du légiste était largement reconnue par
tous et une telle hésitation était, pour le
moins, inhabituelle.

– Attends ! dit-elle, avec un geste de la main
pour l'interrompre, j'appelle Amaury. Il préfé-
rera sûrement entendre les explications directement de ta bouche.

Les quelques minutes passées à attendre
Pujol se traînèrent dans un silence pesant : le
domaine professionnel mis en suspens, aucun
des deux ne voulait se risquer dans l'échange
de phrases anodines pouvant déboucher, de
façon imprévisible, sur le domaine privé. L'arrivée de Pujol allégea de façon spectaculaire
l'atmosphère tendue de la pièce.

– Bonjour, Stéphane ! Bonjour, François !
Alors, que se passe-t-il ? demanda Amaury en
se perchant familièrement sur un coin du
bureau de Brandoni.

– Bon, dit Marchant. Voilà le rapport complet d'autopsie de Bénédicte Krügel, avec tous
les résultats des différents examens pratiqués.

Il posa un gros paquet de feuilles sur le
bureau, gardant un simple feuillet à la main.
Agitant ce dernier, il reprit :

– Et voici ma conclusion : mort naturelle.

Il posa, avec soin, comme à regret, le papier
sur le reste de la pile.

Il y eut un silence.

– Qu'est-ce qui cloche ? interrogea Stéphane.

– Je ne sais pas... Une impression... Appelle
ça une intuition, si tu veux... Mais rien de sûr,
rien de palpable, rien de scientifique... C'était
une femme en bonne santé, sans problème
grave, on ne trouve aucune raison médicale à
ce décès, ni trace d'un quelconque poison ou
toxique... Tout au plus...

– Oui ?

– Non, rien... Quelques très légères traces
de benzodiazépines, mais à une dose très
faible, largement insuffisante pour la tuer : elle
a dû prendre du bromazépam ou du lora-
zépam après son altercation avec Desseauve...
Je n'ai pas d'explication...

– Mais, François, tu m'as dit toi-même une
fois qu'il y avait des tas de morts subites de
l'adulte jeune qui restaient inexpliquées,
même après autopsie !

– Oui, je sais bien... Bien sûr, je vais être
obligé de conclure : « Mort naturelle sans étiologie retrouvée », mais, je ne sais pas pourquoi, cette mort me chiffonne... Je voulais
vous le dire, parce que je ne le mettrai pas
dans le rapport... Voilà...

Sur ces mots, il se leva et, après un salut
amical en direction de ses deux collègues,
sortit du bureau.

– Eh bien, dit Stéphane, puisqu'il conclut
officiellement à une mort naturelle, je ne vois

pas ce qu'on peut faire de plus, à part prévenir
le mari : ça allégera peut-être un peu son
chagrin.

– Il faut aussi prévenir Desseauve, compléta
Amaury, on lui doit bien ça.

Brandoni esquissa une grimace.

– Et on pourra se pencher plus sérieuse-
ment sur cette histoire de lettres anonymes,
poursuivit Pujol.

Stéphane grimaça un peu plus, se leva pour
fermer la fenêtre et conclut, en poussant un
soupir à fendre l'âme :

– Bon... Alors, au moins, on commence par
Krügel, parce que moi, Desseauve, dès le
matin...


Les deux policiers n'avaient pas pris la peine
de prévenir Patrice Krügel de leur venue, aussi
le surprirent-ils en train de petit déjeuner. Les
mules en cuir, l'ample veste d'intérieur sobrement brodée nouée sur un pyjama d'évidence
luxueux donnaient une note d'élégance à la
silhouette maigre de Krügel. Une musique
agréable résonnait en sourdine, un feu accueil-
lant ronronnait dans la cheminée ; l'ambiance
paraissait sereine, et Krügel lui-même, malgré
ses traits tirés, semblait apaisé.

Comme la première fois, ce dernier invita
les inspecteurs à s'asseoir au salon. Sur la

table basse était posé le plateau du petit
déjeuner : jus de fruit, café, pain frais, beurre
et confitures variées, et même une grosse
brioche. Stéphane se surprit à penser que l'appétit n'allait pas si mal pour quelqu'un qui
avait autant de peine, mais elle se reprocha
aussitôt cette pensée malveillante en enten-
dant la voix angoissée de Krügel :

– Alors ?... Avez-vous du nouveau ?... Que
s'est-il passé ?... J'ai besoin de savoir ! Il faut
que je sache !...

– Monsieur Krügel, dit Pujol, veuillez tout
d'abord nous excuser d'arriver ainsi, à l'improviste...

D'un geste, Patrice Krügel signifia que cela
n'avait aucune importance.

– ... mais, effectivement, nous avons du
nouveau.

– Il l'a tuée, hein ? J'en étais sûr ! Le
salaud !...

– Monsieur Krügel, votre femme est morte
de mort naturelle.

Il y eut un long silence. Patrice Krügel semblait sidéré, médusé. Puis il explosa :

– C'est ça ! De mort naturelle !... Et moi, je
suis le pape !... Il l'a tuée, je vous dis ! J'en suis
sûr ! C'est un salaud ! Un ignoble suborneur !...
Ah ! il a profité d'elle parce qu'il était le patron
et qu'elle ne pouvait rien dire ! Mais après,
hein, après, ça n'était plus pareil ! Elle devenait gênante ! Alors il l'a tuée... D'ailleurs elle

en avait peur... Vous l'avez vu, comme moi, sur ce papier que j'ai trouvé... Elle en avait peur... Je suis sûr qu'il l'a tuée...

Il s'arrêta pour reprendre son souffle et poursuivit d'un ton rusé :

– Oh... mais je vois bien ce qui s'est passé : vous le protégez ! Vous avez des ordres pour le couvrir parce qu'il est adjoint au maire !... C'est ça, avouez-le, vous avez des ordres !...

Stéphane l'interrompit froidement :

– Monsieur Krügel, votre chagrin ne vous autorise pas à mettre en doute notre intégrité. Nous n'avons pas eu d'ordres et nous n'avons subi aucune pression... Et même si ç'avait été le cas, ça n'aurait rien changé ! Le rapport d'autopsie et des diverses analyses peut être mis à votre disposition. Il n'y a rien, rien du tout. On a juste retrouvé une très petite trace d'anxiolytique...

Interrompant sa collègue, Pujol poursuivit :

– À ce propos, savez-vous si votre femme avait l'habitude de prendre des calmants ?

– Oh ! Elle n'en prenait pas avant... Mais depuis quelques mois, c'est vrai, elle avait des insomnies, des angoisses, et il lui arrivait d'en prendre un ou deux de temps à autre... Elle disait que son travail la stressait, qu'elle était un peu surmenée. Si j'avais pu me douter de l'origine de ses angoisses... Le salaud !... Il ne l'emportera pas au paradis ! Il y a une justice et il finira par le payer... Ah, ça oui, il le paiera...

Les vitupérations de Patrice Krügel poursuivaient encore les deux policiers lorsqu'ils refermèrent les portières de la voiture...

Cyprien Desseauve reposa sa tasse dans la soucoupe avec un petit tintement sec. Il repoussa le tout loin de lui d'un geste las et jeta un œil à sa pendulette : 19 heures... Il n'avait pas besoin de se presser : Geneviève avait téléphoné qu'elle sortait avec Nicole, et Antoinette, l'employée de maison fidèle au poste depuis leur mariage, allait s'occuper des enfants. Elle leur mitonnerait un de leurs plats favoris sur la vieille cuisinière à bois dont elle refusait de se défaire et les ferait manger – « à la bonne franquette », comme elle disait – sur la grande table de la cuisine au lieu de la salle à manger, puisque les parents n'étaient pas là. Cyprien sourit : Antoinette couvait les enfants comme s'ils étaient les siens ; pire même, peut-être !...

Les enfants... Son sourire se figea : Clara !... Il poussa un profond soupir. Clara, sa petite Clara, résolue, envers et contre tout, à garder ce bébé... Il revit le visage têtu de sa fille, déterminée, obstinée, s'opposant à lui, l'autre soir,

pour la première fois... Tout. Ils avaient tout
essayé, Geneviève et lui, pour la convaincre de
renoncer à cette grossesse, pour la convaincre
de pratiquer une IVG : ils lui avaient présenté
ce que serait sa vie avec un enfant, la difficulté
de se marier ensuite, l'obstacle pour des études
qui, pourtant, s'annonçaient brillantes, le
regard des autres... Ils avaient discuté, rai-
sonné, tempêté et même supplié... Rien n'y
avait fait. Enfermée dans une attitude hostile
et butée, Clara n'avait cédé à aucun argument,
aucun chantage, aucune menace, aucune
prière. Elle n'avait rien dit pendant leur long
plaidoyer, et ensuite, la seule parole prononcée
avait été : « Je garde cet enfant. Rien ni personne ne me fera changer d'avis. »

Desseauve se passa la main dans les cheveux
et soupira à nouveau. Il se sentait fatigué,
désabusé, vidé de toute énergie. Il avait l'impression d'avoir vieilli de dix ans en une
semaine. Sa vie, si bien ordonnée, si bien
construite, s'effilochait devant ses yeux... Jusqu'à sa femme... Avait-elle vraiment un
amant ? Tout entiers préoccupés par la grossesse de leur fille, ils n'avaient pas abordé ce
problème depuis. Peut-être n'était-elle pas
avec Nicole ce soir ?... Un bref instant, il eut la
tentation de téléphoner chez les Hardel-
Leblanc pour savoir si Nicole était sortie, mais
il se ravisa : il détestait être ridicule.

Il resta là, désemparé, la tête entre les

mains, pensif. « Quelle semaine affreuse ! » se dit-il, amer. Entre la probable infidélité de Geneviève, la grossesse de Clara et la mort de Bénédicte... Il eut une sorte de ricanement : finalement, maintenant que les policiers lui avaient appris, cet après-midi, que Krügel était morte naturellement (ce qui éloignait de lui tout soupçon de meurtre et le soulageait du poids d'un éventuel suicide), il devait quand même reconnaître que cette mort l'arrangeait bien !

Malgré tout, la pression subie, les chocs successifs avaient été trop forts ces derniers jours... Sans compter ces putains de lettres qui continuaient à arriver...

Il grommela, sortit du paquet de courrier du jour la dernière lettre anonyme en date. Cette fois-ci, il n'y avait qu'un titre de film, découpé et collé sur la feuille :

SOUVIENS-TOI L'ÉTÉ DERNIER.

L'été dernier... Celui-ci ou celui d'avant ?... Il avait beau réfléchir, il ne voyait pas... D'ailleurs il ne voulait plus réfléchir, ni se souvenir de quoi que ce soit. Il voulait juste que tout s'arrête, que ce cauchemar dans lequel il se débattait disparaisse : les lettres, Geneviève, Clara... Il en avait assez... Il voulait souffler, être heureux comme avant...

Dans son désarroi, il balançait la tête machi-

nalement, sans s'en rendre compte, et mar-
monnait des mots indistincts.

Perdu dans ses pensées, il mit quelques instants avant de prendre conscience d'un bruit
répété : on avait frappé. Grâce à la maîtrise de
soi qu'il avait acquise au fil des ans, il reprit
pied, au prix d'un intense effort sur lui-même,
et prononça d'une voix ferme et emplie de son
habituelle autorité :

– Entrez !


Il sourit brusquement. Il osait à peine y
croire... Enfin !... C'était arrivé... Comme dans
ses rêves les plus fous !...

Il respira longuement, indifférent au quartier sordide qu'il devait traverser pour rentrer
chez lui et à ce début de nuit pluvieux qui gon-
flait peu à peu ses vêtements d'humidité. Il se
sentait bien... comme avant... comme délivré...
presque heureux...

La scène et ses moindres détails s'étaient
gravés dans sa mémoire, et il savait déjà que,
même revue, remémorée des milliers de fois,
elle lui provoquerait toujours cette même
satisfaction, cette même plénitude, cette
même jouissance.

Il se sentait léger, exubérant. S'il avait osé,
il aurait esquissé quelques pas de danse, là,
sous la pluie, comme dans ces comédies musi-

cales dont Martine raffolait... Martine... Non,
il ne fallait pas danser : ce n'était pas prudent.
Il ne voulait pas qu'on l'enferme à nouveau
dans cette grande maison blanche, froide et
impersonnelle, imprégnée d'odeurs de soupe
et de désinfectants où on l'avait conduit à la
mort de Martine... « Maison de repos »,
avaient dit les médecins. Il grimaça : il était
peut-être dépressif, mais il n'était pas idiot !
En fait de maison de repos, c'était bel et bien
un asile...

Mais tout ça, c'était le passé... Seul comptait
le présent. Un présent délicieux et grisant... Il
eut un rire méchant qui fit s'écarter de lui avec
inquiétude la petite vieille qui le croisait ;
perdu dans ses pensées, il ne l'avait même
pas remarquée...

Il revoyait Desseauve fatigué, découragé...
Desseauve prostré sur son bureau, anéanti...
Et surtout... surtout... cette fugitive lueur de
panique et d'égarement captée dans le regard
de Desseauve juste avant que la statuette ne
vienne lui fracasser le crâne... Il tourna d'un
pas allègre à l'angle de sa rue. Un bon choix,
cette statuette !... Il fit sauter le trousseau de
clés dans sa main : ce soir, il allait manger au
champagne !...

## 8

Cécile Brandoni passa rapidement dans le couloir qui séparait le hall d'entrée de la vaste salle d'attente des consultations externes, déjà presque pleine bien qu'il fût encore tôt. C'était tous les matins pareil : entre les femmes qui avaient rendez-vous avec un des nombreux médecins ou sages-femmes du service et celles qui venaient, sans rendez-vous, voir l'interne de garde pour un problème urgent, les capacités d'accueil de la pourtant grande pièce étaient vite dépassées. Quelques petites salles d'attente supplémentaires – pour l'hospitalisation de jour ou les consultations spécifiques – avaient bien été aménagées, mais elles étaient, elles aussi, très vite saturées.

Cécile traversa une de ces pièces, où patientaient des futures mamans (des « gros ventres », disaient parfois, affectueusement, les sages-femmes) venues passer une échographie, frappa à une porte marquée « Amniocentèse » et passa la tête par l'entrebâillement.

– Excusez-moi, M. Desseauve est là ? On a besoin de lui en gynéco.

La sage-femme, occupée à vérifier le matériel de ponction, répondit sans tourner la tête :

– Non, il n'est pas là. C'est M. Buissonnet qui fait les amniocentèses ce matin.

– Ah bon ? Merci.

Un peu agacée Cécile repartit vers la gynéco : elle n'allait pas passer sa matinée à chercher le patron partout ! Les différentes unités, contactées par téléphone, assuraient ne pas avoir vu Desseauve ce matin, et c'est la secrétaire de ce dernier, elle-même, qui avait conseillé à Cécile de voir aux amniocentèses... Avant d'abandonner et de rejoindre son unité, Brandoni décida de tenter tout de même une dernière démarche et se rendit directement chez la secrétaire du patron.

– Re-bonjour, mademoiselle Marie, je n'ai pas trouvé M. Desseauve : il n'est pas aux amniocentèses, ni nulle part d'ailleurs...

La secrétaire, imperturbable, continua à taper sur son ordinateur comme si elle n'avait pas entendu Cécile. Cette dernière haussa le ton :

– Vous ne savez pas où je pourrais le trouver, par hasard ?

Cette fois, Mlle Marie daigna se tourner vers Cécile.

– Ce n'est pas la peine de crier, mademoiselle Brandoni : je ne suis pas sourde. Quant au professeur Desseauve, que je sache, je ne suis pas chargée de le surveiller. S'il ne me dit pas où il va et où je peux le joindre, je ne peux pas le deviner !

– Et il ne vous a rien dit ?

Thérèse Marie esquissa une sorte de moue.

– Je ne l'ai pas vu ce matin. Sa voiture est sur le parking mais, quand je suis arrivée, je l'ai appelé à l'interphone dans son bureau sans succès. Je suppose donc qu'il est dans les services. Où exactement, je n'en sais rien.

Cela dit, et après cette tirade étonnamment longue compte tenu de son habituelle économie de paroles, elle reprit sa frappe sans plus se préoccuper de Cécile. Brandoni haussa les épaules et revint à la charge :

– Excusez-moi, mademoiselle Marie, mais nous avons VRAIMENT besoin de lui en gynéco : il y a un problème dans le traitement d'une patiente, et Tobati, notre chef de clinique, est en vacances depuis hier soir. M. Desseauve ne s'est pas volatilisé tout de même ! Si sa voiture est là et qu'il n'est dans aucune des unités, il ne peut être que dans son bureau ! Il n'a peut-être pas entendu l'interphone, ou il était occupé à ce moment-là... Avez-vous essayé de frapper ?

La secrétaire répondit, la voix chargée de reproches :

– Je ne frappe au bureau du professeur que s'il m'a demandé de venir, pour une raison ou une autre... Autrement je m'annonce toujours par l'interphone et je fais pareil pour toute personne qui veut le voir, vous le savez bien...

Cécile acquiesça : frapper directement à la

porte du patron sans être attendu ou sans
avoir été annoncé au préalable était réservé à
son adjoint ; Desseauve détestait être dérangé.
Elle réfléchit brièvement.

– Tant pis, j'y vais, on en aura le cœur net,
annonça-t-elle, tout en pensant : « S'il y est,
qu'est-ce que je vais prendre ! »

Elle s'avança vers le bureau et frappa quelques coups énergiques. Mal fermée, la porte
s'entrouvrit légèrement.

– Monsieur Desseauve ? demanda Cécile.

Le silence se prolongeant, elle ouvrit un peu
plus grand, en répétant un peu plus fort :

– Professeur Desseauve ?

Allongé sur le côté droit, la jambe gauche
repliée sur l'autre avec élégance, les bras
curieusement disposés à angle droit et le côté
gauche du crâne réduit à une sorte de magma
sanguinolent, le professeur Desseauve était
mort.

Deux fenêtres, allumées au rez-de-chaussée,
témoignaient d'une présence dans la demeure,
mais il fallut pourtant de longues minutes
après le coup de sonnette pour que quelque
chose bouge dans la maison. Les deux policiers, calmement, attendaient devant la grille :

ils n'étaient pas pressés de délivrer leur message. Sur le côté, une petite porte – qui devait
être la porte de service – s'ouvrit et une femme
apparut, suivie d'un caniche nain aux aboie-
ments frénétiques et d'un labrador silencieux
et méfiant. Elle s'avança vers la grille ; grande,
bien charpentée, la soixantaine énergique, elle
était exactement, dans sa robe sombre et son
tablier blanc, le type même de l'employée de
maison, membre de la famille et entièrement
dévouée à ses employeurs, qu'on s'attendait à
trouver chez les Desseauve.

– Vous désirez ?

Le ton était poli mais froid.

– Capitaine Pujol de Ronsac et lieutenant
Brandoni, police criminelle. Nous voudrions
parler à Mme Desseauve.

– Puis-je voir vos cartes, s'il vous plaît ?

Les deux policiers s'exécutèrent et, à regret,
la femme fit jouer la télécommande du portail
et leur fit signe d'entrer. Tout en les précédant
dans l'allée, elle dit :

– Madame n'est pas là pour le moment. Je
vais vous faire attendre.

– Il n'y a personne à part vous ? s'enquit
Stéphane.

Sans se retourner, la femme répondit :

– Les enfants sont en cours, Monsieur à
l'hôpital et Madame au centre sportif. Quant à
M. Pierre, il n'habite plus ici : il a son appartement. Je vous en prie, dit-elle en s'effaçant

pour les faire entrer, veuillez vous installer :
je préviens Madame dès son retour ; elle ne
devrait pas tarder.

Elle disparut en refermant la porte derrière
elle.

Pujol s'assit, mais Brandoni préféra rester
debout, observant la pièce où l'employée de
maison les avait installés. C'était un salon
agréable et lumineux. Le parquet luisant,
réchauffé par des tapis épais, les boiseries
anciennes, peintes de couleur claire, et les
lourds rideaux damassés donnaient au lieu un
côté classique, démenti par un ameublement
résolument *design*, depuis les gros fauteuils en
cuir blanc jusqu'à la bibliothèque en verre et
acier qui occupait tout un mur, en passant par
les tableaux et bibelots qui égayaient l'ensemble. Sur une des consoles s'épanouissait
un magnifique bouquet de fleurs fraîches.

– Ah, évidemment, dit Stéphane en écartant
les bras pour désigner le décor, on sent tout de
suite la bonne bourgeoisie friquée...

Pujol sourit.

– Voyons, voyons... Pas de prise de position
politique, lieutenant Brandoni ! Je te rappelle
que nous sommes ici pour annoncer un décès.

Un bruit de pas et quelques chuchotements
dans le couloir les avertirent de l'arrivée de
Geneviève Desseauve avant que celle-ci
n'ouvre la porte.

– Bonjour, dit-elle du ton poli mais légèrement condescendant qu'on utilise pour parler
aux subalternes. Que puis-je pour vous ? Rien
de grave, j'espère ?

Pujol, qui s'était levé à l'arrivée de Geneviève
Desseauve, s'avança vers elle et prit la parole :

– Bonjour, madame Desseauve, je suis le
capitaine Pujol de Ronsac. Je suis porteur
d'une mauvaise nouvelle, hélas ! On a découvert votre mari, mort, dans son bureau, ce
matin.

Les yeux de Geneviève Desseauve s'écarquil-
lèrent, son visage prit une expression horrifiée
et elle ouvrit la bouche comme pour crier,
mais, presque instantanément, avec une
remarquable maîtrise, elle porta la main à sa
bouche et, en silence, s'assit sur le premier
fauteuil à sa portée. Sous son hâle perpétuel,
elle était devenue livide.

– Mon Dieu, parvint-elle à murmurer, mon
Dieu...

Puis elle se tut, comme à bout de forces.

Les deux policiers restèrent muets, la laissant reprendre ses esprits et affronter la nouvelle. Le silence s'éternisa. Geneviève
Desseauve questionna d'une voix blanche :

– Comment est-ce arrivé ? Une embolie ?
Le cœur ?...

– Il a été assassiné, madame.

À nouveau, un long silence.

Mme Desseauve était, à présent, décomposée. Malgré les artifices de son maquillage savant, elle faisait tout à coup largement son âge, le visage creusé en un instant.

– Assassiné ?... Pourquoi ?... Comment ?...

– Pourquoi, madame ? Nous ne le savons pas encore. Comment ? Probablement assommé par un objet lourd, mais notre légiste nous le confirmera après l'autopsie.

– Oh ! mon Dieu, vous allez faire une autopsie ?

– Nous n'avons pas le choix, madame, il s'agit d'un meurtre.

– Oui, bien sûr... Bien sûr...

La voix n'était plus qu'un murmure. Geneviève Desseauve, les yeux dans le vague, se tut à nouveau. Stéphane et Amaury échangèrent un regard. Stéphane reprit :

– Excusez-nous, madame, nous ne voudrions pas paraître brutaux, mais vous sentez-vous capable de répondre à quelques questions ?

Mme Desseauve tressaillit, fixa Stéphane et hocha la tête en silence, en signe d'assentiment.

– Quand avez-vous vu votre mari pour la dernière fois, madame ?

– Hier matin, au petit déjeuner, juste avant qu'il ne parte travailler.

Le phrasé lent, la voix basse et un peu métallique et la crispation des doigts de Geneviève

Desseauve sur les accoudoirs de son fauteuil trahissaient seuls l'intense effort que cette dernière faisait sur elle-même.

– Vous n'avez plus eu de nouvelles depuis ?

– Si. Je lui ai téléphoné dans l'après-midi pour lui dire que je sortais avec une amie hier soir, et qu'il ne s'inquiète pas.

– Vous lui avez téléphoné vers quelle heure ?

– Vers 17 heures, 17 h 30, je pense.

– Où êtes-vous allée, hier soir, madame ?

– Au théâtre.

Stéphane notait rapidement. Pujol enchaîna :

– Pardonnez ma question, mais avec qui étiez-vous ?

– Avec Nicole Hardel-Leblanc.

– À quelle heure êtes-vous rentrée ?

– Vers 23 heures, je crois...

– Votre mari dormait ?

– Non. Il n'est pas rentré cette nuit.

– Et ça ne vous a pas inquiétée ?

Pujol jeta un bref coup d'œil à Stéphane, dont la question, posée à brûle-pourpoint, avait presque un ton accusateur. Le ton n'avait pas non plus échappé à Geneviève Desseauve qui répondit un peu sèchement :

– Il arrivait à mon mari de ne pas passer la nuit à la maison... Avec son travail...

– Vous prévenait-il, en général, lorsqu'il ne rentrait pas ? demanda Pujol.

– Oui, toujours. Mais hier, j'ai pensé qu'il

n'avait pas voulu laisser le message à Antoinette ou aux enfants comme j'étais sortie... Je
comptais lui téléphoner ce matin en revenant
du Body's Center.

Mme Desseauve essuya, d'un geste furtif,
une larme qui s'annonçait.

– Savez-vous si votre mari avait des ennemis ?

– Je ne crois pas. Cyprien était respecté, parfois craint... Mais de là à avoir des ennemis...

Pujol entendit, en écho, la voix de Desseauve
répondant à cette même question quelques
jours plus tôt : « Vous savez, dans ma position,
il faudrait plutôt me demander si j'ai des amis,
ça irait plus vite... » Il ajouta :

– Saviez-vous que votre mari recevait,
depuis plusieurs mois, des lettres anonymes ?

– Mais non, je l'ignorais totalement ; il ne
m'en avait pas parlé. Peut-être ne voulait-il
pas m'inquiéter...

Sa voix trembla un peu... Pujol se leva.

– Nous allons vous laisser, madame. N'hésitez pas à nous contacter si vous pensez à
un élément nouveau. De notre côté, nous
vous tiendrons informée des progrès de l'enquête, soyez-en sûre. Peut-être faudra-t-il,
d'ailleurs, que nous revenions vous poser quelques questions, selon ce qu'on trouvera... Non,
je vous en prie, dit-il avec un geste de la main
pour arrêter le mouvement fait par Geneviève

Desseauve, ne nous raccompagnez pas, nous allons bien trouver le chemin.

Restée seule, Geneviève Desseauve attendit d'avoir entendu se refermer la porte d'entrée et alors seulement, renonçant à toute façade, elle s'écroula dans son fauteuil en pleurant sans retenue.

Pujol et Brandoni franchirent la porte du commissariat à l'instant précis où la pluie, pratiquement constante ces derniers jours, se remettait à tomber. Stéphane adressa un sourire au planton :

– Bonjour, Georges ! Alors, cette retraite, ça se précise ?

L'homme lui rendit son sourire.

– Encore une semaine, lieutenant Brandoni : je reste là jusqu'à la fin du mois.

– Vous allez vous ennuyer sans nous et sans toute cette agitation, dit Stéphane en englobant d'un vaste geste du bras le hall bruissant d'allées et venues permanentes, la salle d'attente bondée et le standard carillonnant sans arrêt.

Le sourire de Georges s'élargit.

– Oh, je ne crois pas... C'est plus de mon âge, tout ce ramdam... J'en ai trop vu... Et puis, maintenant, tous ces gosses qui font des bêtises de plus en plus jeunes... La drogue...

Non, vraiment, c'est plus de mon âge. J'ai fait mon temps... Je préfère aller à la pêche et m'occuper de mes petits-enfants. Tout ça, c'est bon pour des jeunes comme vous !... Et puis, ils doivent refaire tout le hall, l'accueil, avec une hôtesse et un ordinateur. Ce sera plus moderne... mais je n'aurai plus ma place !...

– En tout cas, vous me manquerez, Georges !

Le brave homme, qui avait toujours eu un « petit faible » pour Brandoni depuis l'arrivée de cette dernière à l'hôtel de police, rosit un peu et se mit à se dandiner sur place, un peu gêné. Mais son embarras fut de courte durée : Raoul Martineau venait d'entrer dans le hall et se dirigeait droit sur Stéphane.

– Dis donc, Brandoni, c'est pas ta sœur là, dans la salle d'attente ? Il paraît qu'elle a encore trouvé un macchab ? Ben, dis-moi, c'est une vraie spécialité, ça ! On pourrait peut-être l'embaucher...

Et, avant que Stéphane n'ait eu le temps de répondre, il enchaîna :

– Faudrait pas qu'elle en prenne l'habitude... Tu trouves pas ça bizarre, toi, Brandoni, qu'elle soit toujours là au bon moment ?... Ça finirait par être suspect, non ?... Hein ? Qu'est-ce que t'en dis, Brandoni ?... Ben alors, tu dis rien ?... Ah... évidemment, c'est la famille...

Désamorçant la colère qu'il voyait monter

chez sa coéquipière en posant une main apaisante sur son bras, Amaury intervint d'un ton bon enfant :

– Allons, voyons, Raoul, tu sais bien ce que c'est, la famille : ça n'est pas toujours facile... À propos, comment va ton fils Cédric ?

Le résultat fut spectaculaire : la mâchoire de Martineau s'affaissa brutalement et ses yeux roulèrent de façon convulsive, puis le policier se reprit avec effort, déglutit bruyamment et, haussant les épaules d'une façon qui se voulait dégagée, marmonna :

– Bien... Bien...

Il partit rapidement, grommelant des propos inaudibles où se devinaient pourtant quelques grossièretés. Stéphane se tourna avec surprise vers Pujol.

– Qu'est-ce que c'est que cette histoire ?

– Oh, trois fois rien... Samedi dernier, la police municipale est intervenue en ville pour tapage nocturne : un groupe de jeunes qui faisaient un peu la foire et dérangeaient les voisins. Lorsque les gars sont arrivés, il y avait le fils de Martineau, un peu éméché, qui leur a fait le grand jeu... Tu vois le genre : son père était flic, ils ne savaient pas à qui ils avaient à faire, ces minables, il allait leur en cuire, et tout de la même veine. Bref, il a été amené au poste pour outrage à agent et Martineau a dû aller le récupérer... Seulement, il a fallu pas mal de diplomatie et beaucoup d'excuses, et tu connais notre cher Raoul, le souvenir en est encore cuisant !...

Amaury adressa un clin d'œil complice à Stéphane et poursuivit :

– Allez, ne laissons pas attendre nos témoins. Je vais interroger ta sœur : JP ne serait sûrement pas d'accord pour que tu t'en charges. Ce sera, d'ailleurs, plus objectif, je pense, et plus facile pour tout le monde, et puis ça me donnera l'occasion de connaître un autre membre de la famille Brandoni !... Tu en as de la chance : je te laisse l'accorte secrétaire !...

Et, sans attendre la réponse de Stéphane, il se dirigea vers la salle d'attente, puis, suivi de Cécile Brandoni, vers son bureau. À son tour, Stéphane gagna la salle d'attente.

– Mademoiselle Marie ? Voulez-vous venir avec moi ?

Sans un mot, Thérèse Marie se leva et ramassa près d'elle une grande boîte en carton avant de suivre le lieutenant Brandoni vers son bureau.

Stéphane ferma soigneusement la porte et se tourna vers la secrétaire.

– Asseyez-vous, je vous en prie, et mettez-vous à l'aise pendant que je m'installe : ça risque d'être un peu long.

Cela dit, Brandoni mit en route son ordinateur, vérifia le niveau des feuilles dans le bac
d'entrée de l'imprimante et, s'asseyant, attira
le clavier à elle. Pendant ce temps, Thérèse
Marie, après avoir ôté son strict manteau en
laine grise, découvrant ainsi une jupe droite
vert sombre et un chemisier vert pâle
dépourvu du moindre ornement, et après avoir
posé, sur le fauteuil près d'elle, la boîte en
carton qui commençait à intriguer fortement
Stéphane, prit place face à cette dernière. Il y
eut un instant de silence pendant que Brandoni terminait ses préparatifs, et Thérèse
Marie, le dos bien droit contre le dossier du
fauteuil – dans une attitude qu'elle devait avoir
eue, déjà, toute petite sur sa chaise d'éco-
lière –, en profita pour examiner avec soin ce
lieutenant qui allait l'interroger.

Thérèse Marie n'avait ni frayeur, ni appréhension avant de faire sa déposition. Elle ne
tirait pas, non plus, de fierté particulière à
avoir découvert un crime. Elle était juste
ennuyée d'avoir eu à quitter son travail avec
précipitation, sans avoir pu ranger ses affaires,
fermer ses tiroirs, comme elle le faisait toujours méthodiquement ; un peu gênée aussi de
se trouver soudain propulsée sur le devant de
la scène, alors qu'elle passait son temps à
essayer de se fondre dans la foule, à mettre
tout en œuvre pour qu'on ne la remarque pas.
Elle ne se sentait bien, en sécurité, que dans le

cadre de son travail, où sa compétence était
unanimement reconnue. Tout le reste lui faisait peur : le quotidien, l'obscurité, les relations avec les autres... Elle évitait plus que tout
le moindre lien, affectif ou amoureux, pour ne
pas risquer d'être déçue, et mettait un soin
maniaque à rester neutre, anonyme, invi-
sible... Elle souhaitait juste qu'on ne la
dérange pas, qu'on la laisse tranquillement traverser, sans remous, cette vie qu'elle subissait
déjà avec peine... Elle poussa un profond
soupir : cette fois-ci, c'était raté !... Mais enfin,
elle n'avait pas eu le choix, et il fallait bien que
la police fasse son travail...

Après quelques minutes d'observation du
lieutenant Brandoni, Thérèse Marie décida
que cette dernière lui plaisait : elle ressemblait
à sa sœur que, malgré les apparences, la secrétaire appréciait beaucoup, et elle avait quelque
chose d'énergique qui rassurait Thérèse. Aussi,
lorsque Stéphane Brandoni, enfin prête, leva
les yeux vers la secrétaire, celle-ci lui adressa
un sourire confiant, lumineux, qui transforma
complètement son visage pendant quelques
courtes secondes. Ce fut tout. Ce fut bref.
Aussi rapidement qu'une porte qui claque sur
un jardin ensoleillé, le visage de Thérèse Marie
reprit son expression habituelle. Stéphane se
demanda un instant si elle n'avait pas été le
jouet d'une hallucination, mais, souriant à son
tour, elle prit la pàrole :

– Mademoiselle Marie, nous allons commencer par le côté administratif. Pouvez-vous me donner votre état civil ?

– Je m'appelle Marie. Thérèse, Berthe, Julienne. Née le 10 juillet 1951 à Sées, dans l'Orne. Je suis célibataire, sans enfant.

– Votre adresse ?

– 3, rue Lili-Boulanger.

– Vous vivez seule ?

– Oui, depuis la mort de ma mère.

– Vous êtes donc secrétaire médicale...

– Depuis l'âge de vingt-cinq ans, et j'ai toujours travaillé à l'hôpital depuis.

– Vingt ans dans le même service ?

– Non : j'ai passé quinze ans dans le service du professeur Tramontin, en pneumologie. J'étais sa secrétaire. (Il y avait une certaine fierté dans sa voix.) J'ai demandé à changer de service quand il a pris sa retraite, et on m'a mutée en gynécologie-obstétrique.

– Vous êtes contente ?

– Bien sûr, je regrette mon ancien patron : il était tellement gentil ! Mais ici, c'est un service vivant, intéressant...

– Vous étiez dans quelle unité avant d'être la secrétaire du professeur Desseauve ?

– Jusqu'à la semaine dernière, je faisais partie du pool de secrétaires, au sous-sol. Je m'occupais des archives.

« Une place de choix pour quelqu'un d'aussi effacé », pensa Stéphane.

– Ça vous plaisait d'être la secrétaire du patron ?

– Je n'ai pas vraiment eu le temps de juger... Oh !... Excusez-moi... Je ne voudrais pas paraître...

– Non, non... Ne vous inquiétez pas... Continuez.

– En tout cas, c'était une promotion. Je pense que je la dois à l'ancienneté, et aussi à l'expérience acquise auprès du professeur Tramontin. Et puis...

– Oui ? dit Stéphane, encourageante.

– Eh bien... Je pense que le professeur Desseauve savait également qu'il ne risquait pas d'avoir, avec moi, les mêmes problèmes qu'avec Bénédicte Krügel... si vous voyez ce que je veux dire..., termina-t-elle, un peu gênée.

Stéphane voyait d'autant mieux que c'était la réflexion qu'elle s'était elle-même faite en apercevant Thérèse Marie pour la première fois. Sans s'appesantir, elle enchaîna :

– Pouvez-vous me raconter ce qui s'est passé ce matin, depuis votre arrivée jusqu'à la découverte du corps ?

Thérèse Marie se tut quelques instants, arborant un air concentré, cherchant visiblement à être la plus précise possible, puis elle prit la parole :

– Je suis arrivée à 8 heures, comme tous les matins. En passant devant le parking, j'ai remarqué que M. Desseauve était déjà là... Du moins, dit-elle en se reprenant, j'ai vu sa voiture à son emplacement. Je suis entrée, j'ai ouvert mon bureau...

– Avez-vous remarqué quelque chose d'anormal à ce moment-là ?

– Non, pas du tout. Je me suis installée et j'ai commencé à travailler... Une patiente a téléphoné pour parler au professeur Desseauve, et j'ai appelé à l'interphone dans son bureau, comme toujours.

– Excusez-moi, mais quelle heure était-il environ, et qu'est-ce qui vous faisait croire que Desseauve était dans son bureau ?

– Oh... Il devait être à peu près 8 h 15... Quant au professeur Desseauve, je savais que ce n'était pas lui qui devait présider ce matin le staff quotidien, et comme j'avais vu sa voiture, je le croyais dans son bureau...

– Qu'avez-vous fait lorsque vous n'avez pas obtenu de réponse ?

– Rien... J'ai supposé qu'il était dans une des unités... Jamais je n'aurais pu imaginer...

– À quelle heure Cécile Brandoni est-elle arrivée ?

– Elle avait téléphoné une première fois, vers 8 h 30, pour me demander où se trouvait le patron. Je lui avais conseillé de voir aux amniocentèses : il me semblait l'avoir entendu dire, hier, qu'il devait y passer aujourd'hui.

Cécile Brandoni est arrivée au secrétariat quelques minutes après son coup de fil et m'a dit que le professeur Desseauve n'était nulle part. Elle a décidé de frapper à sa porte... Mon Dieu... La porte s'est ouverte toute seule... C'était affreux !...

– Avez-vous remarqué quelque chose de particulier ?

– Mon Dieu, non ! Je ne voyais que M. Desseauve... défiguré... et tout ce sang...

Elle s'interrompit, l'air pensif.

– Il me semble pourtant...

– Quoi donc ?

– Je crois... Enfin, je n'en suis pas sûre... Le patron a sur son bureau une statuette en bronze à peu près de cette taille-là, dit-elle, joignant le geste à la parole. C'est un accoucheur du siècle dernier... je ne sais plus lequel d'ailleurs... Mais je ne crois pas avoir vu la statue à sa place ce matin...

Stéphane nota qu'il faudrait demander aux techniciens de scène du crime s'ils avaient trouvé cette statuette et poursuivit :

– Pour ce matin, voyez-vous autre chose ?

La secrétaire réfléchit.

– Non... Non, je ne vois rien d'autre.

– Bon, dit Stéphane aimablement, nous avons déjà bien avancé. Voulez-vous un café ? Un thé ?

– Si ça ne vous ennuie pas, je veux bien un thé, merci.

Brandoni décrocha son téléphone et, un instant plus tard, Georges frappa à la porte, deux gobelets fumants à la main :

– Votre café, lieutenant.

Puis, posant l'autre gobelet devant Thérèse Marie :

– Voilà, madame.

Stéphane lui fit un grand sourire.

– C'est vraiment très gentil à vous, Georges. Je suis désolée de vous avoir dérangé, mais...

– Ce n'est rien, ce n'est rien..., dit ce dernier en quittant la pièce et refermant derrière lui.

Les deux femmes laissèrent passer quelques minutes, buvant en silence. Écoutant les gouttes de pluie frapper aux vitres avec rage, Stéphane, le regard levé juste au-dessus de la ligne dessinée par le bord de son gobelet, détaillait la secrétaire assise de l'autre côté du bureau. Elle nota avec étonnement que Thérèse Marie avait les yeux en amande, et se surprit à penser que, avec un petit effort (et surtout sans cet affreux nævus sur le nez), cette dernière pourrait se donner un aspect un peu plus agréable. Elle posa son gobelet, eut une pensée fugitive et désolée pour la cigarette qu'elle aurait bien fumée (ce qu'elle s'interdisait, en général, pendant les interrogatoires) et reprit la parole :

– Mademoiselle Marie, selon les premières constatations, l'heure de la mort de votre

patron a été estimée entre 18 et 21 heures.
Quand l'avez-vous vu pour la dernière fois ?

– Hier soir, à 18 h 30. J'allais partir quand il
m'a appelée dans son bureau. Il venait de finir
un article pour le *Lancet* et il voulait qu'il parte
à la première heure ce matin. Il m'a donc
demandé de le déposer moi-même à la poste
centrale : je passe devant en rentrant chez moi.

– Vous a-t-il paru préoccupé, soucieux ?

– Vous savez, je ne le connaissais pas assez
bien pour juger de son état d'esprit... Mais...
oui, peut-être... En tout cas, il avait l'air
fatigué.

– Mademoiselle Marie, pouvez-vous me
donner votre emploi du temps détaillé d'hier
soir, entre 18 et 21 heures ?

Et, devant l'air soudain choqué de la secrétaire, elle ajouta :

– C'est la routine, vous vous en doutez.

À peine rassérénée, Thérèse Marie répondit :

– J'ai dû partir de la maternité vers 18 h 35,
le temps de prendre l'article à poster, mes
affaires, et de fermer le secrétariat et les
archives. Je suis allée à la poste...

– En voiture ?

– Non, je me déplace à pied : j'aime la
marche et, de toute façon, je n'ai jamais passé
le permis de conduire...

– Donc vous avez dû arriver à la poste peu
avant la fermeture ?

– Oui, c'est vrai, il était temps.

Stéphane inscrivit qu'il faudrait vérifier le passage de Thérèse Marie à la poste, ce qui ne devrait pas présenter de grosses difficultés.

– Ensuite ?

– Je suis passée au Huit à Huit de la rue Germaine-Richier pour faire quelques courses, et je suis rentrée chez moi.

– Il était quelle heure ?

– Aux alentours de 20 heures, parce que, en arrivant, j'allume toujours la télévision, et le journal commençait sur la 2.

– Et puis ?

– Et puis... j'ai dîné, fait la vaisselle, regardé la télé... comme tous les soirs...

– Des témoins pour corroborer votre emploi du temps ?

Thérèse Marie eut un sourire amer.

– Je ne vois personne. Qui voulez-vous qui me serve de témoin ?...

Elle réfléchit pourtant quelques instants.

– J'ai parlé à la concierge en arrivant chez moi.

– Bon... Quoi d'autre ?

– Pendant la soirée, au milieu du film, ma cousine m'a téléphoné pour préparer les fêtes de fin d'année : elle m'invite tous les ans pour Noël...

Stéphane hocha la tête, relut son écran et envoya la dernière feuille à imprimer. C'était une habitude qu'elle avait gardée depuis un interrogatoire « malheureux » (au début de l'informatisation du commissariat) où elle avait tout effacé, avant même de sauvegarder ou d'imprimer... La feuille vint se poser, légère, sur le dessus du paquet déjà sorti.

– Bon, dit Stéphane, parlons un peu de la semaine que vous avez passée avec le professeur Desseauve, et plus précisément de la journée d'hier. Y a-t-il eu des coups de fil particuliers, des visiteurs inhabituels ? Quelque chose qui vous aurait paru bizarre ?...

– Ah, ça oui ! dit Thérèse Marie avec une telle conviction que Stéphane en resta passagèrement sans voix.

La secrétaire continua :

– Ç'a commencé hier matin. Quand il est sorti de salle d'opération, le professeur Desseauve a ramassé le courrier qui lui était destiné sur mon bureau. Je ne sais pas ce qu'il y a vu, mais il a pris, tout à coup, sa tête des mauvais jours et il est rentré dans son bureau en claquant la porte... Même de très mauvaise humeur, il le fait rarement... Ensuite, peu avant midi, vous êtes arrivée avec votre collègue...

– Oui, dit Brandoni. Ça, c'est bon : je sais.

Sans s'offusquer de l'interruption, Mlle Marie poursuivit :

– Après votre départ, le patron est parti à son tour. Il devait déjeuner en ville.

– Avec qui ?

– Je ne sais pas avec qui, mais je sais pourquoi, parce que, en partant, il m'a dit que la
politique commençait vraiment à lui prendre
trop de temps, mais qu'il essaierait d'être de
retour à 14 heures précises... Et puis, comme,
à mon tour, j'allais partir manger, est arrivé
M. Krügel.

– Patrice Krügel ? fit Stéphane, abasourdie.
Qu'est-ce qu'il voulait ?

– Récupérer les affaires de sa femme.

– Mais, dit Brandoni, nous lui avons déjà
tout rendu.

– C'est ce que je lui ai répondu tout de suite
et, sans me laisser le temps de continuer, il
s'est mis dans une colère épouvantable, il m'a
affirmé qu'il n'avait pas tout récupéré, que la
moindre chose de Bénédicte lui était précieuse... Il a même ajouté qu'avec...

Elle eut une brève hésitation.

– Avec ?

– Qu'avec mon air de zombie mal baisé
je ne devais sûrement rien comprendre à
l'amour, que j'étais probablement malade de
jalousie à l'égard de sa femme, et bien capable
de garder par pure mesquinerie ou envie des
choses qui lui avaient appartenu..

Toute l'attitude et l'expression de Thérèse
Marie disaient, mieux encore que le débit
haché ou le ton de sa voix, à quel point elle
avait été choquée et blessée par le comportement de Patrice Krügel.

– Alors je lui ai dit que s'il continuait à faire
du scandale et à m'importuner, j'allais appeler
la police, et, comme en plus un des brancardiers, un peu costaud, passait à proximité, il a
préféré partir... Vous vous rendez compte ?...
Quel comportement !... Et oser penser ça de
moi...

– Je comprends, dit Stéphane d'une voix qui
se voulait apaisante. Mais après ?... Vous a-t-il
encore importunée ?

– Non... Mais je l'ai aperçu sur le parking,
en partant hier soir... et je vous jure que je ne
me suis pas attardée !...

Il y eut un silence. Brandoni se demanda si
la secrétaire se rendait compte que sa déposition plaçait Patrice Krügel en bonne place sur
une éventuelle liste de suspects, mais cette
dernière, intarissable, avait déjà repris :

– Et l'après-midi, ç'a continué !...

– Comment ça ?

– Vers 15 heures, le fils du professeur est
arrivé.

– Son fils ? Lequel ? demanda machinalement Stéphane.

– Pierre, l'aîné. Il m'a demandé de l'annoncer. Son père l'a reçu tout de suite. Je ne
sais pas ce qu'il voulait, mais je peux vous dire
que ça s'est mal passé : j'entendais leurs éclats
de voix jusque dans mon bureau... Je me souviens de m'être félicitée qu'il n'y ait personne
dans la salle d'attente à ce moment-là !

– Il est resté longtemps ?

– Une petite demi-heure... Je l'ai entendu qui disait à son père, en partant, que les vieux cons n'étaient pas éternels, et qu'il s'en réjouissait...

– Et son père ?

– Je n'ai pas compris la réponse, mais, à voir la tête du fils, ç'avait l'air d'être dans le même esprit.

Thérèse Marie se tut brutalement, sidérée elle-même d'avoir autant parlé. Il fallut presque lui arracher les dernières paroles pour apprendre que non, ensuite il ne s'était plus rien passé d'inhabituel, que oui, Mme Desseauve avait téléphoné vers 17 h 30, et que non, elle ne se souvenait de rien d'autre...

Le lieutenant Brandoni prit le petit tas de feuilles imprimées, le tapa sur le bureau pour égaliser le paquet et demanda à la secrétaire de relire et de signer sa déposition. Thérèse Marie relut avec attention et signa avec soin où Stéphane lui indiqua.

– Je vous remercie, mademoiselle Marie, vous avez été d'une aide précieuse.

La secrétaire se leva pour s'en aller, hésita un bref instant, puis, saisissant la boîte en carton qu'elle avait apportée, la posa sur le bureau de Brandoni.

– Euh..., commença-t-elle avec embarras, après le départ de M. Krügel, je me suis souvenue qu'en arrivant, il y a une semaine,

j'avais mis les quelques objets personnels de
Bénédicte restés au bureau dans cette boîte,
en attendant de savoir quoi en faire... Mais...
il a été tellement grossier que ça m'est complètement sorti de la tête... Comme j'ai vu, ce
matin, vos techniciens emporter le contenu
du bureau de M. Desseauve, je me suis dit
qu'après vous deviez rendre les affaires à la
famille... Alors, j'ai pensé... enfin... si vous
pouviez rendre ceci à M. Krügel... sans dire
que ça vient de moi... que j'avais oublié... Vous
savez, il n'était pas dans mes intentions de les
garder !...

Stéphane Brandoni eut un sourire rassurant.

– Je sais, je sais... Ne vous inquiétez pas, je
trouverai bien une occasion pour rendre ces
objets.

– Oh, merci ! Merci beaucoup !

Et, visiblement soulagée, la secrétaire quitta
le bureau avec empressement.

Restée seule, Stéphane alluma une cigarette
avec satisfaction et, savourant chaque bouffée,
médita sur ce qu'elle venait d'entendre : une
bien intéressante déposition... Ses yeux se
posèrent sur la boîte laissée par Thérèse
Marie. Elle l'ouvrit, plus par curiosité que par
réel intérêt : deux limes à ongles, un chiffon
spécial lunettes, un stylo quatre couleurs, un
petit vaporisateur de sac Nina Ricci, un cadre

en Plexiglas où la petite fille blonde (que
Stéphane avait déjà vue en photo chez les
Krügel), affublée d'une robe pastel aux brode-
ries surchargées, évoquait irrésistiblement une
de ces pâtisseries orientales grasses et sucrées,
et, à demi grignoté, un cœur en pâte
d'amandes rose, glissé dans un sachet où on
lisait :

> *Mon amour, mon métier m'éloigne de toi, mais*
> *mon cœur est toujours près du tien, comme*
> *celui-ci, que j'ai fabriqué pour toi, pour que tu le*
> *grignotes en pensant à moi.*
> *Je t'aime,*
>
> *Patrice.*

Stéphane Brandoni eut un soupir désabusé :
la vie était parfois vraiment dérisoire... Elle
ferma la boîte, la glissa dans un des placards,
écrasa son mégot dans le cendrier et, ayant
pris soin d'entrouvrir la fenêtre pour aérer la
pièce pendant son absence, partit rejoindre
Pujol pour déjeuner.

9

Il vérifia une dernière fois que tout son matériel était bien là : quelques feuilles de papier gaufré aux reflets bistre, les enveloppes restantes, les gants, la colle, les journaux et même la nappe... Non, il n'avait rien oublié. Seule la paire de ciseaux avait réintégré sa place habituelle, dans le tiroir du buffet.

Il contempla l'ensemble d'un œil presque nostalgique : à présent, il n'en avait plus besoin...

Il déploya la nappe une dernière fois, jeta à l'intérieur les autres éléments et noua le carré de linge en une espèce de balluchon. Il s'attarda encore quelques minutes, hésitant, puis, en une sorte d'urgence, comme si le temps, à présent, était compté, il attrapa le tout, ouvrit la porte de la cave, descendit quatre à quatre les marches et, sans presque s'arrêter, ouvrit brutalement la porte de la chaudière et jeta son paquet dans le feu purificateur.

Stéphane poussa un soupir excédé et tira à nouveau sur le cordon. Pour la quatrième fois la clochette retentit en pure perte. Comme

Brandoni, haussant les épaules, faisait un pas vers Pujol pour repartir, une tête surgit au-dessus de la haie mitoyenne.

– Si c'est M. Krügel que vous cherchez, vous risquez point de l'trouver.

– Ah ? dit Pujol en se tournant vers l'apparition. Et pourquoi ça ?

La tête sembla hésiter, balançant visiblement entre l'envie de ne pas être dérangée plus longtemps et le désir de savoir ce qui se passait chez le voisin... Ayant pris sa décision, elle s'approcha de la clôture, permettant aux deux policiers de voir le haut du corps auquel elle appartenait. La femme – car c'en était une – qui leur faisait face devait être une des rares paysannes restant dans le village. Grande et robuste, elle accusait une bonne cinquantaine d'années. Pour l'heure, campée fermement sur ses jambes légèrement écartées, les mains sur les hanches, elle les observait, les yeux un peu plissés, avec un mélange de méfiance et de roublardise.

– Et d'abord, qu'est-ce que c'est-y que vous y voulez, à M. Krügel ?

– Police ! répondit sobrement Stéphane. Nous avons quelques questions à lui poser.

La femme leva les bras au ciel.

– C'est-y pas Dieu possible ! Ce pauvre M. Krügel ! Comme s'il avait pas assez d'soucis avec la mort de sa femme !... Ben vrai ! Y

a-t-y pas moyen de l'laisser un peu tranquille ?... Vous autres, hein, dans la police...

Puis, baissant la voix :

– C'est-y qu'il aurait des ennuis ?...

Sans paraître remarquer les yeux luisants de
curiosité, ni entendre la question, Brandoni
enchaîna :

– Savez-vous où est Patrice Krügel ?

– Il est parti. Tôt ce matin. J'ai vu sa voiture
sur le chemin à l'heure où je m'en vas traire
les vaches.

– Savez-vous où il allait, par hasard. ?

– Oh, ça ! J'en sais point rien ! Mais ses
beaux-parents doivent bien être au courant vu
que c'est toujours eux qui gardent la p'tite.

Pujol et Brandoni échangèrent un regard
rapide.

– Merci beaucoup, madame, dit Pujol, et
excusez-nous de vous avoir dérangée.

– Oh, dites, ça m'dérange pas, hein !... Faut
bien rendre service... N'hésitez pas si j'peux
vous renseigner... Ce serait-y pas malheureux
qu'il ait des ennuis, c'pauvre M. Krügel !...

Elle laissa la phrase en suspens, interroga-
tive, mais, là encore, sans résultat. Après un
rapide au revoir, les deux policiers avaient déjà
tourné les talons.

Brandoni et Pujol n'étaient pas encore allés chez M. et Mme Michel, les parents de Bénédicte Krügel : c'était Martineau qui, après avoir reçu la déposition de Cécile Brandoni, les avait prévenus de la mort de leur fille. Ils eurent donc un peu de mal à trouver la maison, dans ce quartier tranquille, un peu à la périphérie de la ville, où les demeures, éparpillées le long de ruelles et de placettes similaires, se ressemblaient toutes. Cet endroit calme avait vieilli au rythme de ses habitants, pour la plupart aujourd'hui retraités. Avec les années, les arbres avaient acquis ampleur et hauteur, les haies s'étaient étoffées, et les jardins, bien entretenus, affichaient une belle maturité. Les pavillons, simples mais qu'on devinait confortables, se nichaient dans ce cadre verdoyant et fleuri. On pouvait aisément imaginer que, derrière les rideaux brodés, s'écoulaient des vies paisibles, rythmées par les visites des enfants et petits-enfants, les voyages, le jardin et les discussions avec les voisins...

C'est Mme Michel qui leur ouvrit la porte, sans les faire entrer. Son visage, étonnamment semblable à celui de sa fille mais où les années et le deuil récent avaient creusé de profondes rides, se ferma instantanément lorsque Pujol eut décliné leurs identités.

– La police ? Encore ? Est-ce que nous n'avons pas le droit d'être un peu tranquilles ?...

– Excusez-nous, madame, dit Pujol. Nous comprenons votre peine et nous sommes désolés de vous importuner, mais nous aurions besoin de joindre votre gendre.

– Qu'est-ce que vous lui voulez ? Patrice est comme nous : accablé. Il a besoin de tranquillité maintenant. Notre fille est morte, l'enquête est finie. Qu'est-ce que vous nous voulez de plus ?

Mme Michel s'exprimait sur un ton monocorde, découragé, éteint... Aucune trace d'agressivité... Elle se bornait à constater un état de fait, toutes ses ressources anéanties par la mort de sa fille. Gênés par cette douleur et par le fait qu'ils étaient tenus d'insister, les deux policiers poursuivirent pourtant :

– Nous ne voulons pas vous importuner, nous voudrions simplement poser quelques questions à M. Krügel, en tant que témoin, pour le meurtre du professeur Desseauve.

La réponse claqua avec une étonnante violence :

– Cet homme n'a eu que ce qu'il méritait !

Puis, retrouvant son ton précédent, Mme Michel ajouta :

– Je ne vois pas ce qu'il pourrait vous apprendre : le pauvre garçon n'y est pour rien... Enfin, si vous voulez vraiment lui parler, il rentre demain soir vers minuit. Si c'est très urgent, j'ai son numéro de portable où le joindre...

Après une brève hésitation, Pujol répondit :

– Non, non. Ce ne sera pas nécessaire. Nous le contacterons à son retour.

Il s'en expliqua un peu plus tard, dans la voiture :

– Tu comprends, si c'est lui l'assassin, ça lui mettrait la puce à l'oreille... Si ce n'est pas lui, il n'y a pas de risque à attendre son retour... Et si, par hasard, il ne rentre pas, on lance un mandat d'arrêt aussitôt.

Il fit une pause et se tourna vers Stéphane.

– Dis donc, puisque Krügel n'est pas là, si on allait rendre une petite visite à Pierre Desseauve ?

Contrastant avec le quartier pavillonnaire qu'ils venaient de quitter, ce quartier du centre-ville affichait une insolente modernité. Disparues, les maisons bourgeoises décrépies, abandonnées, qui avaient étalé, pendant des années, leurs lépreuses façades... À leur place, de grands immeubles clairs, de réalisation récente, se dressaient élégamment au sein d'îlots de verdure. La sobriété presque austère des bâtiments était réchauffée par d'immenses verrières, des balcons aériens, des terrasses inattendues. L'ensemble dégageait une impression de beauté et de luxe, mais Stéphane ne put s'empêcher d'y trouver une certaine froideur, comme devant un décor sans vie...

Les deux policiers arrêtèrent leur voiture un peu plus loin et revinrent à pied vers le numéro 4. La double porte vitrée laissait entrevoir, au travers de la grille de fer forgé sculpté qui la doublait (barrière artistique et décorative, mais barrière tout de même), un vaste hall en marbre. Stéphane chercha le nom de Pierre Desseauve et appuya sur la sonnette.

– Oui ? répondit l'interphone au bout de quelques instants.

– Police ! Nous aimerions vous parler.

L'interphone resta muet, mais un déclic sec, suivi d'un bourdonnement discret, leur annonça que la porte était ouverte. Ils entrèrent.

Dans le hall aussi, un luxe un peu ostentatoire était de mise : dalles de marbre finement veiné au sol, miroirs sur les murs et, au centre, une surprenante fontaine entourée de plantes. Les boîtes aux lettres, impeccablement alignées, étaient marquées d'étiquettes toutes réalisées sur le même modèle ; celle qu'ils cherchaient indiquait : « Desseauve. 10. »

Un ascenseur silencieux et confortable les déposa en douceur au dernier étage, où habitait Pierre Desseauve. Ce dernier ouvrit dès leur coup de sonnette. Il eut une brève seconde d'hésitation en voyant Stéphane, mais, tout de suite, leur fit signe d'entrer.

– Je vous attendais. Je savais que vous alliez venir.

Les deux policiers avaient devant eux le portrait vivant du professeur Desseauve, mais ce Desseauve-là était beaucoup plus jeune, sans les rides ni le pli amer de la bouche, plus grand aussi peut-être, et ses yeux étaient rouges et gonflés.

– Asseyez-vous, dit-il avec un vague geste de la main vers le fond de la pièce.

L'appartement correspondait tout à fait à l'idée que l'on pouvait se faire de la demeure d'un artiste ayant réussi : vaste loft bien éclairé, dont la majeure partie était occupée par l'atelier proprement dit, avec un établi brut – où attendaient les outils, côtoyant quelques esquisses dessinées –, un bloc de bois encore vierge, quelques coffrages prêts pour de futurs moulages, deux ou trois formes recouvertes de pans de tissu... Quelques œuvres terminées étaient réparties dans la pièce, et Stéphane, après un fugitif coup d'œil aux plus proches d'entre elles, les trouva belles : Pierre Desseauve, pour le peu qu'elle en voyait, semblait très doué.

Ils s'assirent au fond de la pièce, où s'agençaient harmonieusement la cuisine américaine, un coin-repas et le salon aux étagères envahies de livres d'art et de figurines

sculptées. Sentant le regard un peu surpris des
deux policiers, le jeune homme fit un geste
englobant tout son domaine, haussa les
épaules et dit :

– Ce n'est malheureusement pas mon travail qui me permet ce luxe... Tout ça, c'est un
cadeau de mes parents. C'est ma mère qui a
choisi l'appartement : ça la sécurisait de me
savoir dans un « quartier honorable » selon ses
critères, et mon père aurait payé sans problèmes n'importe quoi pour se débarrasser de
moi.

Le ton était amer. Pujol enchaîna :

– Vous n'aimiez pas beaucoup votre père,
n'est-ce pas ?

La réponse fusa, spontanée, surprenante :

– Je l'adorais. Depuis tout petit, il m'a toujours fasciné... C'était un grand bonhomme,
vous savez ! Il est parti de rien, il a travaillé
dur pour construire ce qu'il a construit. Il était
passionné par son travail... Avec nous, il était
exigeant, mais juste... même s'il avait un petit
faible pour Clara. Il nous aimait, mais il ne
savait pas toujours le montrer, il était bourru,
parfois maladroit, mais c'était quand même
un tendre...

À présent, le jeune homme avait les larmes
aux yeux.

– Il a été très déçu le jour où je lui ai dit que
je voulais être sculpteur. Il aurait voulu que je
marche sur ses traces... Mais je ne pouvais

pas : je n'aurais jamais été aussi bon que lui...
Je ne pouvais pas..., répéta-t-il, accablé. Et
puis, depuis l'enfance, je voulais faire de la
sculpture... C'est... je ne sais pas comment
vous dire... un besoin, un besoin vital...
comme une urgence...

Pujol hocha la tête pour montrer qu'il comprenait, mais ne dit rien, afin de ne pas interrompre Pierre Desseauve. Ce dernier
continuait, comme soulagé de se confier :

– Pour mon père, artiste c'était la pire des
choses. Pour lui, ça voulait dire misère, milieu
interlope, orgies et drogues... Ce n'était pas un
métier, une profession au sens noble du
terme... Et il n'y avait pas d'avenir... J'ai fait
des études brillantes parce que je voulais lui
montrer de quoi j'étais capable : il a toujours
dit que les Beaux-Arts, ce n'était pas une école
sérieuse. J'ai même eu deux fois des premiers
prix à des concours... Rien n'y a fait, ça n'a
servi à rien : il n'a même jamais voulu voir ce
que je faisais...

– C'est pour ça que vous vous disputiez
souvent ?

– Bien sûr ! explosa Pierre Desseauve. Comment pouvait-il en être autrement ? Il refusait
même de discuter : il était têtu, obstiné, il
aurait fallu le tuer pour lui faire changer
d'avis, et encore !

Il s'arrêta net, prenant conscience de ce qu'il
venait de dire.

– Je ne l'ai pas tué si c'est ce que vous croyez...

Stéphane leva une main apaisante.

– Nous ne croyons rien, nous sommes à la recherche de la vérité... Vous êtes bien allé voir votre père à son bureau hier ? Pourquoi ?

– Je réalise ma première exposition la semaine prochaine. Je voulais qu'il vienne au vernissage.

– Et ?...

– Il a refusé. Catégoriquement. Le ton est monté...

Il ajouta après une pause :

– Je regretterai toute ma vie qu'il soit mort sans que nous soyons réconciliés, et sans qu'il sache combien je l'aimais...

Pujol laissa passer un temps et reprit :

– Qu'avez-vous fait après avoir quitté votre père ?

– Mon alibi, hein ?

– En quelque sorte.

– J'étais furieux. Je suis passé aux Sarments, mais il n'y avait personne. Alors, je suis allé au café des Beaux-Arts. Il y avait quelques copains qui y traînaient, nous avons pris deux ou trois verres, et nous avons fini la soirée dans une pizzeria. J'ai dû rentrer vers 23 heures... C'est ma mère qui m'a réveillé ce matin lorsqu'elle m'a téléphoné pour m'apprendre la mort de papa...

Il eut une sorte de sanglot, leva ses mains

en signe d'impuissance et les laissa retomber, inutiles, sur ses cuisses.

– Monsieur Desseauve, dit Brandoni, pouvez-vous nous donner les noms des amis avec qui vous étiez hier, et leur téléphone ?

Pierre Desseauve haussa les épaules, résigné, se pencha vers la table basse et attrapa un bloc et un crayon, déplaçant, dans son geste, la statuette allongée d'une femme nue qui se mit à pencher dangereusement, à deux doigts de tomber. Stéphane la rattrapa *in extremis* et s'immobilisa, ahurie, la statue entre les mains. Sans remarquer son attitude, les deux hommes poursuivaient l'entretien :

– Monsieur Desseauve, vous savez que, tant que l'enquête n'est pas terminée, il serait préférable que vous ne quittiez pas la ville.

– Où voulez-vous que j'aille ? Avec toutes les formalités, l'enterrement de mon père et les petites, ma mère va avoir besoin de moi. D'ailleurs, je vais habiter aux Sarments quelque temps, dit-il en désignant, d'un mouvement de menton, la porte de la chambre, entrouverte, par laquelle on apercevait une valise ouverte sur le lit. Tenez ! ajouta-t-il en tendant à Amaury la liste de noms et de numéros qu'il venait de réaliser.

– Merci, dit Pujol. Nous allons vous laisser.

Il se leva, imité par Desseauve. Stéphane était restée assise, l'air bête, la statuette toujours entre les mains.

– Elle vous plaît ?

– Euh... oui... Enfin, c'est que... je crois...
on dirait...

– C'est une de mes dernières créations : elle
fait partie d'une série d'études de nus en
bronze de petite taille, avant de passer à de
plus grandes dimensions.

Avec spontanéité il ajouta soudain :

– Prenez-la : je vous l'offre... D'ailleurs elle
vous ressemble un peu...

Stéphane balbutia quelques remerciements
maladroits et, l'air toujours aussi hébété, suivit
machinalement Amaury qui prenait congé.


Stéphane Brandoni gara sa moto sous le
porche de l'immeuble, à l'abri de la pluie. Les
averses avaient recommencé en fin d'après-
midi et, malgré son blouson et ses gants,
Stéphane commençait à avoir froid : décidément, il faudrait qu'elle finisse par passer le
permis voiture, rien que pour des jours comme
celui-ci ! La jeune femme ôta son casque,
s'ébroua comme un chiot et sourit : elle ne se
voyait pas au volant d'une voiture... La
conduite de sa moto lui offrait une liberté et
une griserie qu'elle savait ne pas retrouver derrière un volant...

Elle franchit l'entrée de l'immeuble et commença à monter souplement les quatre étages

qui menaient à Cécile. Après cette journée fer-
tile en émotions et surchargée de travail, elle
avait besoin du bon sens et du calme de sa
sœur. Déjà, lorsqu'elles étaient petites, Cécile
était plus réfléchie, plus pondérée, et Stéphane
trouvait que l'exercice de la médecine avait
accentué ces traits de caractère chez sa sœur.
Elle espérait que Cécile serait seule : d'abord
parce qu'elle ne voulait pas la déranger, et surtout parce qu'elle avait envie de prendre un
verre tranquillement, en discutant de tout et
de rien, pas forcément de l'enquête en cours,
et que, peut-être, elle pourrait lui parler de la
statuette... Ce n'était pas qu'elle n'aimait pas
Salvador – au contraire, elle l'avait d'emblée
trouvé sympathique, et voir sa sœur heureuse
lui réchauffait le cœur –, mais lorsqu'elles
étaient seules, elles pouvaient papoter comme
des gamines, échanger des futilités ou des
choses plus sérieuses, parler de la famille, partager une complicité inaccessible à une tierce
personne (hormis, peut-être, leur jeune sœur
Juliette).

Stéphane attaqua le dernier étage. Cécile
habitait en périphérie immédiate de la ville,
dans un quartier anciennement résidentiel qui
s'était, au fil du temps, démocratisé. Les
immeubles, agréables et bien conçus, s'ordon-
naient autour d'un petit centre commercial.
Les appartements, vastes et bien orientés,
étaient plutôt fonctionnels. Le seul problème

résidait dans l'absence d'ascenseur, mais les bâtiments ne dépassaient pas quatre étages.

Stéphane sonna, se demandant un peu tardivement si elle n'allait pas interrompre un tendre tête-à-tête... Elle aurait dû téléphoner avant !... C'était fait maintenant !... Ce fut Salvador qui vint lui ouvrir avec un grand sourire de bienvenue.

– Bonjour ! Je suis désolée : j'espère que je ne vous dérange pas ! J'aurais dû téléphoner...

– *Que no !* Entre... Entre... Nous allions justement prendre l'apéro en regardant les actualités régionales.

Cécile se leva à l'entrée de sa sœur, visiblement contente de la voir. Elle avait les traits tirés et de légers cernes mauves.

– Quelle journée ! souffla-t-elle. J'en ai marre de trouver des cadavres partout dans le service !... Je suis sûre que je vais encore cauchemarder pendant des nuits !

Salvador s'approcha d'elle, l'entourant d'un bras protecteur.

– Je suis là, *querida*... Ça va aller...

Cécile lui adressa un sourire confiant et, se dégageant, se tourna vers Stéphane.

– Vous avez une idée ?... Tu peux nous dire où vous en êtes ?... Qu'est-ce qui s'est passé, tu crois... ?

Stéphane leva les bras en un geste d'impuissance.

– Tu sais bien que je ne peux rien dire. Et

même si je le pouvais, il n'y aurait pas grand-chose pour l'instant, ajouta-t-elle avec un soupir avant de se laisser tomber dans un des fauteuils de toile blanche.

– Qu'est-ce que tu veux boire ? demanda Salvador.

Avant sa sœur, Cécile répondit :

– Une vodka, tiens ! Et pour moi aussi d'ailleurs. Ce soir, j'en ai bien besoin !

Stéphane regarda sa sœur, assise près d'elle, Salvador, qui partait vers la cuisine... Un bref instant, elle envia ce bonheur tranquille, presque familial, qui transparaissait chez le jeune couple : vivre à deux, partager bons et mauvais moments, et même le quotidien... Elle secoua la tête pour en chasser l'idée : non, ce n'était pas son genre de vie... En tout cas, une chose était sûre, ce n'était pas le moment de parler de la statuette à Cécile...

Le jeune homme revint, portant un plateau avec trois petits verres, quelques biscuits à apéritif, et la vodka, tout juste sortie du congélateur. Il s'installa aux pieds de Cécile et regarda Stéphane.

– Tu veux regarder les infos ou ça t'ennuie ?

– Non, non, au contraire ! Je suis curieuse de voir comment ils vont traiter la mort de Desseauve.

L'écran s'alluma sur le générique du journal

régional, pause bienvenue pendant laquelle ils se servirent leur vodka, et la présentatrice débuta :

Mesdames, messieurs, bonsoir ! Voici les titres de l'actualité qui seront développés dans votre journal.

Mort d'un chef de service de l'hôpital : le professeur Desseauve, patron du service de gynécologie-obstétrique, a été retrouvé ce matin dans son bureau, sauvagement assassiné. Nous ferons le point sur les premiers éléments de l'enquête.

Les travaux pour le nouveau tronçon d'autoroute Le Mans-Caen vont débuter après Noël. Nous recevrons, en fin de journal, le directeur de la DDE qui nous en expliquera les détails.

La grève des contrôleurs SNCF se poursuit dans notre région. Après une journée de négociations, les syndicats claquent la porte. Nous entendrons, sur ce conflit, M. Ponthieux, de la CGT.

Enfin, tous les résultats sportifs de la région, et la météo, présentée par Laetitia Rivoyre.

Sans transition, le portrait de Desseauve envahit l'écran, commenté par une voix *off* :

C'est avec stupeur que nous avons appris, ce matin, le décès d'une grande figure locale, le professeur Cyprien Desseauve, chef du service de gynécologie-obstétrique du CHU, directeur de l'école de sages-femmes, membre du Conseil

de l'Ordre et adjoint au maire. Selon les premières constatations, le professeur Desseauve a
été sauvagement assassiné. Sa secrétaire et une
jeune interne du service ont découvert son
corps, ce matin, dans son bureau. La brigade
criminelle a été chargée de l'enquête.

À la télévision, le portrait de Desseauve fut
remplacé par le visage fermé de Jean-Pierre
Lambert :

Nous n'avons aucun élément pour l'instant.
Le professeur Desseauve a été assassiné. L'en-
quête suit son cours. Je n'ai rien à ajouter.
Merci.

Stéphane sourit... Lambert se méfiait de la
presse comme de la peste.
Suivait à présent une biographie hâtivement
reconstituée de Cyprien Desseauve, avec des
photos anciennes et des extraits de reportage.
Mélodramatique, la voix *off* ajouta :

Cyprien Desseauve laisse six enfants, dont les
plus jeunes, des jumelles, ont tout juste dix ans.

Cécile soupira.
– On peut penser ce qu'on veut de Desseauve, mais, pour les enfants, ça doit être drôlement difficile de perdre son père dans ces
conditions. Vous ne croyez pas ?...

– Un salaud pareil, ça ne me fait pas de peine, répondit brutalement Salvador.

Et devant l'air surpris des deux femmes, il se reprit :

– Je veux dire un salaud comme mon père à moi, ça ne me *ferait* pas de peine. Ce *cabron* a abandonné ma mère quand elle est tombée enceinte.

Cécile se pencha vers lui pour l'embrasser.

– Arrête avec ça : tu sais bien que ça te rend malheureux à chaque fois que tu en parles...

La présentatrice était maintenant passée à la grève du réseau SNCF. Ils éteignirent la télé et se servirent une nouvelle vodka, commentant ce qu'ils venaient d'entendre, jusqu'au moment où Stéphane, pensant qu'il était temps de laisser Cécile et Salvador passer leur soirée en tête-à-tête, leur faussa compagnie.

## 10

Il referma frileusement les pans de son par-
dessus et hâta le pas. En fait, ça ne lui faisait
pas plaisir de se promener dans le parc... Et,
d'ailleurs, ça ne lui faisait pas plaisir non plus
d'être venu ici, voir ses beaux-parents et Martin...

Il avait cru que, une fois tout terminé, il
pourrait reprendre une vie normale, venir ici
en vacances quelques jours... oublier... repartir...

Il n'en était rien !...

À présent, éloigné de tout, il se demandait
ce qui se passait là-bas, sans lui... On avait
découvert la mort de Desseauve, ça, il l'avait
appris par les journaux, mais le reste ?... Tout
le reste ?... Où en était l'enquête ?... Que deve-
naient Geneviève Desseauve, Clara et le jeune
homme ?...

Cette ignorance le rongeait. Il décida de
rentrer. Le soir même.


Stéphane finit de décharger son arme. Elle
se redressa, enleva les protège-oreilles et

appuya sur le bouton pour faire venir la cible près d'elle.

– Pas mal ! fit, derrière elle, un Pujol appréciateur. Je n'aimerais pas me trouver dans ta ligne de tir !

Stéphane sourit avec satisfaction, rechargea le Manhurin et le remit dans son holster.

– Oui, admit-elle, je m'améliore. Pas encore aussi bonne que toi, mais je m'améliore.

– Si tu as fini ton entraînement, j'aimerais bien qu'on fasse le point sur le meurtre de Desseauve... Je t'attends dans mon bureau ?

– OK, Amaury, j'arrive.


– Tiens, dit Pujol en avançant vers Stéphane un gobelet fumant. Je sais bien qu'il t'en faut au moins trois ou quatre pour démarrer le matin !

Stéphane eut un sourire reconnaissant. Elle s'assit face à Amaury, trempa ses lèvres dans le café brûlant.

– Ça t'ennuie si je fume ?

– Tu sais bien que non.

Il ajouta avec une pointe de malice :

– Je croyais que tu devais arrêter ?

Stéphane grimaça.

– Je fume trop et je bois trop, je sais bien. Il faut que j'arrête ça, je n'arrête pas de me le dire... Mais pas les deux en même temps, je n'y arriverais pas !

Elle conclut avec un haussement d'épaules fataliste :

– Comme je ne sais pas quoi arrêter en premier, je continue les deux !...

Elle sortit de sa poche un paquet de Benson, un briquet, et, après avoir allumé sa cigarette, posa sur le bureau son carnet à spirale. Elle attrapa un des stylos de Pujol.

– Je suis prête.

– Bon, dit Amaury, récapitulons : Desseauve est trouvé mort par ta sœur et la secrétaire hier matin, à 8 h 35 ou 40, selon leurs témoignages.

Il attrapa un dossier près de lui et le tendit à Brandoni.

– Tu liras. C'est le rapport d'autopsie.

Il sourit.

– J'ai pensé que tu ne m'en voudrais pas d'aller voir Marchant sans toi. Tu verras ses conclusions : assommé par un objet contondant. Probablement cette statue dont Thérèse Marie t'a parlé et que les techniciens n'ont pas retrouvée. François situe l'heure du crime entre 18 et 20 heures, et, selon le témoignage de la secrétaire, on peut même réduire la fourchette entre 18 h 30 et 20 heures. Le coup a été porté par un droitier, ou une droitière, à peu près de la même taille que Desseauve. L'assassin devait se trouver face à la victime. D'après Marchant, le premier coup, assené à la tempe, extrêmement violent, a été mortel. Les autres coups, cinq pense François, ont été

portés alors que Desseauve était à terre,
comme si l'assassin s'était acharné, qu'il ait eu
du mal à s'arrêter.

Stéphane fronça les sourcils.

– Ce qui explique l'aspect « en bouillie » de
la moitié du crâne...

– Oui... Par ailleurs, il n'y a pas de trace de
lutte, et rien n'a disparu – si on excepte la statuette.

– Donc le vol n'est pas le mobile du crime.

– Oui, mais ça, on le savait déjà...

– Qui avait intérêt à tuer Desseauve ou qui
pouvait le haïr assez pour vouloir le tuer ?

– Je ne suis pas sûr que le crime ait été pré-
médité. À mon avis, c'était un acte impulsif,
non préparé. Voilà comment je vois les choses :
l'assassin vient voir Desseauve, ils discutent, le
ton monte, et le meurtrier, furieux, attrape la
première chose à sa portée et frappe.

– Oui... ça se tient... mais ça ne va pas nous
faciliter la tâche !

– Non, dit Pujol, mais on a quand même
quelques pistes qui se dessinent... Mais
d'abord, qu'a donné ton enquête dans le service hier après-midi ?

– Rien. À l'heure où Desseauve a été tué, il
n'y avait personne dans cette partie du bâtiment. Et tu as vu, comme moi, que c'est une
zone un peu à l'écart du reste du service. Personne n'a rien vu, ni entendu. Quant au patron
lui-même, si son assassinat a choqué les gens,

en revanche sa disparition ne peine pas beaucoup dans l'ensemble.

Elle fit une pause.

– D'après Cécile et Salvador, les deux grandes questions qui agitent le service c'est « Qui a pu faire ça ? » et « Qui va prendre la place de Desseauve ? ».

Amaury leva un sourcil surpris.

– Buissonnet, je suppose ? C'était son adjoint.

– Figure-toi que ce n'est pas si simple... Bien sûr, le professeur Buissonnet est logiquement placé pour être le successeur de Desseauve, mais ces postes de patron donnent lieu, semble-t-il, à toute une série de magouilles, de coups de pouce bien placés plus ou moins occultes, et de mises en jeu de nombreux réseaux d'influence... Tu vois le genre... Il serait question de la venue d'un professeur lyonnais qui a, paraît-il, de nombreux appuis ici... et, d'après Cécile, si c'était le cas, ce Lyonnais serait loin d'être le bienvenu dans le service.

– Eh bien, dit Pujol en souriant, ça élimine presque Eugène Buissonnet de notre liste de suspects : il n'était pas sûr d'y gagner quelque chose... À moins, bien sûr, qu'on lui trouve un autre mobile...

– Ne te fatigue pas : il n'était pas là avant-hier soir. Il était parti avant-hier midi pour faire une communication à un congrès à

Marseille, et il n'est rentré que tard dans la nuit. J'ai vérifié : il était bien là-bas, et j'ai retrouvé sa trace sur les vols qu'il nous a dit avoir pris. Pour le reste du personnel du service, Schwartz et Raymond vérifient tous les emplois du temps, à tout hasard, mais ça n'a rien donné pour l'instant... Et toi, du côté du *beau monde* ?

Amaury sourit. C'était lui qui avait pris l'initiative de rencontrer le maire et le président du Conseil de l'Ordre des médecins pour « tâter le terrain », comme il disait. L'impulsive Stéphane n'était pas vraiment indiquée pour les entrevues nécessitant doigté, calme et sens de l'ellipse verbale.

– Pas grand-chose non plus. Le président du Conseil de l'Ordre n'avait que des louanges à la bouche, et il ne m'a rien appris de nouveau. Quant au maire, c'est avec lui que Desseauve a déjeuné avant-hier midi. Ils ont eu une longue conversation et Desseauve lui a fait part de son intention de quitter la politique. Il souhaitait consacrer plus de temps à sa famille, semble-t-il. Le maire l'a trouvé fatigué et préoccupé.

Il y eut un bref silence. Brandoni en profita pour allumer une nouvelle cigarette.

– Bon. Pas de motif politique net. Pas de motif professionnel pour l'instant... Reste le motif privé.

– J'ai vérifié du côté de la famille : Geneviève Desseauve était bien au spectacle avec son amie avant-hier soir, et Pierre Desseauve a effectivement passé la soirée comme il nous l'a dit.

– Reste Krügel, dit pensivement Stéphane. C'est le suspect idéal.

– Attends de l'avoir interrogé !... Mais, c'est vrai, il y a beaucoup de choses troublantes contre lui... De toute façon, on ira l'interroger dès samedi matin.

– S'il rentre !...

– S'il rentre. Mais ce n'est pas le seul coupable potentiel, tu oublies les lettres anonymes : leur auteur pourrait bien être notre meurtrier...

– Oui... Ou encore un ancien cocu ou une vieille maîtresse rancunière... On a le choix !...

Stéphane poussa un soupir découragé.

– On a du pain sur la planche s'il faut reconstituer tout le passé professionnel et amoureux de Desseauve ! On n'a pas fini !...

– Nous aurons peut-être de la chance... De toute façon, nous n'avons pas d'autre solution...

– Bien... Alors je file à la maternité : je vais aider Schwartz et Raymond. Il y a encore plein de gens à interroger...

– Et moi, j'ai rendez-vous avec quelques-uns des conseillers municipaux, et ensuite avec Jean-Maxime Hardel-Leblanc.

– Le procureur ?... Mon cher !... Eh bien, je

préfère que ce soit toi plutôt que moi !... On se
retrouve chez Fred ce midi ?

– Non, ne m'attends pas : je ne sais pas trop
comment ça va s'organiser entre tous les
rendez-vous, et j'ai promis à Anne-Laure de
passer à la pharmacie pour acheter deux
boîtes de lait pour Paul. Retrouvons-nous
plutôt dans ton bureau vers 14 heures. On ira
voir ensemble les techniciens ; ils ont peut-être
du nouveau...

– Nous en aurions bien besoin... À tout à
l'heure.

Stéphane rafla d'un geste carnet, cigarettes
et briquet, fourra le tout dans son blouson
hâtivement enfilé et sortit en coup de vent.

Comme l'avait dit Brandoni à Pujol, ce
n'était pas vraiment une atmosphère de tristesse qui baignait le service de gynécologie-
obstétrique. C'était un vague mélange d'attente
et d'excitation contenue : le service retenait
son souffle... On échangeait les dernières
vraies et fausses nouvelles à mi-voix, la
moindre réflexion se faisait avec un air
entendu, la grande affaire était d'en apprendre
le maximum tout en ayant l'air d'en savoir
bien plus encore. Seules deux personnes dans
le service conservaient un calme remarquable
et un impressionnant détachement apparent.

Il y avait Thérèse Marie, tout d'abord, qui, son témoignage effectué, refusait de faire le moindre commentaire sur la mort du patron. En vingt-quatre heures, elle avait vu défiler dans son bureau, sous des prétextes plus ou moins variés, plus ou moins vraisemblables, plus de gens que pendant toute une semaine de travail. Mais personne n'avait pu la faire se départir de son habituelle concision. Elle répondait à chacun d'une voix neutre, restant strictement dans les limites du domaine professionnel et renvoyant le curieux sans aménité s'il s'aventurait à poser des questions sans rapport avec le travail. L'information qu'il n'y avait rien à tirer de Marie se répandit dans le service comme une traînée de poudre et, dès le vendredi midi, le secrétariat de Thérèse avait retrouvé son calme habituel.

La seconde personne à garder un étonnant sang-froid, c'était le professeur Buissonnet. Point de mire de tout le service, objet de toutes les conversations, de tous les ragots ou commentaires, de toutes les supputations, il traversait le service avec son habituelle bonhomie, se bornant à répondre aux éventuels questionneurs :

– On verra bien. L'important, c'est la bonne marche du service et les patientes...

Et il donnait lui-même l'exemple, se dépensant sans compter pour tenir sa place et celle du mort, assurant les visites et les interventions prévues par Desseauve, recevant les patientes, supervisant les activités de toute la maternité. Il y avait un peu plus de vingt-quatre heures que Desseauve était mort et, pour l'instant, l'organisation du travail ne s'en était pas ressentie ; mais chacun savait que Buissonnet ne pourrait pas tenir les deux postes en même temps, et les hypothèses sur le futur remplacement de Cyprien Desseauve repartaient de plus belle.

Quant à Cécile, héroïne bien malgré elle de cette nouvelle sinistre découverte, elle essayait (sur les conseils de sa sœur) de limiter au maximum toute discussion à ce sujet, mais avec moins de brio et de réussite toutefois que Thérèse Marie, et elle se réfugiait dans le travail, où elle trouvait une sorte d'apaisement. Elle ouvrit la porte de sa consultation, s'effaça pour laisser sortir la patiente et annonça :

– Personne suivante, s'il vous plaît ?

Une femme se leva, jeta un œil circulaire sur les autres femmes qui patientaient en salle d'attente, comme pour les défier d'oser prendre sa place et, les lèvres pincées, l'air revêche, passa devant Cécile avec un bref signe de tête et alla s'asseoir devant le bureau. Cécile referma la porte et, à son tour, vint s'asseoir.

– Bonjour, madame. C'est la première fois que vous venez, je crois ?

– Oui ! Je n'aime pas beaucoup les hôpitaux, voyez-vous. Des heures d'attente... des
consultations à la file...

Elle poussa un soupir résigné.

– Enfin, je n'ai pas le choix, je suppose...
Pour tout vous dire, je ne suis pas du tout
contente de mon précédent gynécologue !
C'était un homme, et il ne m'écoutait pas :
j'avais l'impression que mes problèmes de
femme ne l'intéressaient pas... Et puis, il me
connaissait trop bien, il ne faisait plus attention... Ma sœur m'a conseillé de changer et elle
m'a dit d'essayer l'hôpital... C'est pour ça que
je suis là. Mon traitement, en plus, ne me
convient pas du tout...

Cécile interrompit la femme sur sa lancée :

– Excusez-moi, si vous voulez bien, nous
allons reprendre un par un les éléments du
dossier pour y voir plus clair, et vous m'expli-
querez ensuite ce qui vous amène.

– Ce qui m'amène, c'est que ma sœur pense
que mon traitement n'est pas adapté, voire
dangereux. Elle m'a parlé de cancer du sein...
Elle pense que je pourrais peut-être prendre
des phyto-œstrogènes, comme sa belle-sœur...

Cécile se hérissa légèrement : ça débutait
mal ! Elle n'avait pas encore commencé l'interrogatoire et cette femme l'agaçait déjà... Ce
n'était pas le moment, surtout actuellement !
Elle respira à fond pour tenter de neutraliser
cet énervement débutant et, d'une voix qu'elle

espérait aussi neutre que possible, elle débuta
par les considérations administratives (nom,
adresse...) auxquelles la femme se soumit avec
mauvaise grâce, jugeant visiblement inutile
tout ce qui n'était pas son problème actuel.
Cécile poursuivit cependant ses questions,
interrogeant la femme sur ses antécédents, ses
grossesses et les divers traitements déjà
essayés pour la ménopause, puisque c'était là
le problème. La patiente répondit de façon
précise, trop précise même, avec une tendance
à la logorrhée qui ne fit rien pour calmer
Cécile ; après avoir longuement critiqué les
différents gynécologues qui avaient précédé
Cécile, ainsi que les diverses prescriptions
qu'ils avaient faites, elle conclut :

– Voilà, docteur, c'est pour ça que je viens
vous voir. D'après ma sœur, si je ne peux béné-
ficier d'un traitement classique, il serait probablement mieux que j'essaie la DHEA, qu'en
pensez-vous ?

Cécile se crispa un peu plus : la longue
liste, plus ou moins justifiée, des critiques à
l'égard de ses confrères (immanquablement,
les prochaines critiques seraient pour elle),
la suffisance de la femme, la mention quasi
continue de sa sœur comme guide unique et
infaillible avaient fini par lui faire perdre le
peu d'équilibre qu'elle conservait difficilement
actuellement, et toute sa patience. Elle regarda
celle qui lui faisait face, et en réponse à

sa question demanda à son tour, presque aimable :

– Excusez-moi, mais votre sœur est-elle médecin ?

– Non, répondit la femme un peu interloquée, pourquoi ?

– Alors, si vous voulez un vrai conseil, faites-vous soigner par votre sœur, ça vous reviendra moins cher. Je ne peux rien faire pour vous. Au revoir, madame.

Et sans laisser à la femme, abasourdie, le temps de répondre ou de se ressaisir, Cécile se leva et lui ouvrit la porte.

À 14 heures précises, Amaury frappa à la porte du bureau de Stéphane. N'obtenant pas de réponse, il entra et s'assit sans façon sur un des sièges réservés aux « visiteurs ».

La fenêtre, entrouverte comme d'habitude, avait nettoyé la pièce de l'odeur du tabac sans réussir, en revanche, à faire disparaître le parfum de Stéphane, qui flottait, à peine perceptible mais pourtant omniprésent, donnant l'impression que Brandoni venait juste de quitter les lieux. Le regard de Pujol s'attarda sur le décor qu'il connaissait pourtant par cœur, notant le bureau presque vide, impeccablement rangé, la disposition soigneuse – et même maniaque – des différents accessoires,

le cendrier nettoyé. Il regarda, comme s'il les
découvrait, le perroquet en bois blanc à l'entrée du bureau, sur lequel attendait, oubliée,
une longue écharpe noire, les reproductions
lumineuses de tableaux de Sonia Delaunay
qui éclairaient les murs de leurs taches multi-
colores et les nombreuses plantes vertes...
Il sourit : c'était quand même une réaction
bien féminine d'aménager ainsi son cadre de
travail...

Lorsque Lambert avait annoncé à son
équipe que chacun pouvait décorer son bureau
– individuel ou, parfois, partagé – comme bon
lui semblait, sauf extravagance, les femmes,
dans leur ensemble, avaient immédiatement
appliqué cette permission, faisant de leurs
espaces de travail des enclaves plus chaleu-
reuses, plus conviviales, plus intimes aussi
pour celles qui avaient privilégié les photos de
famille. Les hommes, quant à eux, avaient
affiché une belle indifférence devant cette nouvelle possibilité : au mieux étaient apparues
quelques discrètes photos de femme et enfants
sur les bureaux, au pire, comme chez Martineau, le mur était orné d'un poster, double
page d'un magasine masculin exposant largement les charmes de quelque starlette...

Pujol jeta un œil à la pendule qui trônait au-
dessus de la porte : 14 h 10. Au même instant
la porte s'ouvrit sur une Stéphane essoufflée,
apportant une grande bouffée d'air frais venu

de l'extérieur, quelques gouttelettes de pluie et un monceau de paquets colorés.

– Désolée, Amaury ! Je sais... je suis en retard !... J'en ai profité, entre midi et deux, pour commencer les cadeaux de Noël et celui pour l'anniversaire de Cécile. Naître un 24 décembre, quelle idée !...

Tout en parlant, elle s'était prestement débarrassée des paquets et avait jeté son blouson sur le perroquet. Elle vint s'asseoir en face de Pujol et alluma une cigarette.

– Je la fume et on va au labo. OK ?

Amaury acquiesça d'un signe de tête, Stéphane reprit :

– J'espère qu'ils vont nous apprendre des choses intéressantes, parce que là, on patauge un peu !... Les interrogatoires à l'hôpital n'ont rien donné de plus... Et toi ?

– Rien de nouveau non plus... À propos, j'ai dit au procureur Hardel-Leblanc, comme c'est un ami de la famille Desseauve, que le corps était à la disposition de la famille. L'inhumation est prévue lundi. Je crois qu'on devrait y assister discrètement : il se pourrait que le meurtrier y soit ou qu'un petit fait nous éclaire... On ne sait jamais !...

Stéphane fit la grimace.

– Je n'aime pas beaucoup ce genre de cérémonies... mais je suppose que tu as raison.

Elle écrasa sa cigarette.

– Bon, je suis prête. On y va ?

À l'hôtel de police, c'était le dernier étage en son entier qui était réservé aux différents laboratoires (seuls la morgue et le département de médecine légale étaient au sous-sol) : biologistes, spécialistes en anthropomorphie, génétique, balistique, toxicologie, et techniciens en sciences toutes plus variées et innovantes les unes que les autres s'y côtoyaient. Vêtus de blouses blanches, ils officiaient dans des locaux immaculés, loin de l'agitation des autres niveaux, discutant pendant des heures sur le moindre détail – jusqu'à l'avoir compris ou élucidé – dans un jargon inaccessible, la plupart du temps, au commun des mortels des étages inférieurs. Récemment, l'équipe s'était même enrichie d'une psychologue pour réussir à cerner et comprendre la personnalité des meurtriers, une « profileuse », dont le langage semblait à Stéphane encore plus hermétique que celui de ses comparses, mais qui était pourtant rapidement devenue, grâce à sa gentillesse et son humour, une amie de Brandoni.

L'ensemble du dernier étage et tous les techniciens officiaient sous l'autorité du commandant Serge Denis, vieux briscard monté en grade au fil des années, passionné par ce qu'il était convenu d'appeler la « police scientifique » et expert inégalé en balistique. C'est lui qui reçut les deux policiers.

– Asseyez-vous, dit-il avec son habituelle cordialité, j'ai là un rapport de mes gars qui devrait vous intéresser.

Il ouvrit une chemise jaune vif sobrement intitulée « Desseauve », feuilleta plusieurs documents, déplaça quelques photos et sortit enfin un papier presque entièrement recouvert par sa petite écriture fine et précise, très caractéristique.

– Bon. Commençons par les lettres anonymes puisque c'est la première chose sur laquelle l'équipe a travaillé. Pour les empreintes digitales, aucun espoir... Sur les enveloppes, il y en a trop, elles se brouillent les unes les autres : trop d'intermédiaires entre l'expéditeur et le destinataire... Sur les lettres elles-mêmes, juste les empreintes de Desseauve. Absolument rien d'autre. Votre « corbeau » doit travailler avec des gants. Le papier des lettres est spécial, épais, un peu gaufré, bistre, mais ça ne nous mène pas à grand-chose : c'est une nouvelle collection de papeterie que Carrefour vient de sortir il y a trois mois. Des milliers de ventes mensuelles... Les enveloppes sont de type courant, sans particularité, celles qu'on trouve également un peu partout. Elles sont auto-adhésives et les timbres autocollants : pas de possibilité de recherche d'ADN sur la salive... Quant à l'agence postale où les lettres sont déposées, il s'agit de l'agence centrale : soit votre bonhomme habite en centre-ville, soit il se déplace pour poster ses envois, en tout cas c'est un bon choix compte tenu du nombre de lettres qui y transitent tous les jours... Enfin, le journal utilisé pour y découper les mots ou phrases collés sur les lettres, c'est *Ouest-France*... Rien d'original, malheureusement !

Stéphane poussa un soupir déçu.

– Donc, la piste des lettres ne mène nulle part ?

Le commandant Denis leva une main rassurante.

– Je n'ai pas dit ça. Il y a deux choses sur lesquelles on peut encore creuser. L'adresse d'abord : elle est tapée à la machine à écrire, pas sur ordinateur. Une Olivetti probablement, les gars en recherchent le modèle exact. En tout cas, la lettre *r* ne s'imprime pas tout à fait sur la ligne, elle se décale systématiquement de trois millimètres vers le bas.

– Et la seconde chose ? demanda Brandoni, peu convaincue par cette histoire de machine.

– On a trouvé quelques fibres de tissu, très fines, prises dans l'adhésif de certaines enveloppes. C'est un mélange polyester-coton, blanc... Une nappe ?... Une serviette ?...

– Bon, constata Pujol, tout ça peut nous servir à confondre un éventuel suspect, mais pas à le dénicher !

– D'autant plus qu'il n'y aura probablement plus de lettre, dit Denis.

Et, devant l'air interloqué des deux autres, il ajouta :

– Les lettres sont envoyées précisément tous les deux jours, à la dernière levée pour la ville, celle de 20 heures. La dernière a été envoyée mardi 20 novembre.

Il leur tendit une enveloppe sur laquelle l'oblitération, ronde et nette, marquait : « 20 novembre 1996, 20 h 00. »

– La lettre suivante aurait dû partir le jeudi 22. Entre deux, Desseauve a été assassiné... Que l'auteur des lettres soit ou non le meurtrier, de toute façon il a entendu aux infos régionales, radio ou télé, que Desseauve était mort... Il n'a plus besoin d'envoyer son courrier... D'ailleurs, j'ai fait vérifier : aucune lettre anonyme n'est arrivée, ce matin, pour Desseauve.

Devant l'air déçu d'Amaury et de Stéphane, le commandant enchaîna :

– J'ai deux ou trois pistes de réflexion à vous proposer quand même. Tout d'abord, la dernière des lettres.

Il sortit la feuille de son dossier pour la déposer devant les policiers.

– Allez-y ! Vous pouvez la manipuler : elle a déjà été analysée de fond en comble, on n'en apprendra plus rien.

Pujol prit la lettre. Une seule phrase en barrait la largeur :

SOUVIENS-TOI L'ÉTÉ DERNIER.

– Génial ! dit Stéphane. L'été dernier... c'est-à-dire lequel exactement ?... Et pas d'indication sur l'événement en question : privé, professionnel ?... Décidément, on n'avance pas !

L'air chagrin, comme s'il regrettait de ne pas voir reconnu à sa juste valeur le travail de ses techniciens, Serge Denis reprit :

– Quant aux derniers éléments, ils ont été obtenus après l'analyse de la scène du crime. On n'a pas retrouvé la blouse de Desseauve. Sa secrétaire a été formelle : il la laissait toujours au portemanteau de sa salle d'examen, le soir, avant de partir ; si elle n'y était pas, c'est qu'elle était sur lui. Or pas de blouse, ni sur le corps, ni à la patère. On peut supposer que le meurtrier l'a enfilée pour sortir de l'hôpital incognito, ou que, pris de panique, il l'a utilisée pour y rouler l'arme du crime et l'emporter discrètement : probablement cette statuette que nos services n'ont pas retrouvée... Autre chose : ce jour-là, exceptionnellement, parce que le bureau du patron était inoccupé à cette heure, la femme de ménage a nettoyé la pièce à fond vers 17 heures. Elle est formelle sur l'heure et sur la présence de la statuette. De plus, elle a aspiré le bureau totalement. Nous

n'avons retrouvé aucune trace de boue, de gra-
vier ou de feuilles auprès du corps de Desseauve. Compte tenu du temps qu'il faisait
mercredi, on peut supposer que le meurtrier
est venu de l'intérieur.

– Ce qui veut dire que c'est quelqu'un du
service ?

– Pas forcément. Ça peut être quelqu'un qui
est resté un long moment à l'intérieur avant de
rentrer chez Desseauve.

Le commandant Denis regarda tour à tour
Pujol et Brandoni, l'air satisfait, comme s'il
attendait des compliments.

– Merci beaucoup, dit Pujol, on va voir ce
qu'on peut en tirer.

Un bref sourire éclaira le visage de Denis. Il
ferma la chemise, la remit à Amaury.

– Je vous fais signe dès qu'on a du nouveau.

Et, après une brève poignée de main, il
laissa les deux policiers redescendre vers les
étages.

## 11

Il regardait d'un œil morne le paysage, obscurci par le soir tombant, qui défilait derrière la vitre du train. Le crépuscule et la pluie qui semblait ne plus vouloir s'arrêter paraient les campagnes et villes traversées des couleurs de la tristesse, de la mélancolie. Exactement ce qu'il lui fallait... Il haussa les épaules, se rencogna dans son siège inconfortable. Il n'arrivait pas à se débarrasser de cette insidieuse sensation d'insatisfaction, n'arrivait pas réellement à se réjouir.

Il frissonna : décidément la modernité ne rejoindrait jamais les trains régionaux... Il y faisait toujours aussi froid. Aussi froid que lorsqu'il les prenait pour venir voir Martine avant leur mariage...

Il grommela. Desseauve était mort. C'était ce qu'il avait toujours souhaité. Qu'attendait-il de plus ?...

Bizarrement, il éprouvait un sentiment de « non fini », un manque... Et pire, comme il l'avait vu ces derniers jours, cette mort n'avait pas suffi à le réconcilier avec son passé, et surtout avec son présent...

Il soupira. Il fallait en parler à Martine...

Elle comprendrait... Elle avait toujours su quoi faire...


Stéphane rangea sa moto dans le local commun et fit un détour par le hall pour y prendre son courrier. Elle se réjouit à la vue du gros paquet de lettres qui occupait sa boîte (elle adorait recevoir du courrier), mais un examen rapide lui apprit qu'il n'y avait rien d'intéressant : de la pub, quelques factures, son relevé bancaire... Pas de carte postale, pas de lettre personnelle, même pas le plus petit catalogue...

Comme ses sœurs, Stéphane avait reçu de leur mère la passion des catalogues : elle pouvait passer des heures à en feuilleter les pages, détaillant les moindres articles, imaginant des commandes virtuelles, toujours modifiées, rarement concrétisées... Elle avait chez elle des dizaines de catalogues, petits ou gros, généralistes ou hyper-spécialisés, qu'elle consultait, au gré de ses humeurs, pour se changer les idées, se distraire ou même s'endormir...

Munie de son décevant butin, elle entreprit l'ascension des étages, délaissant l'ascenseur asthmatique sous prétexte de calories à perdre.

Lorsqu'elle n'était pas de service le samedi

ou le dimanche, Brandoni aimait le vendredi soir... C'était un soir de luxe, un de ces soirs où l'on peut prendre le temps de tout et de rien, passer des heures à rêver devant la cheminée en écoutant ses disques préférés, lire, allongée sur le tapis ou sur le lit, un plateau pour grignoter à portée de main, faire une orgie de mauvais feuilletons américains ou de films d'aventures rocambolesques en sirotant une vodka, mollement lovée sous la couette, Arakis au creux du bras, ranger soudain sa bibliothèque entière jusqu'à 3 heures du matin... Un soir où le temps s'abolit, s'étire sans repère et sans contrainte, puisque, le lendemain, il n'y a pas d'obligation d'heure ou d'activité... Ces vendredis soir, Stéphane sortait rarement : elle se les réservait, se les préservait, égoïste et gourmande... Soirées privilégiées de liberté, de sérénité, que seule Arakis, avec sa philosophie féline, savait partager...

Mais ce vendredi-là, les préoccupations de Brandoni étaient autres. Déjà, demain matin, Amaury et elle iraient voir Krügel et elle se doutait de ce que cet entretien leur réservait... Et puis il y avait cette histoire de statuette... Elle fronça les sourcils, finit sa vodka d'un trait, posa le verre d'un geste sec sur la table basse et s'approcha de la cheminée, sur laquelle était posée la petite femme nue. Stéphane la prit, la tournant et la retournant

dans ses mains : elle était très belle, fine, déli-
cate, dégageant une sorte de magnétisme difficile à définir. Certes, Pierre Desseauve était
très doué... mais le problème n'était pas là.

La jeune femme s'allongea sur le tapis, posa
près d'elle la statue à laquelle le reflet mouvant
des flammes dansantes semblait donner vie et
se servit un nouveau verre. Que faire ?... En
parler avec Cécile, sûrement. En parler à leur
mère, ça sûrement pas ! Il fallait même éviter
à tout prix qu'elle ait connaissance de cette
sculpture !

Perplexe, elle fixait la statuette sans vraiment la voir... Arakis vint se frotter longuement les côtés du museau sur le bronze, pour
se l'approprier, en ronronnant, l'air de dire à
Stéphane que tout ça, en définitive, n'était pas
bien grave. Stéphane sourit devant le manège
de la chatte.

– Tu as raison, comme d'habitude ! De toute
façon, il faut voir ça d'abord avec Juliette.

Et, ramassant son verre, elle se dirigea vers
le téléphone.


C'était un petit matin hivernal tout à fait de
saison, et Stéphane frissonna, fit faire un tour
supplémentaire à son écharpe et ajusta ses
gants avant de démarrer. On était samedi et il
était encore tôt : la moto filait sans problème

le long des rues désertes, son phare se reflétant
dans les vitrines endormies ou éclairant, quelques brefs instants, une poubelle éventrée et
indécente, un chat pressé de rentrer après une
nuit blanche ou un exceptionnel passant. Le
vent, malgré l'écharpe, fouettait le visage de la
jeune femme et lui piquait les yeux. Stéphane
sourit pourtant. Rouler de nuit, la ville à peine
éveillée, à peine éclairée par les lueurs jaunes
des lampadaires, lui procurait toujours la
même sensation d'irréalité, le même curieux
sentiment de pouvoir et de liberté. Tout lui
semblait possible. Tout lui était permis...

Elle accéléra juste à temps pour passer à
l'orange, tourna sur les chapeaux de roue et
enfila à vive allure le boulevard qui menait
chez Amaury. Elle pensa un bref instant qu'elle
se conduisait comme une gamine irrespon-
sable, mais le boulevard, là, devant elle,
s'offrait, totalement désert, terriblement ten-
tant... Elle poussa un peu sa machine, heureuse de la sentir répondre au quart de tour,
savourant sa puissance et sa maniabilité... Un
instant de pur bonheur... C'est presque à regret
qu'elle s'arrêta devant chez les Pujol.

Anne-Laure et Amaury habitaient une de ces
vieilles maisons de ville dont la façade austère,
au ras du trottoir, ne laisse pas deviner le jar-
dinet préservé qui se cache à l'arrière. Ils
l'avaient achetée il y avait huit ans, juste après

la naissance de Philippe, leur premier enfant, séduits par les nombreuses pièces, à la disposition astucieuse, prêtes à accueillir la grande famille dont ils rêvaient. La demeure familiale des Pujol de Ronsac, dont Amaury avait hérité au décès de ses parents, était située à l'autre bout de la France. Amaury et ses frères et sœurs la gardaient en indivision, participant, chacun selon ses moyens, à son entretien. Le vieux domaine, loin d'être abandonné, recevait régulièrement la visite d'un des sept frères et sœurs ou de toute la fratrie réunie aux vacances, pour les événements familiaux – par exemple, lorsque Tiphaine avait prononcé ses vœux perpétuels ou que Louis avait été ordonné prêtre –, ou encore, comme bientôt, pour Noël et les fêtes de fin d'année.

Brandoni sonna et attendit quelques instants. La porte s'ouvrit sur la joyeuse anarchie, habituelle chez les Pujol et que Stéphane aimait parce qu'elle lui rappelait son enfance. La famille finissait le petit déjeuner que Brandoni fut invitée à partager et, après quelques mots avec Anne-Laure, quelques âneries avec les enfants et deux bons cafés, Stéphane partit en compagnie d'Amaury.

Le jour commençait juste à se lever, dévoilant les haies et les champs encore recouverts d'une fine pellicule de givre qui scintillait doucement, par endroits, à la lueur des phares.

Pujol gara la voiture à une légère distance de chez Krügel et les deux policiers en descendirent. Une lumière filtrait au travers des volets, à l'étage.

– Il est là, dit Stéphane. Il se croit vraiment très fort !...

– Ou bien ce n'est pas l'assassin... Ne va pas trop vite en besogne !...

Dans l'air glacial, leur souffle dessinait de petits nuages éphémères. Ils sonnèrent. D'autres lumières s'allumèrent, au fur et à mesure de la progression de Krügel vers eux, puis le lampadaire extérieur s'illumina à son tour.

– Qu'est-ce que c'est ?

– Police ! Capitaine Pujol de Ronsac et lieutenant Brandoni.

Il y eut une sorte de grommellement, puis un bruit de verrou qu'on tire et la tête rien moins qu'aimable de Krügel apparut.

– Qu'est-ce qu'il y a encore ?

– Laissez-nous entrer quelques instants. Il fait un froid de canard et nous avons deux ou trois questions à vous poser.

– Hé, dites donc, je n'ai plus rien à voir avec vous, moi ! L'enquête sur la mort de Bénédicte est terminée ! J'ai droit à un peu de tranquillité !

– L'enquête sur la mort de votre femme, certes, mais il s'agit du professeur Desseauve : il a été assassiné.

– Tant mieux ! Ce fumier n'a eu que ce qu'il

méritait ! Mais moi, je n'y suis pour rien. Au revoir !

Il s'apprêtait à refermer la porte lorsque Stéphane, profitant de ce bref instant, passa en force, suivie par Pujol.

– Nous sommes vraiment désolés, monsieur Krügel, mais puisque vous le prenez sur ce ton, vous allez venir avec nous au commissariat. Vous pourrez y faire votre déposition directement.

– Mais enfin, je n'ai rien à voir là-dedans ! Je n'ai rien à dire !

– Eh bien, alors, comme ça, vous n'en aurez pas pour longtemps ! commenta Stéphane d'une voix suave.

– Mais enfin, puisque je vous dis que je n'ai pas tué Desseauve !

Le capitaine Pujol de Ronsac prit un air ennuyé.

– Écoutez, monsieur Krügel, je ne demande qu'à vous croire, mais vous refusez de nous donner votre emploi du temps du mercredi 21 novembre, entre 18 h 30 et 20 heures, et c'est tout de même fort gênant, reconnaissez-le, puisque c'est l'heure où le professeur Desseauve a été assassiné.

– Je n'y suis pour rien, je vous le jure !

– Bon, écoute !

Stéphane se leva de son fauteuil et s'approcha de Patrice Krügel.

– Épargne-nous les serments, tu en auras besoin devant le tribunal ! Je vais te dire comment je vois les choses.

Patrice Krügel tiqua à l'emploi du tutoiement et esquissa un mouvement, comme pour se lever. Brandoni, d'une pression brève mais énergique sur les épaules, le maintint assis.

– Du calme, mon grand. Regarde... on est là, à causer tranquillement... Tu n'as pas de quoi t'énerver... Nous, en revanche, oui ! Mon collègue est patient, mais je te préviens, moi, beaucoup moins ! Alors, on reprend...

– Je veux un avocat !

– Tss... Tss... Mauvaise influence des séries télé américaines... Ta garde à vue ne fait que commencer... Nous avons encore une bonne dizaine d'heures devant nous...

Krügel lança un regard affolé vers Pujol, qui, assis nonchalamment sur le coin du bureau, semblait absorbé par la contemplation de l'averse qui crépitait sur les vitres et inondait la cour. Stéphane attrapa d'une main une chaise, la fit pivoter, s'installa à califourchon dessus et poursuivit :

– Remarque... je te comprends... Après toutes ces années de mariage, découvrir que sa femme est enceinte d'un autre, ça doit pas faire plaisir !... En plus de ça, la mort subite de ta femme alors que l'autre, l'amant, il est toujours là et bien là, qu'il s'en tire même plutôt bien finalement... C'est vrai, ça ! Il y a de quoi péter les plombs...

– Je ne l'ai pas tué !

Brandoni ignora l'interruption :

– Déjà, l'après-midi, l'anicroche avec la secrétaire, ça t'a énervé... Alors, le soir, tu reviens voir Desseauve... Il est seul dans son bureau, tu entres, vous discutez... vous vous disputez... le ton monte et, dans un geste inconsidéré, tu le tues.

– Ce n'est pas moi ! Je n'y suis pour rien !

– Sois raisonnable... Si tu avoues maintenant, tu auras des circonstances atténuantes : la jalousie... le chagrin éprouvé à la mort de ta femme... le meurtre accidentel... pas de préméditation... Mon vieux, ton avocat va jouer sur du velours !

– Mais je ne l'ai pas tué !

– Écoute, Krügel, arrête de nous prendre pour des cons ! Qu'est-ce que tu faisais mercredi entre 18 h 30 et 20 heures ?

– Mais je ne sais pas, moi ! Je ne sais plus !... Comment voulez-vous que je me souvienne ?...

Pujol sortit tout à coup de son apparente indifférence :

– C'est dommage... vraiment dommage... Car nous avons un témoin qui vous a vu rôder sur le parking de la maternité à cette heure-là.

– Ce n'est pas vrai. Il ment. Je n'ai jamais été à l'hôpital ce soir-là !

– Voyons, monsieur Krügel, voulez-vous que nous organisions une confrontation ? Est-ce vraiment nécessaire ?

Il y eut un silence. Patrice Krügel semblait réfléchir intensément. Il baissa la tête, soupira.

– C'est bon... C'est vrai... J'étais sur le parking mercredi soir, mais je ne sais pas vers quelle heure exactement... Je ne voulais pas vous le dire car je savais que vous m'accuseriez... Je n'ai pas tué Desseauve !

– Bien sûr..., intervint Brandoni. Et qu'est-ce que tu faisais sur le parking ? Ton jogging du soir ?

– Je ne sais pas... Une impulsion... L'envie de revoir l'endroit où travaillait Bénédicte... l'endroit où je venais l'attendre parfois...

– Arrête, tu vas me faire pleurer !

– Je pense qu'il faudra trouver quelque chose de plus crédible pour votre défense, monsieur Krügel...

– Vous ne pouvez pas m'inculper ! Vous n'avez aucune preuve !

– Nous avons assez d'éléments et d'assez fortes présomptions pour vous déférer au parquet : vous aviez le mobile, vous avez même menacé le professeur Desseauve devant nous. L'auriez-vous oublié, monsieur Krügel ? Vous aviez l'opportunité, et un témoin vous a vu sur les lieux à l'heure du crime... Que pensez-vous que va dire le procureur ?

– Je proteste ! C'est une erreur judiciaire !

J'exige un avocat ! C'est de l'abus de pouvoir !
Un complot !

   – C'est ça, dit Stéphane, c'est tout à fait ça !

 

Stéphane se servit une vodka, souffla légèrement sur les bûches d'un feu qui crépitait déjà
de façon fort agréable et jeta un œil à sa
montre : ses sœurs n'allaient pas tarder. Elle
s'assit dans un des fauteuils, promptement
rejointe par Arakis. Tout en caressant la chatte
– dont le ronronnement régulier résonna
bientôt avec force –, la jeune femme, regardant
les flammes sans les voir, pensait à Patrice
Krügel. Quelle bêtise de ne pas avouer ! Cette
attitude obstinée risquait de lui aliéner le jury,
pourtant toujours enclin à l'indulgence pour
les crimes passionnels... Enfin... peut-être que
son avocat saurait le convaincre...

   La sonnette résonna soudain. Stéphane
bondit – au grand mécontentement d'Arakis –
et alla ouvrir. Cécile se tenait sur le seuil, enve-
loppée d'une grosse doudoune luisante de
pluie.

   – Quel temps ! Dis donc, ma cocotte, j'espère que tu as une bonne raison de me faire
venir ce soir ! Ça ne serait pas pour toi, je ne
serais pas là : d'abord, il fait un temps de
cochon... et puis, surtout, mon petit loulou est
à la maison !...

– Mais dis donc, il ne te quitte plus, ton Salvador ! Je croyais qu'il était débordé par sa thèse ces derniers mois ? Que tu ne pouvais le voir que de temps en temps ?...

– Oui, c'est vrai... Il y avait des semaines où on arrivait à peine à se voir !... Mais, depuis quelques jours, il est là en permanence.

Cécile sourit.

– En fait, j'ai remarqué qu'il est là depuis l'assassinat de Desseauve. Il sait combien ç'a été dur pour moi de découvrir le cadavre... Surtout après la découverte de celui de Bénédicte... Deux cadavres coup sur coup... Même s'il ne le dit pas, je sais que c'est pour ça qu'il est là.

– Tu ne vas jamais chez lui ?

– Si... mais rarement... quand il ne peut pas venir... C'est tout petit chez lui, et un peu trop excentré... On préfère être chez moi.

Elle eut un nouveau sourire, radieux.

– Tu sais, cette fois, j'en suis sûre : c'est l'homme de ma vie ! Non, ne ris pas, je t'assure, c'est vraiment quelqu'un sur qui on peut compter !

– Tant mieux ! Je suis vraiment contente pour toi ! Ça me fait tellement plaisir que tu sois heureuse ! Allez, ne t'inquiète pas : je ne te retiendrai pas longtemps !

– Mais enfin, c'est quoi, tout ce mystère ?...

La sonnette retentit une nouvelle fois. Arakis sauta lestement des genoux de Cécile

– qu'elle était venue saluer – et se précipita vers la porte. C'était une chatte très sociable, elle adorait les visites et réagissait instantanément au moindre coup de sonnette. Juliette se débarrassa à son tour de son manteau mouillé et, après avoir embrassé ses sœurs, s'approcha du feu en frissonnant. Les trois sœurs affichaient une étonnante ressemblance : minces, rousses, les yeux verts, les mêmes traits fins. Toutefois, une observation plus attentive faisait rapidement ressortir des différences entre les trois jeunes femmes : Cécile était la plus rousse, la plus grande aussi ; Stéphane, la plus petite, avait les cheveux plus sombres, auburn ; de même, la ligne du menton, la grandeur du front ou des détails plus infimes marquaient la particularité de chacune des sœurs Brandoni. Les styles et l'attitude aussi.

Juliette, vêtue d'une grande jupe en laine épaisse (de type artisanal), d'un pull genre inca et de chaussures que sa belle-sœur, Laurence, aurait qualifiées d'orthopédiques, avait noué ses longs cheveux en une grosse tresse lâche qui lui tombait sur les reins. Elle se retourna vers Stéphane.

– Alors ? Quelle est la raison de ce mystérieux appel ? Pourquoi voulais-tu nous voir absolument ce soir ?

Stéphane prit le temps de servir une vodka à Cécile et un jus de carotte à Juliette (qui prônait, actuellement, une sobriété totale), puis, d'un mouvement un peu théâtral, elle prit la sculpture de Pierre Desseauve et la posa sur la table basse, entre ses deux sœurs.

– Oh ! fit Cécile avec étonnement. Mais c'est Juliette !

– Exactement, dit Stéphane. C'est Juliette.

Et, se tournant vers cette dernière :

– On peut avoir une explication ?

– Attends... Une explication ? Qu'est-ce que tu veux que je t'explique ?

– Que tu m'expliques ce que fait une statue de ma sœur, à poil, chez le fils d'un homme qui a été assassiné !

Juliette leva les yeux au ciel.

– Non, mais je rêve ou quoi ? C'est pour ça que tu as convoqué une sorte de mini-conseil de famille ?... Tu te prends pour maman ?

– Justement ! Tu imagines l'effet que ça lui ferait, à maman ?

– Bon, alors, attends : que le père de Pierre ait ou non été tué, ça n'a aucun rapport avec cette histoire. D'ailleurs, si j'en crois les journaux du soir, c'est une affaire résolue, non ?

– Ah ? s'étonna Stéphane. C'est déjà dans la presse ?

Puis, se reprenant :

– Ce n'est pas le problème !

– Alors, où est le problème ? dit Juliette, à présent tout à fait furieuse. Tu ne vas pas me faire croire que tu nous as fait venir juste pour ça ! J'ai bientôt vingt ans, je suis majeure, et le fait de servir de modèle aux Beaux-Arts n'est pas encore répréhensible par la loi, il me semble ! Il y a plus malhonnête pour gagner sa vie !

– Mais enfin, si maman le savait !...

– Écoute, arrête avec ça ! Il n'y a pas de raison pour qu'elle l'apprenne !... Et puis, je m'excuse, les filles, mais contrairement à vous deux, elle n'a pas trop de motifs de se faire de souci avec moi : je ne fume pas, je ne bois pas et, en plus, je suis toujours vierge !

– Toujours vierge ? firent Stéphane et Cécile avec un bel ensemble, en prenant un air consterné qui fit rire de bon cœur leur jeune sœur.

– Eh oui ! Il faut bien qu'une de nous trois soit un peu sérieuse, lança-t-elle avec malice.

– Oui, d'accord..., dit Stéphane. Mais enfin, tu te rends compte ? Poser nue ?...

Elle se tourna vers Cécile, quêtant une approbation, et constata avec surprise que cette dernière, à présent, riait comme une folle.

– Ça te fait rire, toi ?

– Enfin, Stéphane, ne dramatise pas ! Tout ça n'est pas si grave ! Elle a raison : il y a plus malhonnête pour gagner un peu d'argent ! C'est ton côté puritain ou quoi ? Les étudiants en peinture ou en sculpture, ils travaillent sur le nu sans le voir en tant que tel, juste pour le côté plastique, tout comme moi, je le vois avec un œil médical... Et si Juliette a été prise comme modèle, pourquoi pas ?... Quand je pense que j'ai laissé Salvador pour ça !... C'est bien de toi de nous en faire toute une histoire !...

Elle haussa les épaules, adressa un large sourire à ses sœurs et annonça :

– Les filles, sur ce, je vous laisse : un tendre tête-à-tête m'attend !...

En un éclair elle fut partie.

Restée avec sa jeune sœur, Stéphane se sentit, finalement, un peu ridicule. Elle adressa un sourire contrit à Juliette.

– Je suis désolée... C'est vrai, vous avez raison... Tout ça n'est pas si grave, finalement... Je ne sais pas ce qui m'a pris... Si tu ne fais rien de spécial ce soir, veux-tu rester à la maison ?... Je te fais patienter et je te prépare un petit repas dont tu me diras des nouvelles ! Qu'est-ce que tu en penses ? Ce n'est pas pour me faire pardonner, mais...

– Ah si ! dit Juliette en lui donnant une bourrade affectueuse. Tu me dois bien ça !

## 12

Il froissa le journal avec irritation et le posa violemment sur la table, faisant déborder sa tasse pleine de café. Décidément, ça n'allait pas du tout ! Les choses ne tournaient pas comme il l'avait souhaité... Il se sentait bizarrement vide, tout à coup privé de but, privé de projets, inutile... Depuis plus de deux mois, depuis sa sortie de ce qu'« ils » appelaient une maison de repos, c'était la première fois qu'il se trouvait aussi désemparé... déçu... insatisfait... avec cette impression permanente de ne pas avoir été jusqu'au bout de son projet... Comme une culpabilité sournoise devant un travail non fini... un regret... pas encore un remords...

Il soupira, excédé, et reprit le journal de ce lundi matin. En première page s'étalait ce titre triomphaliste :

L'ASSASSIN DU PROFESSEUR DESSEAUVE ARRÊTÉ.
LA POLICE À L'HONNEUR.
(Voir notre dossier spécial en pages 4 et 5.)

Il étala le quotidien sur la table, poussant la tasse et la cafetière d'un revers de bras et, les lèvres retroussées en un rictus méchant, entreprit la lecture du dossier consacré au professeur Desseauve. Plusieurs articles, savamment disposés sur deux pages intérieures et abondamment illustrés, évoquaient les différents aspects de l'affaire : article laudatif sur le parcours professionnel, la personnalité et le charisme du patron du service de gynécologie-obstétrique, papier sobre et concis sur sa famille – sa femme, membre éminent de plusieurs associations caritatives locales, et ses six enfants –, rappel documenté sur ses activités politiques et ordinales, et enfin récit détaillé du meurtre, de l'enquête policière, et de l'arrestation de l'assassin.

Il grommela et se servit un nouveau café. Non... ça n'allait vraiment pas... Il fallait faire quelque chose !...

Il resta un long moment prostré, et, tout à coup, se leva, décidé. Il allait ranger, fermer sa maison et faire sa valise : il savait ce qu'il avait à faire, ce qu'il aurait dû faire dès le début...


Un petit soleil froid éclairait difficilement cette fin de matinée, rendant le décor et l'atmosphère parfaits pour la cérémonie qui se déroulait. Après l'église, trop petite pour accueillir la foule qui s'y pressait, le vieux cimetière était à présent envahi par tous ceux qui souhaitaient rendre un dernier hommage à Cyprien Desseauve, apporter un soutien affectueux à sa famille ou, tout simplement, être vus à une inhumation qui serait probablement l'un des événements « mondains » de l'hiver.

Amaury et Stéphane, présents eux aussi – sur l'insistance de Lambert et malgré l'arrestation de l'assassin –, se tenaient un peu à l'écart, observateurs attentifs mais discrets. Tapant des pieds sur la terre durcie par le gel, les mains enfoncées dans les poches de son blouson, Brandoni regrettait amèrement de ne pas s'être plus couverte ce matin et, malgré sa répugnance pour la fourrure et la barbarie qu'elle signifiait, elle se surprit à envier quelques femmes de l'assistance qui arboraient vison, renard ou loutre...

Stéphane parcourut la foule des yeux : il y avait vraiment un monde fou ! Elle reconnut au passage de nombreuses personnes de l'hôpital, personnel médical ou paramédical, dont certaines qu'elle avait elle-même interrogées pour les besoins de l'enquête, mais sur lesquelles elle ne remettait pas toujours de nom. Elle repéra Thérèse Marie, droite et compassée, et un peu plus loin Cécile qui, lui avait-elle dit, avait été déléguée pour représenter les internes du service. À mesure que l'on se rapprochait de la famille, les têtes connues, notabilités locales, se multipliaient. Brandoni nota ainsi la présence du préfet, du maire – avec une bonne partie du conseil municipal –, du président du Conseil de l'Ordre des médecins, du procureur Hardel-Leblanc avec sa famille et de nombreuses autres personnalités locales, régionales, voire nationales (le secrétaire d'État à la Santé, ami personnel du professeur Desseauve, s'était déplacé).

Le regard de Stéphane, par-delà l'assistance, se perdit un instant dans les branches dénudées et tourmentées des arbres, les graviers des allées jonchées de feuilles mortes, les marbres imposants... Certaines sépultures, propres et fraîchement fleuries, attestaient la présence attentive d'un proche. D'autres, à jamais délaissées, s'enfonçaient progressivement dans l'abandon et dans le sol, surmontées par leurs croix brisées ou branlantes, nues et désolées... C'était d'une tristesse à pleurer... Stéphane ne comprenait pas qu'on puisse trouver les cimetières agréables, voire sereins, ou qu'on aime à s'y promener... D'aussi loin qu'elle se souvînt, elle avait toujours eu peur de la mort. Soudain tout quitter, tout abandonner : le coucher du soleil, les aubes printanières, les odeurs, le vent, la mer, les fleurs, tout... cette fabuleuse diversité des êtres vivants, des sentiments, des choses... tout quitter brutalement pour le néant... Plus rien. Plus jamais rien... Le peu de distance qu'elle avait réussi à mettre entre cette idée et sa vie l'avait définitivement abandonnée à la mort de son frère Paul... Et elle ne comptait plus les nuits où, l'angoisse au ventre, le cœur battant à ses tempes fiévreuses, elle restait longtemps, les yeux ouverts, tout sommeil enfui, dans la peur de ce néant pour elle et pour ses proches...

Elle se secoua, reportant son regard sur le sinistre rectangle creusé dans la terre, au-dessus duquel, en un dernier fragile équilibre, attendait le cercueil de Desseauve. À côté, pâle et digne, Geneviève Desseauve, discrètement soutenue par ses deux fils, et, pressées contre le trio, les quatre sœurs réunies dans la même peine. Clara tenait dans ses bras Pauline, une des jumelles, qui pleurait à chaudes larmes, et, brutalement, Stéphane se trouva projetée des années auparavant, auprès d'une autre tombe entourée d'une famille désespérée, tenant dans ses bras sa petite sœur Juliette, en pleurs...

Elle frissonna et, posant une main sur le bras de Pujol, immobile et silencieux près d'elle, elle annonça brutalement :

– Tu fais ce que tu veux, mais moi, je rentre. Je suis complètement gelée et j'en ai assez vu comme ça !


Il s'arrêta quelques instants devant l'hôtel de police et consulta sa montre : 10 heures. Parfait. D'après le journal, c'était l'heure où devait

débuter la messe pour l'enterrement de Desseauve. Il trouvait indispensable de faire sa
démarche à la même heure. Indispensable et
symbolique... Il jeta un dernier regard en
arrière et monta les marches du commissariat
avec détermination.

Raoul Martineau finissait de fumer sa Gau-
loise dans le hall en remâchant sa rancœur. Le
rapide et brillant succès de Pujol et Brandoni
dans l'affaire Desseauve lui restait sur l'estomac. Bien sûr, leur suspect refusait d'avouer
et clamait toujours son innocence, mais, vu les
éléments à charge contre lui, il n'avait aucune
chance de s'en tirer. C'était une question de
temps... Il soupira. Déjà qu'il ne pouvait pas
sentir ces deux-là : lui, avec ses grands airs
d'aristo à la manque, et elle, avec son petit cul
et son caractère de merde !... Non mais pour
qui ils se prenaient, ces deux-là ?... Sûr qu'avec
cette histoire ils allaient devenir encore plus
imbuvables !...

Il regarda d'un œil distrait un petit homme
maigre qui venait d'entrer, une valise à la
main, et s'était arrêté d'un air perdu au milieu
du hall.

À part Martineau, chose rare, le hall était
complètement désert : ses collègues au travail
pour la plupart, et Georges, le planton, disparu. Martineau ricana : décidément, il était
grand temps qu'il s'arrête, Georges, parce que,
avec ses problèmes de prostate, il passait plus

de temps aux chiottes qu'à son poste !... Le
petit homme, désorienté, fixa le lieutenant
Martineau, l'air d'attendre quelque chose. Ce
dernier ne bougea pas d'un poil : ce n'était tout
de même pas à lui de faire l'accueil !... Et puis,
vu l'allure du quidam, il venait sûrement pour
un vol miteux, sa bagnole ou un bagage...
enfin, rien d'intéressant pour un policier de sa
classe à lui, Martineau !... Nullement frappé
par l'attitude délibérément indifférente du
lieutenant, l'homme s'avança vers lui.

– Excusez-moi, monsieur, vous êtes de la
police ?

– Qu'est-ce que vous croyez ? Que vous êtes
à l'Armée du salut ?

Un instant déconcerté par l'accueil de Martineau, le petit homme poursuivit pourtant :

– Je voudrais parler aux policiers qui s'occupent de l'affaire Desseauve.

– Dites donc, mon vieux, vous sortez d'où,
vous ? L'affaire Desseauve, c'est fini, terminé.
Enterré, ajouta le policier en riant tout seul
de son bon jeu de mots. Et l'assassin est sous
les verrous !

– Justement, monsieur l'inspecteur.

– Lieutenant.

– Excusez-moi, monsieur le lieutenant,
mais, justement, l'assassin n'est pas sous les
verrous, parce que l'assassin, c'est moi.

Raoul Martineau regarda vraiment pour la
première fois l'homme qui se tenait devant lui.

Ce dernier semblait sérieux et, soulignant son propos de hochements de tête énergiques, reprit :

– Je peux tout vous expliquer, minute par minute. Je peux même vous dire où j'ai caché l'arme du crime. Il faut me croire ! C'est moi qui l'ai tué ! Je suis l'assassin ! Il faut le dire ! Il faut que les journaux le disent !

Le lieutenant Martineau hésita un bref instant : ce type avait quand même l'air un peu illuminé... Mais s'il avait raison ? Après tout, Krügel niait et l'arme du crime n'avait toujours pas été retrouvée... Il écrasa sa cigarette avec soin, réfléchissant rapidement. Si c'était vrai... quelle belle occasion d'écraser Pujol et Brandoni ! Quelle revanche !... Il se tourna vers l'homme, presque aimable à présent :

– Écoutez, mes collègues sont absents pour l'instant. Mais je travaille en étroite collaboration avec eux. Venez dans mon bureau, je vais prendre votre déposition.

Le visage rougi par le froid et encore sous le coup de la triste cérémonie à laquelle ils venaient d'assister, le capitaine Pujol de Ronsac et le lieutenant Brandoni franchirent avec soulagement le seuil du commissariat. Ils avaient à peine passé la porte que Georges, affichant une tête des mauvais jours, s'avança vers eux.

– Euh... capitaine... lieutenant... Le commissaire vous attend dans son bureau.

– Maintenant ? s'étonna Stéphane.

– Il m'a dit « immédiatement dès leur retour ».

– Qu'est-ce que ça veut dire ? demanda Brandoni en se tournant vers Pujol.

Ce dernier haussa les épaules en signe d'ignorance.

– Je suis comme toi, je n'en ai pas la moindre idée !

Ils se dirigèrent d'un même pas vers le bureau de JP et y entrèrent après en avoir reçu l'invitation à peine aimable. Ils s'arrêtèrent devant le tableau qu'ils avaient sous les yeux : au bureau, Jean-Pierre Lambert, assis, le dos droit, la mine sévère... Sur le bureau, une statue en bronze qui semblait un peu humide... Et surtout, près du bureau, Raoul Martineau, le faciès hilare, presque extatique, avec ses petits yeux brillants de méchanceté.

« Aïe..., pensa Stéphane, ce n'est pas bon signe. »

Sans leur proposer de s'asseoir, le commissaire Lambert fixa un instant ses deux policiers, puis, désignant la statue du menton :

– Savez-vous ce que c'est que ça ?

Ils regardèrent plus attentivement la figurine : c'était une statuette d'environ quarante centimètres de haut, qui représentait un homme vêtu d'une blouse, un stéthoscope autour du cou et un bébé dans les bras.

Le premier, Pujol réagit :

– C'est le bronze qui était sur le bureau du professeur Desseauve, n'est-ce pas ?

Lambert acquiesça :

– Il a été retrouvé, entouré de la blouse de Desseauve, dans la fontaine du jardin public qui est un peu plus loin que l'hôpital. Les services techniques ont commencé à l'examiner, mais son séjour dans l'eau ne va pas faciliter les analyses.

– Comment l'a-t-on retrouvé ? se risqua Brandoni.

Martineau intervint, avec une intense satis-faction :

– C'est moi qui l'ai trouvé. Sur les indi-cations du meurtrier.

– Il a parlé ? L'assassin a avoué ? Et pour-quoi c'est Martineau qui l'a interrogé alors que nous sommes chargés de l'affaire ?

Lambert intervint à son tour :

– Oui, en effet, l'assassin a parlé.

Quelque chose, dans le ton du commissaire, alerta les deux policiers. Ils échangèrent un rapide regard inquiet. Pujol demanda :

– Krügel a fait ses aveux ?

La réponse claqua, inattendue, lapidaire :

– Krügel n'a fait aucun aveu : ce n'est pas lui le meurtrier.

Cette fois-ci, Brandoni et Pujol restèrent abasourdis et silencieux, attendant une explication. Martineau prit la parole, la voix pleine de jubilation :

– Eh non. Ce n'est pas Krügel le meurtrier. L'assassin, le véritable assassin, celui qui a donné tous les détails, reconnu le crime et indiqué où trouver la statue, c'est moi qui l'ai trouvé ! C'est moi qui l'ai découvert !

Jean-Pierre Lambert intervint sèchement :

– N'exagérons rien, Martineau. L'homme est venu se dénoncer lui-même et vous vous trouviez là à ce moment-là ! Pas de quoi se glorifier ! D'ailleurs vos collègues, malgré leur grossière erreur, restent chargés de l'enquête. Vous leur remettrez la déposition du meurtrier. Maintenant, vous pouvez nous laisser, merci.

Ainsi désavoué et congédié, Raoul Martineau sortit sans un mot, avec un air de fureur rentrée qui aurait pu faire rire Brandoni en d'autres circonstances.

– Bon, enchaîna Lambert. Je ne vous félicite pas, c'est le moins qu'on puisse dire !

Stéphane ouvrit la bouche pour protester. JP leva la main pour l'arrêter et poursuivit :

– Je sais, je sais. J'ai repris l'interrogatoire de Krügel et aussi celui de Thérèse Marie : il y avait des présomptions suffisamment fortes pour le déférer... D'ailleurs le juge vous a suivis...

Il poussa un soupir.

– Vous auriez dû montrer plus de prudence, maintenant on est dans le pétrin ! On va avoir la hiérarchie sur le dos, sans parler de la presse !... Nous allons encore passer pour des guignols !...

Il y eut un silence pesant. Lambert reprit :

– Bon. Voilà ce qu'on va faire. Moi, je m'occupe de la hiérarchie et de la presse. Vous, vous faites libérer Krügel *fissa* et, bien entendu, vous allez le prévenir vous-même de sa libération.

Brandoni esquissa un geste de protestation.

– C'est la moindre des choses, Brandoni. Et nous serons bien heureux s'il ne porte pas plainte ou ne demande pas de dommages et intérêts !... Quant à notre nouveau prévenu, vous reprenez son interrogatoire en détail : pas d'erreur, pas d'approximation, pas de supposition ! Cette fois, je veux un dossier en béton, inattaquable ! Suis-je assez clair ?

Les deux policiers hochèrent la tête pour montrer qu'ils avaient compris.

– C'est bon. Au travail.


Stéphane écrasa rageusement sa cigarette dans le cendrier et parcourut du regard la salle du restaurant. Elle fixa l'entrée quelques instants, observant les gens qui entraient,

guettant la silhouette de Cécile. Après la
matinée qu'elle venait de passer, et avant
l'après-midi qui l'attendait, ce repas avec sa
sœur lui serait une pause bienvenue. Stéphane
et Cécile aimaient bien ce petit restaurant
simple, au décor chaleureux, au cadre intime
(si intime que les tables, parfois, se trouvaient
un peu serrées), où elles avaient pris, peu à
peu, leurs habitudes. Le regard de Brandoni
s'attarda sur les stores-bateaux jaunes, finement plissés, sur les aquarelles qui décoraient
les murs... Elle reprit le menu (qu'elle connaissait par cœur), jeta un œil dessus et le reposa...
Elle regarda sa montre : Cécile ne devrait pas
tarder.

La porte s'ouvrit sur un groupe de femmes
en grande conversation, un groupe de collègues de travail selon les apparences. Elles
s'assirent bruyamment, juste à côté d'une
table où un jeune couple, les doigts entre-
lacés, indifférent à son entourage, se jurait un
amour éternel. Stéphane sourit, mi-amusée,
mi-attendrie.

Tout à coup, la porte s'ouvrit à nouveau,
laissant entrer une Cécile aux pommettes
roses et aux yeux brillants, l'air très en forme,
ce qui fit plaisir à sa sœur. Son regard fit rapidement le tour de la petite salle ; elle repéra
Stéphane, lui adressa un grand sourire et, lou-
voyant entre les convives déjà installés, vint
s'asseoir en face de cette dernière.

– Ouf ! Ça va ? Je ne suis pas trop en retard,
j'espère ? Je sors du bloc... Mais dis donc, tu
en fais une tête ! Un problème ?

– Oui... mais ne t'inquiète pas... Le boulot...
Je ne peux pas t'en dire beaucoup plus, tu
sais bien...

Cécile sourit à sa sœur.

– N'hésite pas si ça peut t'aider ! Tu sais
bien que je suis muette comme une tombe !

Stéphane grimaça.

– J'aimerais mieux que tu évites de me
parler de tombe ce matin !

Elle hésita un bref instant, puis, poussée par
le besoin d'alléger un peu un fardeau qu'elle
commençait à trouver franchement trop lourd
pour elle, elle laissa tomber :

– Ce n'est pas Krügel l'assassin de Desseauve : le véritable meurtrier est venu se
dénoncer ce matin. C'est ce salaud de Martineau qui a pris sa déposition ! Tu imagines
d'ici comment il biche !... Alors, voilà la situation : on est ridiculisés par Martineau, on va
l'être largement dans la presse, il faut
reprendre toute une partie de l'enquête et,
cerise sur le gâteau, nous devons annoncer
nous-mêmes à Krügel, cet après-midi, qu'il a
été victime d'une erreur comme il le crie
depuis le début !...

– Aïe..., compatit Cécile. Je n'aimerais pas
être à ta place !...

Elles s'interrompirent un instant, le temps de passer commande, et Cécile reprit :

– Qu'a dit Lambert ?

– Il n'était pas satisfait, c'est le moins qu'on puisse dire, mais il a reconnu que les présomptions que nous avions contre Krügel pouvaient être trompeuses... Il a été correct : il nous a laissé quand même la fin de l'enquête ! Tu aurais vu la tête de Martineau lorsqu'il lui a demandé de nous transmettre la première déposition du meurtrier !...

Les deux sœurs rirent.

– Tu sais, pour la presse, dit Cécile, ce n'est pas si grave : vous avez l'habitude, ce n'est pas la première fois qu'elle vous casse du sucre sur le dos !

– Ce n'est pas ça qui m'ennuie le plus. Le pire, c'est d'aller voir Krügel. Je ne devrais pas, mais ce type m'insupporte ! Je ne le sens pas... Alors, aller s'excuser...

– Oui, ça n'a rien d'agréable, je te comprends, mais reconnais quand même que ce pauvre type n'a pas eu de chance !

Cécile plongea sa fourchette dans l'assiette fumante que la serveuse venait de déposer devant elle.

– Humm... Tu aurais dû prendre ça : leur civet est délicieux ! Tu as pris quoi, déjà ?

– Brandade de morue.

Cécile fit la grimace et poursuivit :

– Même si Krügel ne t'est pas sympathique,

mets-toi à sa place : il perd sa femme dont il
est très amoureux, découvre dans la foulée
qu'elle le trompait et qu'elle était enceinte de
son amant, et se retrouve en cabane pour un
meurtre qu'il n'a pas commis ! Ça fait beaucoup !

Stéphane grommela, insensible aux malheurs de Patrice Krügel :

– S'il était si attentif à sa femme, il aurait
bien pu remarquer qu'elle lui mentait ou se
douter de quelque chose !

Cécile rit.

– Allons, voyons, tu sais bien que c'est toujours le premier concerné qui est le dernier
informé ! Tous les jours en consultation je vois
des femmes qui me racontent ce genre d'histoires, dans un sens ou dans un autre...

– Oui, mais il avait quand même remarqué
qu'elle n'allait pas bien ces derniers temps :
elle prenait des anxiolytiques...

– Ah ça, ça m'étonnerait !

Stéphane regarda sa sœur avec étonnement.

– Comment ça, ça t'étonnerait ? C'est
Patrice Krügel lui-même qui nous l'a raconté :
il a dit que, depuis quelque temps, elle prenait
des tranquillisants de temps à autre. Et puis,
on a retrouvé des traces de benzodiazépines
dans son estomac.

Ce fut au tour de Cécile d'arborer un visage
surpris.

– Écoute, Stéphane, ça n'est pas possible, je

ne comprends pas : Bénédicte était allergique, TRÈS allergique aux benzodiazépines. Elle faisait même rire tout le monde dans le service en racontant sa nuit de noces ! Ils étaient chez les parents de son mari, et sa belle-mère prenait, à l'époque, un sédatif le soir. Bénédicte, avec l'émotion du mariage, a confondu, dans la salle de bains, sa pilule avec un des comprimés de sa belle-mère... et elle s'est retrouvée aux urgences du CHU en robe de mariée !... Tu ne lui aurais jamais fait avaler le moindre tranquillisant : elle savait qu'elle risquait un œdème de Quincke ou un bronchospasme mortel !...

Il y eut un lourd silence. Les deux jeunes femmes se regardaient, abasourdies, prenant lentement conscience de ce que signifiait ce que Cécile venait de dire. Stéphane se leva soudain d'un bond, repoussant sa chaise.

– Nom de Dieu ! Le cœur !... Le cœur rose !... Cécile, excuse-moi ! Tu comprends... Je dois prévenir Pujol ! Et Lambert ! Et le juge ! Tu règles pour moi, hein ? Je te téléphone... Merci encore, merci !...

Et, avant que Cécile n'ait eu le temps de lui demander d'autres explications, elle avait disparu.

## 13

À peine revenu dans son bureau, le lieutenant Brandoni avait commencé par retourner
tous ses tiroirs et fouiller tous ses placards
pour retrouver la boîte confiée par Thérèse
Marie. Après en avoir retiré le cœur en pâte
d'amandes qu'elle avait porté au commandant
Denis pour analyse, Stéphane avait prévenu
Pujol et Lambert... Pour l'heure, la libération
de Krügel mise en suspens et le résultat des
analyses en attente, Pujol et Brandoni écou-
taient avec attention l'homme qui leur faisait
face et qui, ce matin, avait avoué le meurtre
de Desscauve.

Yves Petitjean était un petit homme maigre,
assez laid, à l'aspect sale et négligé. Son visage
rappelait vaguement quelque chose à Stéphane sans qu'elle arrive à préciser si elle
l'avait vu et où... L'homme répétait son histoire
avec bonne volonté et même un peu de com-
plaisance, à l'aide de phrases saccadées, au
débit haché, soulignées par des gestes nerveux,
parfois incontrôlés. On notait quelques lueurs
d'égarement dans son regard, et pourtant son
récit était cohérent, construit, précis, détaillé.

– Ça fait longtemps que tout ça a débuté.

Depuis des années... Ç'a commencé quand Martine a voulu un enfant.

Il grimaça un sourire à l'adresse des policiers.

– Martine, c'est ma femme.

Pujol et Brandoni se gardèrent de l'interrompre.

– On a d'abord essayé normalement, hein, comme tout le monde... Vous comprenez, on avait ce qu'il fallait : une petite maison agréable, des salaires corrects, une bonne vie... Bref, il ne nous manquait plus qu'un gosse... Quand on a vu que ça ne marchait pas, on est allés voir le gynécologue de Martine. Vous savez, je tenais à y aller aussi. Je voulais savoir si le problème venait de moi... on ne sait jamais...

Il eut un soupir :

– On a fait tous les examens, tous les deux, et il n'a rien trouvé. Il n'y avait pas d'explication... Alors le gynéco nous a conseillé de voir le professeur Desseauve. Il a dit que lui, il saurait, qu'il pourrait nous proposer une solution... J'étais pas tellement d'accord pour se lancer dans tout ce tintouin... Le gynéco avait commencé à parler d'insémination, de « PMA »... Mais Martine, elle voulait tellement un enfant... Elle disait comme ça que, si on ne pouvait pas en avoir, on en adopterait... Mais moi... Un enfant qu'on ne connaît pas... On ne

sait pas d'où il vient... Alors, j'ai dit oui et on
est allés voir Desseauve.

Il s'arrêta un instant, le visage parcouru de
tics nerveux, et reprit :

– Tout de suite, Martine a été emballée !
Elle lui faisait entièrement confiance : c'était
le Messie... On a commencé par les insémi-
nations avec mon sperme... Et puis, comme il
n'y avait toujours rien et que Martine
approchait de la quarantaine, Desseauve nous
a proposé de faire un « bébé-éprouvette », une
« FIVET », comme il disait... Ç'a marché à la
troisième tentative... On était tellement heureux ! Martine était transformée, toujours
gaie, jamais fatiguée... Ç'a été une grossesse
sans problème !...

Il marqua un long silence et reprit, un ton
plus bas, grimaçant affreusement :

– Et puis est arrivé le jour de l'accouchement. C'était le 14 juillet : ça faisait rire Martine !... C'était pas cet été, mais l'été dernier,
enfin, je veux dire, l'an dernier, il y a seize
mois... On est allés à la maternité dès que les
contractions sont devenues régulières, comme
on nous l'avait dit aux cours de préparation...
Martine a eu une péridurale, elle ne souffrait
pas... Je suis resté près d'elle pendant tout le
temps... C'est Desseauve lui-même qui est venu
pour sortir le bébé : il avait demandé qu'on le
prévienne... Il paraît qu'il venait pour toutes
les patientes à qui il faisait une « PMA »,

comme on dit... Tout se passait bien... Le bébé est né, il a bien crié... Et puis...

Il fit une pause, continua avec effort :

– Et puis, je n'ai pas compris... Je ne sais pas ce qui s'est passé... Tout à coup, tout le monde s'est affolé... Le bébé était là, il n'arrêtait pas de crier... Et Martine... elle ne bougeait plus... Ils m'ont mis dehors... Je les entendais s'agiter... Et le bébé qui criait toujours... Et puis, il est venu me dire que c'était fini, qu'il fallait que je sois courageux... Qu'il fallait que je me batte pour mon fils... Mon fils... Sans Martine, je n'en voulais pas... ça ne m'intéressait pas... Il m'a dit qu'il n'avait rien pu faire, que c'était une embolie amniotique... Tu parles... Il l'a tuée, c'est tout !... Il l'a tuée !... Elle est morte... MORTE...

Il s'effondra sur le bureau de Pujol, le corps secoué de spasmes et de sanglots, et y resta prostré... Un long moment après, il se releva, s'essuya le nez d'un revers de manche, et, regardant les deux policiers, attentifs et silencieux, il poursuivit :

– Je ne voulais plus de l'enfant... Lui aussi était responsable de la mort de Martine... Et puis, je ne pouvais pas m'en occuper : ce n'est tout de même pas le rôle d'un homme !

Amaury pensa fugitivement à ses enfants, qu'il lavait, changeait, nourrissait régulièrement, et haussa un sourcil désapprobateur. Petitjean continuait :

– On m'a demandé comment je voulais
appeler l'enfant. Je ne savais pas. Je ne savais
plus ce qu'on avait choisi, avec Martine... Alors
j'ai dit « Martin »... « Martin », j'ai dit, en souvenir de sa mère... Après, je ne sais plus... Je
ne me souviens pas...

Brandoni intervint :

– Vous ne vous souvenez pas de ce qui s'est
passé après ?

– Non... Je me souviens juste de m'être
réveillé dans une chambre qui donnait sur un
grand parc.

Il eut un ricanement qui lui dessina un
masque grotesque.

– À l'asile !... Ils m'avaient mis à l'asile !... Ils
m'ont expliqué que j'étais resté prostré longtemps, à la maternité, et puis que tout à coup
je m'étais mis à hurler et à tout casser dans la
pièce... Mais je n'y crois pas... Je n'y ai jamais
cru... Ce n'est pas vrai... Ils ont profité du fait
que je ne me souvienne pas pour tout
inventer !... Mais moi, je sais !... Je sais que
c'est Desseauve qui m'a fait enfermer... Tous
les jours j'y pensais : à lui et à Martine... Au
début, je m'énervais, je criais... Alors ils me faisaient des piqûres... Ils disaient que je ne pourrais pas sortir ni revoir mon fils si je ne me
calmais pas... Je ne voulais pas voir mon fils :
c'était comme si je n'en avais pas, il ne m'intéressait pas... Mais je voulais sortir... Alors, je
me suis calmé... Je suis devenu modèle : pas

un mot plus haut que l'autre, toujours calme...
Ils disaient que je guérissais, que c'était mieux.
Ils m'ont donné un petit travail à la bibliothèque pour m'occuper... Ils étaient contents...
Moi, tous les jours je pensais à Martine et à
Desseauve... Je parlais à Martine, je lui expli-
quais tout ce que je ferais en sortant : que je
pourrirais la vie de ce salaud, je la lui rendrais
infernale, je lui ferais payer tout le mal qu'il
nous avait fait... Quand c'était trop difficile, je
mettais la tête sous mon oreiller pour crier...
Quand le médecin venait me voir, je lui expli-
quais que j'espérais reprendre mon travail
rapidement et m'occuper de mon fils, que je
me sentais mieux...

Il eut un de ses sourires hideux.

– Vous savez, quand vous dites comme eux,
quand vous ne les contrariez pas, les psychia-
tres, ils disent tout de suite que vous allez
bien... Alors, ils m'ont laissé sortir...

Il s'interrompit et but une longue gorgée au
goulot de la bouteille d'eau, posée près de lui,
qu'il avait demandée au début de sa déposition. Il observa tout à tour les deux policiers,
guettant sur leurs visages l'ombre d'une compréhension, d'une approbation peut-être...

– Et puis ? dit Pujol.

– En sortant, je suis allé voir Martin, chez
mes beaux-parents... Mais je ne peux pas... Je
n'arrive pas à l'aimer... Quand je le vois, je
pense à la mort de Martine... Ça m'a renforcé

dans mon idée... J'ai commencé à suivre Desseauve partout, sans qu'il me voie... Je me suis
glissé dans sa vie... à tous les moments... J'ai
appris tout ce que j'ai pu sur lui... et sur sa
famille... Je suivais aussi sa femme, ses
enfants... Personne n'a jamais fait attention à
moi... Ces gens-là sont bien trop sûrs d'eux
pour imaginer qu'on puisse les suivre ou leur
en vouloir... C'était un jeu d'enfant... Et bien
intéressant, oui, bien intéressant !

Il eut une sorte de rire aigrelet.

– Quand j'en ai su assez, j'ai commencé à
envoyer les lettres anonymes. Tous les deux
jours exactement : je voulais qu'il sache que
c'était régulier, qu'il les attende, qu'il les appré-
hende, que ça lui gâche sa journée...

Il s'arrêta, pensif, les yeux perdus dans le
vague. Les deux policiers, d'un accord tacite,
ne brisèrent pas le silence qui s'était installé,
préférant laisser l'homme dérouler son histoire à son rythme propre. Au bout d'un
moment, ce dernier s'ébroua, les fixa un bref
instant, comme étonné de les voir là, et reprit :

– Ce fameux mercredi soir, j'étais là, derrière la vitre de son bureau, dans l'ombre,
dehors, à observer Desseauve. Il semblait
anéanti... Et ça, le voir ainsi effondré, c'était
une véritable jouissance... Trop peut-être, c'est
là que j'ai craqué : je voulais lui dire, lui
cracher tout ce que je pensais de lui, tout ce
que je savais de lui et des siens, l'enfoncer,

l'écraser définitivement comme un malfaisant qu'il était... Je suis entré dans le service par la porte de derrière : à cette heure-là, il n'y a plus personne. J'ai frappé à la porte de son bureau et il m'a dit d'entrer... J'ai bien vu qu'il ne me reconnaissait pas... Alors j'ai parlé... Je lui ai raconté : Martine, l'enfant, l'asile... et puis sa femme, sa fille... Tout... Il s'est énervé, il a commencé à crier. Mais moi, je voulais qu'il se taise, je voulais qu'il m'écoute encore, j'avais tant de choses à lui dire depuis tout ce temps... Alors, pour le faire taire, j'ai pris une statue qui était sur son bureau, et je l'ai frappé... J'ai perdu l'esprit... J'ai frappé... frappé...

Il poussa un profond soupir, comme soulagé.

– Quand j'ai vu qu'il était mort, je me suis senti... délivré... oui, délivré. Il y avait sa blouse, posée sur un fauteuil : j'ai enveloppé la statue dedans pour l'emporter, à cause des empreintes, je suis sorti et j'ai tout jeté dans la fontaine du jardin Charlotte-Corday... Et puis, je suis rentré chez moi...

Il se tut, regardant les policiers avec une sorte de satisfaction. Il y eut, à nouveau, un long silence, rompu par Brandoni :

– Dites-moi, tout à l'heure, vous avez dit, en parlant de la famille de Desseauve, qu'en suivre tous les membres était bien intéressant. Ensuite, vous avez fait allusion à sa femme et

à une de ses filles... Qu'aviez-vous donc
appris ?

Petitjean hésita, but encore un peu d'eau.

– Rien. Rien d'intéressant. Juste des brou-
tilles... Mais, vous savez, ça peut suffire à
fâcher... Ça dépend comment on les raconte,
pas vrai ?

Sur ce, il se tut.

Au bout d'un moment, Pujol, à son tour,
intervint :

– Monsieur Petitjean, avant de signer vos
aveux, y a-t-il quelque chose que vous souhai-
tiez ajouter ?

Une lueur presque gaie passa dans le regard
d'Yves Petitjean.

– Oui, dit-il. Ce mercredi-là, en rentrant, j'ai
ouvert le champagne !...

Et il partit d'un grand rire dément.


Quand même !... Quel culot, ce Krügel !... Et
quel sang-froid !... Leur jouer cette comédie
alors que c'était lui qui, minutieusement, et
même de façon assez perverse, avait préparé
l'assassinat de sa femme !... Quel salaud !...
Stéphane hocha la tête. Ce n'est que tard dans
la soirée que le commandant Denis avait
confirmé leurs doutes : le cœur en pâte
d'amandes fabriqué par Patrice Krügel était
bourré de benzodiazépines, assez pour

plonger n'importe qui dans un coma stupo-
reux, et *forcément* mortel pour Bénédicte
Krügel !...

Amaury et Stéphane avaient prévu pour le
lendemain matin un entretien avec le « veuf
éploré », et Stéphane était curieuse de voir
comment il réagirait...

Les applaudissements éclatèrent, entre-
coupés de bravos enthousiastes, et Stéphane
sursauta, brutalement ramenée à la réalité.
Près d'elle, son amie Mathilde la regardait
avec un petit sourire moqueur.

– Alors ? On a l'esprit ailleurs ?

Stéphane prit un air contrit.

– Je suis désolée... Le travail... Et puis, les
compositeurs contemporains... j'ai un peu de
mal !...

Mathilde sourit de plus belle.

Autour des jeunes femmes, le public commençait à quitter la salle de concert. Elles se
levèrent et, à leur tour, se glissèrent dans le
long ruban paresseux qui s'écoulait doucement vers la sortie.


Tôt le mardi matin, le capitaine Pujol de
Ronsac et le lieutenant Brandoni pénétrèrent
dans le petit parloir de la maison d'arrêt. Ils
s'assirent à l'unique table, au centre de la
pièce, jetant un œil rapide aux murs gris et

vierges, sans fenêtre, inchangés depuis des
années. La porte située en face d'eux s'ouvrit
dans un grand bruit de verrous et de serrures,
et, suivi par un surveillant, Patrice Krügel
entra à son tour.

– C'est bon, dit Pujol. Vous pouvez nous
laisser. Asseyez-vous, monsieur Krügel.

Patrice Krügel prit place avec une évidente
mauvaise volonté, le visage renfrogné et hostile. Il y eut un long silence. Pujol reprit :

– Voilà. Monsieur Krügel, nous sommes
venus vous annoncer que le meurtrier de
Cyprien Desseauve s'est constitué prisonnier
et qu'il a passé des aveux complets, ce qui vous
innocente totalement de ce meurtre.

Il fallut quelques instants à Patrice Krügel
pour assimiler et comprendre toute la portée
de ce qui venait de lui être dit, puis, peu à peu,
son attitude changea du tout au tout : il se
redressa, toisant les deux policiers, et, d'une
voix assurée et arrogante, prit la parole :

– Si je comprends bien, vous êtes en train
d'admettre que je suis innocent, ce que je vous
dis depuis le début !...

Il eut un mauvais sourire.

– Vous m'avez enfermé et inculpé à tort,
mais je dois vous prévenir que ça ne va pas
se passer comme ça ! J'ai des relations, vous
savez !... Je ne vous parle pas du montant des
dommages et intérêts que je vais demander...
Quant à la presse, je vais la contacter dès ma

sortie !... Parce que je sors, n'est-ce pas ? Vous n'avez plus de raisons de me retenir ! J'exige d'être libéré immédiatement !

À son tour, Stéphane esquissa une sorte de sourire. Elle sortit de son blouson un petit paquet soigneusement plié qu'elle déposa sur la table, entre elle et Krügel.

– Bien sûr, monsieur Krügel, bien sûr, dit-elle tout en déballant lentement le paquet sans quitter Krügel des yeux. Mais, si vous le permettez, j'aurais encore une question à vous poser, quelque chose que j'aimerais savoir, comprendre...

– Si vous y tenez..., fit Krügel, grand seigneur.

– Lorsque vous êtes venu voir la secrétaire, Thérèse Marie, pour récupérer les affaires de votre femme, puis, plus tard dans la même soirée, lorsque vous êtes revenu à l'hôpital, ne serait-ce pas pour chercher quelque chose de précis ?... Par exemple, ceci !...

Et elle poussa vers lui le paquet à présent déballé : sur un lit de papier brun reposait le cœur en pâte d'amandes, d'un rose presque indécent, sur lequel se détachait, nette et accusatrice, la marque des dents de Bénédicte Krügel.

Stéphane rapporta son plateau à la cuisine,
le débarrassa. Elle s'assura, d'un coup d'œil,
qu'Arakis avait ce qu'il fallait pour manger (il
n'était pas question de risquer d'être réveillée
en pleine nuit pour une sombre histoire de
croquettes !), sortit la vodka du congélateur et,
munie d'un verre, retourna au salon. Elle s'installa avec un soupir d'aise dans le fauteuil le
plus proche de la cheminée, alluma une
Benson et en tira une longue bouffée, savourant avec satisfaction ce moment de détente.
Elle s'étira mollement, juste assez pour aller
gratouiller, de son pied nu, le ventre d'Arakis
qui dormait près du feu. La siamoise ouvrit un
œil à demi, s'étira à son tour et, changeant à
pcine de position, replongea dans le sommeil.
Stéphane sourit ; elle était bien...
    Au-dehors, dans un autre monde, derrière
les rideaux tirés et les fenêtres fermées, le vent
et la pluie se déchaînaient en grandes bourrasques furieuses... La chatte se mit soudain à
ronfloter, accompagnant rythmiquement le
crépitement des bûches et la voix chaude
d'Ella Fitzgerald chantant l'amour... L'amour...
Stéphane jeta son mégot dans le feu et se servit
une nouvelle vodka. Désir universel, recherche
perpétuelle, besoin vital : l'amour... L'amour
tendre et confiant de Cécile et Salvador...
L'amour durable et complice de ses parents...
L'amour transi d'Annie Raymond pour Lambert... L'amour têtu de François qui refusait

d'admettre que leur histoire était terminée...
L'amour passionnel et jaloux de Patrice Krügel
pour sa femme...

« Je l'adorais », avait-il dit ce matin après
être resté de longues minutes silencieuses
devant le cœur en pâte d'amandes. « Je l'adorais. » Comme si, à eux seuls, ces trois mots
résumaient et expliquaient toute l'histoire. « Je
l'adorais », et, un instant, les deux policiers
avaient craint que les explications ne s'arrêtent
là, que Patrice Krügel, ayant dit l'essentiel, ne
parle plus...
Il avait continué pourtant, et leur avait
raconté comment, fouillant, il y avait un peu
plus de deux mois, dans la poubelle où il
croyait avoir jeté son briquet par mégarde
avec un paquet de cigarettes vide, il avait
trouvé, par hasard, un brouillon de lettre de
Bénédicte pour sa meilleure amie... Quelle
impulsion l'avait poussé à le prendre ?... Pourquoi l'avait-il lu ?... Toujours est-il que la lettre
lui avait appris non seulement l'infidélité de sa
femme et sa grossesse, mais aussi son désir de
vivre avec Desseauve et la peur qu'elle avait de
lui annoncer la nouvelle. C'est de cette lettre
que venait le papier qu'il avait présenté aux
policiers en accusant Desseauve, papier soigneusement découpé pour incriminer ce dernier (juste au cas, improbable selon son plan,
où un doute persisterait sur la mort de sa

femme, juste pour éloigner de lui les éventuels soupçons), mais qui, restitué dans son cadre initial – le texte reconstitué –, donnait :

Et comment puis-je apprendre à Patrice que je suis amoureuse de Desseauve ? Comment lui annoncer que je suis enceinte ? J'ai peur de sa réaction : il peut être tellement violent. Je vais attendre qu'il rentre de voyage et nous partirons un week-end tous les deux... Ce sera peut-être plus facile...

Tout s'était écroulé pour Patrice Krügel ce jour-là, et c'est à cet instant précis qu'il avait commencé à concevoir un plan machiavélique qui devait aboutir à la mort de Bénédicte. À la limite, Desseauve ne l'intéressait pas : il n'était qu'accessoire... C'était Bénédicte la coupable, celle qui n'avait pas su tenir ses engagements, qui avait bafoué leur amour... Il ne pouvait lui pardonner pareille trahison ! Connaissant la gourmandise proverbiale de sa femme, le moyen était tout trouvé. Mais il fallait s'assurer, à tout hasard, un alibi et trouver une confiserie « vecteur », dont le goût et la consistance masqueraient le côté un peu pâteux et fade des anxiolytiques réduits en poudre... Après quelques essais, c'était la pâte d'amandes qui s'était révélée la plus adaptée à son projet... Le reste n'avait été qu'un jeu d'enfant...

Stéphane hocha la tête : intelligent... très intelligent... et sans Cécile, Krügel s'en sortait la tête haute... Sans Cécile, et sans Thérèse Marie qui, sans se douter de l'importance de son geste, avait apporté à la police la pièce à conviction maîtresse...

Une des bûches s'effondra dans un jaillissement d'étincelles, faisant sursauter la jeune femme. Elle se leva, arrangea le bois et secoua doucement la chatte.

– Hé ! Arakis, si on allait au lit en emportant un gros catalogue ?...


Le commissaire Lambert était un homme heureux. Heureux et soulagé. Après avoir frôlé la catastrophe et le scandale dans les médias, son équipe avait non seulement redressé la situation, mais surtout résolu, en moins d'un mois, deux crimes, dont l'un, pourtant, avait bien failli être impuni... Ses supérieurs étaient contents et l'avaient largement félicité. Les journaux locaux et régionaux, quant à eux, s'étaient fait l'écho de cette réussite...

Lambert était donc, ce vendredi soir, un homme heureux, et c'est en sifflotant qu'il se dirigea vers la grande salle de réunion où Georges, le planton, offrait un pot pour son départ à la retraite.

## 14

– Dis donc, je ne sais pas si on va garder le nouveau longtemps...

Le gardien de la maison d'arrêt s'assit lourdement près de son collègue.

– Le nouveau ? Quel nouveau ?

– Le 212, celui qui a buté Desseauve... À mon avis, il est mûr pour l'asile.

– Pourquoi tu dis ça ? Je le trouve plutôt calme...

– Ouais... Mais quand je l'ai ramené à sa cellule, après la visite de son avocat, il était exalté comme s'il avait vu la Sainte Vierge, il riait sans arrêt et n'arrêtait pas de dire : « Tout le monde le sait, que c'est moi qui l'ai tué ! », « C'est écrit, je l'ai tué ! », « Ils le disent partout ! », et il riait de plus belle !... Si tu veux mon avis, il est complètement maboul !...

Les deux hommes haussèrent les épaules avec fatalisme et s'ouvrirent une bière.

– Alors ?... Ces vacances ?...

– Bruxelles... Ses petites rues... Ses musées... Les moules-frites chez Léon et le *Manneken-Pis*... Les balades et le plus pur

tourisme loin de toute préoccupation habituelle : reposant... agréable... quasi le nir-
vana... Une femme amoureuse en prime...
Ahhhh... Mais rien d'extraordinaire par rapport à ce que vous avez vécu ici !... Quelle histoire !...

Cécile Brandoni et Marc Tobati, isolés au
bout de la longue table de l'internat, prenaient
le temps d'un café (toujours prêt) avant de
rejoindre leurs postes respectifs. Marc, rentré
la veille, reprenait le boulot ce lundi matin et,
dès son arrivée, il avait été mis au courant des
récents événements. À présent, plus au calme,
il en écoutait les détails de la bouche de Cécile.

– Tu sais, j'aurais réellement préféré rester
dans la routine habituelle !..., dit Cécile avec
un soupir.

– Oui, ça, j'imagine !

Marc posa une main compatissante sur celle
de Cécile.

– Oh, Marc, ç'a été affreux !... Il avait tout le
côté gauche du crâne défoncé... en bouillie...
Et puis, à peine une semaine après avoir
trouvé Bénédicte !... Je commençais à croire
que le sort s'acharnait contre moi... Quelle
horreur... Tous ces morts...

Elle esquissa un pâle sourire.

– Heureusement qu'il n'y a rien eu cette
semaine... Sans ça, j'aurais bien été capable de
croire que j'étais victime d'un mauvais sort !...

Marc sourit.

– De toute façon, si j'ai bien compris, les
deux assassins sont sous les verrous ?... Ta
sœur et son collègue ont fait du bon boulot !

– Oui... Ils ont surtout eu de la chance... Au
début, ils pensaient que Bénédicte était morte
de mort naturelle, « mort subite de l'adulte
sain », et que Krügel, lui, était l'assassin de
Desseauve... Il faut dire qu'il avait le mobile et
que, en plus, Thérèse Marie l'avait vu sur le
parking vers l'heure du crime...

– Ah ?... Au fait, vers quelle heure il a été
tué, le patron ?...

– Entre 18 h 30 et 20 heures... C'était
habile : à cette heure-là, il n'y a personne dans
ce coin du service. Figure-toi que l'assassin est
même ressorti avec l'arme du crime enve-
loppée dans la blouse de Desseauve !... Tu sais,
cette statuette hideuse qu'il avait sur son
bureau... Quel sang-froid !... Tu te rends
compte ?...

Marc eut une sorte de haut-le-cœur.

– Tu dis que l'assassin est ressorti du
bureau de Desseauve avec la statuette dans
une blouse ?... Entre 18 h 30 et 20 heures ?...
Tu en es sûre ?

Cécile le regarda avec étonnement.

– Ben oui... Pourquoi ?

Marc ne répondit pas. Il semblait tout à
coup figé, pétrifié.

– Oh ! Marc... Ça ne va pas ? Qu'est-ce qui
te prend ? À quoi tu penses, là ?...

Marc s'ébroua, comme sortant d'un cauchemar :

– Et le type a avoué ?

– Tu parles !... Plutôt deux fois qu'une !...
C'est un type un peu fêlé : il est venu lui-même
se dénoncer... Il envoyait des lettres anonymes
au patron depuis au moins deux mois, et
maintenant il envoie sans arrêt des lettres à la
presse pour expliquer et raconter son geste...

– Ah ! dit Marc.

Il fixa un long regard perplexe sur Cécile,
sans un mot, puis se leva brusquement.

– Tu es de garde aujourd'hui, non ?

– Oui...

– Moi aussi. Alors, à plus tard !

Et il fila, laissant la jeune femme interloquée
par son attitude.

Clara Desseauve sortit de la douche et s'en-
veloppa frileusement dans son peignoir de
bain. Elle avait toujours froid le matin... Froid
et, depuis quelque temps, des nausées constantes... Elle se frotta vigoureusement les cheveux, finit de se sécher et, déjà un peu
réchauffée, ôta la sortie de bain à présent
humide. La grande glace lui renvoya l'image
de son corps mince où elle chercha en vain
des signes de son nouvel état... Elle se sentait

gonflée, différente, et ses seins lui faisaient mal, mais, de l'extérieur, rien n'était encore visible.

Le professeur Buissonnet, qu'elle avait consulté l'avant-veille, lui avait dit que c'était normal : à huit semaines et demie, c'était encore une toute jeune grossesse !... En un geste instinctif et séculaire, Clara porta la main à son ventre. Elle sourit : cet enfant, elle le voulait, même si le père l'avait (provisoirement seulement, elle n'en doutait pas) quittée... Elle se sentait prête à l'élever, à l'accueillir... et, curieusement, cet enfant la rendait forte, apte à relever tous les défis, pour lui et pour elle... Confusément, elle pressentait aussi que donner la vie pouvait l'aider à surmonter la mort de son père... Son père... Deux grosses larmes roulèrent sur les joues de la jeune fille : comme Pierre, elle regretterait toujours de ne pas avoir pu se réconcilier avec lui avant sa mort...

Elle soupira : ce n'était pas le moment de flancher ! Son père n'aurait pas supporté cette faiblesse... Et ils avaient tous besoin de s'épauler, tous besoin les uns des autres face à cette mort, au qu'en-dira-t-on, à la police et même aux proches... Elle essuya ses larmes d'un geste énergique et entreprit un maquillage soigneux.

– Allô ?

– Allô ? répondit la voix au bout du fil.

– Tobati à l'appareil. Comme tu le sais, je rentre juste de vacances et...

– C'était bien ?

– Oui, je te remercie. Mais ce n'est pas pour ça que je t'appelle... À propos de Desseauve... Le soir où il a été tué, c'était juste le soir où je suis parti en vacances. Alors, forcément... je me rappelle bien quel soir c'était... Heu... Comment te dire ?... Je suis parti du service vers 19 h 30... Et il y a un truc qui me chiffonne... J'aurais aimé en discuter avec toi... Si ça ne t'ennuie pas, bien sûr !...

Il y eut un silence, puis :

– Non, non... ça ne m'ennuie pas... pas du tout...

– Alors, tant mieux ! Écoute, je suis de garde aujourd'hui, tu n'as qu'à me rejoindre dans la chambre du chef de garde dans la soirée... Quand tu auras un moment... Ça te va ?...

– Oui, très bien, dit la voix. À plus tard.

Marc resta un moment, l'air pensif, à écouter la tonalité indiquant que la personne, à l'autre bout, avait raccroché. Il pensa furtivement qu'il devrait peut-être prévenir la police, puis haussa les épaules : non, c'était idiot, il

valait mieux en discuter d'abord, il ne s'agissait probablement que d'une coïncidence...

Il raccrocha à son tour et sortit de son
bureau.

C'est Geneviève elle-même qui vint à la grille
lorsque Nicole sonna en milieu d'après-midi.
Elle avait les traits tirés et les yeux rougis par
le chagrin et le manque de sommeil. Les
chiens, qui la connaissaient bien, firent la fête
à Nicole :

– Pyrrhus couché ! Tais-toi, Paprika ! Oui,
oui... vous êtes très beaux... Dis-moi, ma
chérie, tu es toute seule ?

– Oui. J'ai envoyé Antoinette faire des
courses et Pierre à son exposition... Et les
enfants sont en cours... Viens, on va s'installer
dans la cuisine si ça ne te dérange pas : on se
fera un thé.

Les deux amies s'installèrent face à face
dans la grande pièce où résonnaient le tic-tac
de la vieille horloge et le frissonnement de
l'eau sur le feu. Nicole s'empara des deux
mains de son amie et les pressa affectueusement.

– Je n'ai pas pu venir ce week-end : les
parents de Jean-Maxime étaient là... Mon
Dieu !... Quel dimanche !... Positivement

effroyable !... Mais dis-moi plutôt, toi, ma chérie, comment vas-tu ?

Geneviève poussa un profond soupir.

– C'est dur !... Je n'aurais jamais pensé que ça pouvait être si dur !... Il me manque tellement, Nicole !... Et puis tout est si compliqué !...

– Voyons, ma chérie, je peux t'aider, je suis là, n'oublie pas !

Geneviève eut un pauvre sourire.

– Je sais bien. Je te remercie. Je sais que je peux compter sur toi. Tout le monde est très gentil, d'ailleurs : le notaire, tu sais, notre ami Michel, fait tout ce qu'il peut pour régler au plus vite toutes ces histoires de succession et de papiers ; Eugène Buissonnet me téléphone deux fois par semaine ; et toi, toi qui es là pratiquement tous les jours !... Je suis vraiment très entourée, je m'en rends bien compte...

– Et les enfants ?

– Oh, Nicole, ils sont adorables !...

Un instant les yeux de Geneviève s'emplirent de larmes.

– Pierre est revenu vivre quelque temps à la maison : il essaie de me décharger de tout ce qui est organisation et trajets pour ses petites sœurs... Antoine et Clara sont très raisonnables... Clara a beaucoup mûri, tu sais, et, finalement, je crois que ça lui fera du bien de garder ce bébé : c'est une bonne chose, pour elle comme pour nous, une lueur de joie dont nous avons bien besoin... Et les petites essaient d'être sages... C'est encore un peu tôt, je crois, pour savoir comment ils s'en sortiront, tous, à la longue... Peut-être qu'une ou deux séances chez un psy seront nécessaires pour les jumelles... Je ne sais pas... Tout est encore si récent... Ça ne fait que treize jours que Cyprien est... parti...

Elle eut un sanglot.

– Oh, mon Dieu, comme c'est difficile !... Je m'attends à le voir à chaque instant... J'entends son pas dans l'escalier... Je me dis à longueur de journée : « Tiens, il faudra que j'en parle à Cyprien ! »... Et puis, tout à coup, je me rends compte de ce que ça veut dire... que je ne le verrai plus jamais... qu'il ne sera plus jamais là, à me sourire ou même à râler...

La bouilloire lança un cri strident, évitant à Nicole de répondre. C'est cette dernière qui se leva pour vider l'eau chaude dans la théière. Elle laissa passer un instant de silence, le temps d'effectuer les gestes du quotidien, rassurants dans leur banalité, et jeta un œil à Geneviève qui semblait plus calme.

– Je sais bien que ce n'est pas vraiment le moment, mais as-tu revu le jeune homme dont tu m'avais parlé au Body's Center ? Te soutient-il un peu ? T'a-t-il contactée ?...

– Non. Je ne l'ai pas revu, ni eu de nouvelles depuis la mort de Cyprien, et, tu sais, je n'ai pas vraiment la tête à ça !...

– Je sais, ma chérie, je sais... C'était question de dire...

Les deux femmes burent une gorgée de thé brûlant. Nicole regardait, désemparée, son amie enfermée dans un chagrin contre lequel elle ne pouvait rien, sauf être là, sauf l'aider à attendre que le temps apaise un peu la douleur... Elle savait qu'elle n'avait pas forcément besoin de parler, mais que sa présence était importante pour Geneviève... Comme en réponse à ces pensées inexprimées, cette dernière leva les yeux vers son amie et lui sourit. Bercées par l'atmosphère amicale et presque sereine, les deux femmes se replongèrent dans leur thé sans plus parler.

Cécile sortit de la salle de travail et leva les yeux vers la pendule : 20 heures... Si personne n'était arrivé, entre temps, aux urgences, elle allait pouvoir envisager d'aller dîner... Elle franchit la double porte battante qui menait dans le hall, traversa ce dernier en adressant un petit salut à l'hôtesse et constata avec soulagement que la salle d'attente était vide. Elle n'osait pas y croire ! Personne !... Ça faisait bien longtemps qu'elle n'avait pas eu une garde aussi calme ! Eh bien, autant en profiter. Au moment où elle amorçait un demi-tour, elle

sentit tout à coup deux mains se poser sur ses
épaules et, surprise, poussa un cri.

– Eh bien, *querida*, je te fais peur, maintenant ?

– Oh, Salvador ! Mais non, tu ne me fais pas
peur ! Tu m'as surprise, c'est tout. Et, d'ailleurs, que faites-vous là, jeune homme ?...
Vous ne devriez pas être en train de travailler
votre thèse ?...

– Si... Mais tu me manquais... J'avais envie
de te voir... Alors je me suis dit que, si tu avais,
par hasard, un moment de libre, on pourrait
peut-être manger ensemble à l'internat...

– Alors ça, c'est une TRÈS bonne idée !... Justement, comme tu peux le voir et chose excep-
tionnelle, je suis inoccupée !...

Les deux jeunes gens étaient sur le point de
sortir lorsque Cécile remarqua tout à coup :

– Attends... On devrait dire à Marc qu'on va
manger. C'est le chef de garde et c'est son premier jour de reprise du travail, ce serait sympa
de ne pas le laisser manger tout seul. On va lui
dire de venir manger avec nous, hein, qu'en
penses-tu ?

Salvador afficha aussitôt un air contrarié.

– *Querida*... ce n'est pas Marc que je suis
venu voir, c'est toi... Et puis, il ne sera pas tout
seul pour manger : il y a toujours du monde
à l'internat !

– Justement, nous non plus, nous ne serons
pas tout seuls ! Alors autant le prévenir !

Et devant la mine toujours hostile de Salvador, la jeune femme ajouta :

– Euh... attends, là... tu ne vas pas me faire
croire que tu es jaloux de Marc, tout de
même ? Ce serait vraiment ridicule !...

Salvador haussa les épaules sans répondre.
Cécile reprit :

– Bon ! Allez, ne sois pas idiot ! Tu m'attends là si tu préfères et je vais le chercher.

– Ne monte pas : tu n'as qu'à le biper !

– Pffou... tu sais bien que j'ai aussi vite fait
d'y aller !

Le jeune homme marqua une légère hésitation.

– C'est bon, dit-il avec un sourire contrit, tu
as gagné. Puisque tu y tiens, je viens avec toi.


Malgré la situation isolée des chambres de
garde, au dernier étage et en bout de couloir,
les deux jeunes gens y furent rapidement, donnant raison à Cécile. Cette dernière tambou-
rina à la porte marquée « Chef de garde ».

– À la soupe, Tobati ! On a faim !

Il n'y eut pas de réponse.

– Tu vois, dit Salvador, tu aurais dû le biper.
Si ça se trouve, il est en bas, dans son bureau,
ou à l'internat, en train de manger déjà, ou...
n'importe où !... Allez, viens, on y va !

– Tu as raison, se résigna Cécile, déçue.

Elle fit quand même une dernière tentative
et ouvrit grand la porte en lançant :

– Marc ? Hou ! Hou ! Tu es là ?

Les mots se coincèrent dans sa gorge. Marc était là, indéniablement : allongé sur le lit, les yeux grands ouverts, la gorge largement tranchée et baignant dans une flaque rouge sombre qui s'étendait à vue d'œil... Mort.

Cécile était, d'après tous ses proches, une nature forte, avec un caractère bien trempé, et, de plus, elle était médecin et en avait vu bien d'autres, mais Marc était un ami, et c'était le troisième cadavre qu'elle découvrait en peu de temps. C'en était trop. Comme dans les mauvais films de série B, elle hurla à pleins poumons et s'évanouit.

Stéphane Brandoni ouvrit brutalement la porte du bureau du commissaire Lambert sans prendre la peine de frapper, et elle entra en coup de vent. Sans laisser à JP, qui avait froncé les sourcils devant cette intrusion, le temps de placer un mot, elle lança sur le bureau sa carte professionnelle et son Manhurin.

– Je donne ma démission : comme ça, ce sera tout de suite plus clair ! Puisque mon intégrité est mise en doute et qu'on ne me fait plus confiance, je n'ai plus rien à faire dans cette maison !

Quelques policiers qui passaient dans le couloir à cet instant regardèrent vers le

bureau, intrigués par les éclats de voix de
Brandoni. Cette dernière tournait les talons et
s'apprêtait à ressortir lorsque la voix du commissaire l'arrêta :

– Brandoni, veuillez fermer la porte, calmement si c'est possible, et revenir vous asseoir.

Stéphane hésita, puis s'exécuta de mauvais
gré, le visage fermé, sans dire un mot.

– Qu'est-ce que c'est que cet éclat ridicule,
lieutenant Brandoni ? Vous vous croyez où
exactement ?

Stéphane, butée, resta muette.

– Bien..., soupira Lambert. Alors écoutez-
moi bien, Brandoni : vous avez un caractère
effroyable, vous êtes soupe au lait, têtue, et
vous ne supportez pas la contradiction, mais
vous êtes un bon flic ! Personne ici ne remet
en cause votre intégrité... Mais pour l'enquête
sur le meurtre de Tobati – puisque je suppose
que c'est de ça qu'il s'agit –, vous savez très
bien que je ne peux pas vous en charger. Déjà,
pour les deux premiers meurtres que votre
sœur avait découverts, c'était limite... Mais
vous aviez déjà pris contact avec le service,
vous et le capitaine Pujol de Ronsac... Mais là,
ça fait beaucoup !... Même si votre sœur n'est
pas coupable, elle est cette fois mêlée de trop
près à cette histoire pour que vous vous occu-
piez de l'affaire, et vous le savez comme
moi !... Alors, je ne vois pas bien où vous
voulez en venir, mais, personnellement, je

vous propose d'oublier votre esclandre, de prendre huit jours de vacances et d'en profiter pour bien réfléchir !... Bien sûr, si en revenant vous maintenez votre décision, vous n'aurez plus qu'à faire une lettre de démission en bonne et due forme et je me chargerai de la transmettre par la voie habituelle... Mais, pour une fois, n'agissez pas sur un coup de tête !...

Toujours sans un mot, Stéphane se leva et prit son arme et sa carte de police que lui tendait JP.

– Stéphane, dit ce dernier, ne faites pas de bêtise : je sais à quel point vous aimez ce métier et tout le monde, ici, vous apprécie... Tâchez d'y penser pendant ces huit jours...

## 15

Cécile Brandoni se tournait et se retournait dans son lit sans parvenir à trouver le sommeil. Elle avait l'impression de vivre dans un cauchemar... Dès qu'elle fermait les yeux, elle revoyait Marc et sa gorge béante, et l'image se fondait, en une superposition macabre, avec Desseauve et son crâne en bouillie, ou Bénédicte et son rictus de souffrance... Elle poussa un profond soupir, retapa un peu son oreiller et essaya une nouvelle position... Peine perdue : le sommeil la fuyait.

Toute la journée déjà, elle était restée enfermée à ressasser des pensées noires, à voir défiler dans son esprit les trois cadavres qu'elle avait découverts, à se demander pourquoi c'était tombé sur elle... Elle se sentait hébétée, apathique, comme privée de toute énergie...

Elle se leva en rejetant rageusement sa couette et passa dans la cuisine pour se servir un grand bol de lait froid. Sous ses pieds elle percevait, sans y prêter vraiment attention, le contact un peu rugueux du linoléum. Elle but une gorgée et regarda, par la fenêtre, les maisons en contrebas et le vallon – heureusement non constructible – qui s'étirait à peine plus

loin, vaste étendue verte, bouffée d'air pur
pour le quartier... De sa cuisine, Cécile bénéfi-
ciait le soir d'un point de vue magnifique sur
les couchers du soleil derrière le vallon, mais
ce soir, ou plutôt cette nuit, ce dernier, sombre
et désert, prenait un aspect inquiétant et
lugubre, en accord avec l'état d'esprit de la
jeune femme. Elle quitta la cuisine, son bol de
lait à la main, et se mit à errer dans l'appartement à pas lents, passant d'une pièce à l'autre
comme une âme en peine, pour, finalement,
revenir à sa chambre.

Elle pensa, une nouvelle fois, à ce nouveau
meurtre... C'était encore le capitaine Pujol de
Ronsac qui avait recueilli sa déposition,
secondé par un jeune lieutenant blond que
Cécile n'avait jamais vu. Il faut dire qu'avant
ces derniers temps elle n'avait jamais beaucoup fréquenté le commissariat, hormis de
rares exceptions, lorsqu'elle allait y chercher
sa sœur.

Cécile posa son bol sur la table de nuit et
jeta un œil au cadran phosphorescent du
réveil : 3 h 12...

Stéphane avait téléphoné ce matin, ou
plutôt, maintenant, hier matin, pour prendre
des nouvelles et lui expliquer qu'elle ne pouvait pas s'occuper de l'enquête et pourquoi, et
Cécile en avait été aussi déçue que sa sœur.

La jeune femme s'étendit à nouveau, bien
décidée à dormir, mais les pensées reprirent

de plus belle... Lorsque les policiers lui avaient demandé, lundi soir, si elle pensait que Marc avait des ennemis ou si elle voyait quelque chose de particulier à leur signaler, elle n'avait, sur le coup, pensé qu'à leur conversation du matin même et à l'étrange attitude de Tobati. Elle avait raconté comment Marc avait réagi lorsqu'elle lui avait appris que l'assassin était sorti du bureau avec la statuette enroulée dans la blouse de Desseauve, son air incrédule quand elle lui avait confirmé que l'assassin s'était dénoncé et son départ précipité. Tout en rapportant cet épisode aux policiers, elle s'était sentie un peu ridicule : elle n'avait rien de concret à leur apprendre, elle leur avait juste fait part de vagues impressions, si ça se trouvait complètement fausses... Mais les deux hommes s'étaient montrés très intéressés...

Cécile s'étira et bâilla longuement : ça ne lui valait rien de rester chez elle à « mourouner », comme disait sa mère. Elle avait eu tort d'accepter les vacances exceptionnelles accordées par Buissonnet pour se remettre de ses émotions ! Il fallait qu'elle travaille : au moins, ça lui occupait l'esprit. Dès demain, elle reprendrait son poste : c'était la seule chose qui pouvait l'aider dans l'immédiat...

Sur cette pensée positive, et sans s'en rendre compte, elle sombra dans un sommeil agité.

Malgré le temps exécrable de ce début décembre la salle à manger était lumineuse, et Stéphane Brandoni prit place avec plaisir à la table de ses parents. Elle avait téléphoné ce matin pour s'inviter « à l'improviste », profitant de son congé forcé pour s'accorder ce moment de détente et de plaisir.

– Tu veux un apéro ? demanda son père.

– Ça, c'est une bonne idée !

– Ne fais pas boire ta fille ! dit Elena Brandoni. Elle repart en voiture.

– Oh... maman... je ne suis pas encore partie... et puis, si je souffle dans le ballon, je te rappelle que je suis flic !...

Mme Brandoni grommela quelque chose d'inaudible et disparut dans la cuisine, d'où s'échappaient d'alléchantes odeurs.

– Dis donc, Stéphane, cria-t-elle de la cuisine, est-ce que ta sœur risque d'être ennuyée avec cette nouvelle histoire ?

Stéphane leva les mains en signe d'ignorance.

– Je ne sais pas : j'ai justement été écartée de l'enquête puisque c'est ma sœur !... Mais je déjeune avec Amaury demain et il m'en dira plus, c'est certain... Cela dit, d'après ce que m'a raconté Cécile, avec son travail, elle n'a jamais été seule de la journée... À mon avis, il sera facile de la disculper et de voir qu'elle est étrangère à ce meurtre ! Non, moi, ce qui m'inquiète beaucoup plus, c'est son moral ! Tu l'as eue au téléphone, maman ?

– Oui, mais tu sais, ta sœur est comme toi, et comme Juliette d'ailleurs, ajouta Elena Brandoni en levant les yeux au ciel. Pour lui faire dire qu'elle va mal, il faut se lever tôt !

– Elle n'aurait pas un peu de qui tenir ? s'enquit Joseph Brandoni en regardant sa femme avec malice.

Cette dernière haussa les épaules, mais avec un sourire vers son mari qui démentait son geste. Stéphane reprit :

– Moi, je ne l'ai pas trouvée bien quand je lui ai téléphoné. Elle m'a semblé à deux doigts de la déprime !... Il y aurait de quoi, remarque !... Heureusement, elle peut compter sur Salvador...

Elena Brandoni surgit de la cuisine avec un énorme plat de *vitello tonato* fumant.

– Ouaou ! ! ! fit Stéphane. Génial !... Oh, ça, c'est gentil, maman !

– Et j'ai ouvert un petit chianti, dit son père avec un clin d'œil complice.

Il y eut un instant de silence pendant que les trois convives commençaient leur repas.

– Humm... C'est vraiment toujours aussi bon, maman !

– Oui, c'est vrai, ta mère est un chef ! confirma Joseph Brandoni.

Elena Brandoni sourit avec satisfaction et reprit :

– Il a l'air très bien, ce Salvador... Qu'est-ce que tu en penses, toi qui le connais ?

– Je ne le connais pas beaucoup, tu sais ! Mais il a l'air gentil... et surtout très amoureux !... En plus, il est beau garçon : vous aurez sûrement de beaux petits-enfants ! ajouta la jeune femme avec une pointe de malice.

– Tu veux en reprendre un peu ? demanda Mme Brandoni, ignorant cette dernière remarque et tendant le plat à sa fille.

– Oui, mais c'est de la gourmandise ! Je ne veux pas, non plus, me gaver comme une oie !... Tiens, à propos d'oie, comment va Laurence ?

Elena Brandoni prit un air choqué pendant que son mari riait franchement.

– Stéphane ! Ne parle pas comme ça de la femme de ton frère ! Je sais bien que vous ne l'aimez pas, tes sœurs et toi, mais elle n'est pas désagréable...

Joseph Brandoni intervint :

– Nous ne sommes sûrement pas censés te le dire déjà, mais ton frère et Laurence commencent à parler d'un troisième enfant.

– Encore !

– Voyons, Stéphane, trois, ce n'est pas beaucoup ! Et si nous devions compter sur toi ou sur tes sœurs pour avoir des petits-enfants !...

– Maman ! tu ne vas pas recommencer !

Nous en avons déjà discuté au moins un mil-
lier de fois !... Dis-moi plutôt ce que vous
compter faire pour Noël.

– Eh bien, les parents de Laurence partent
chez leur fille aînée, dans le midi : Antoine et
Laurence viendront donc passer Noël ici avec
les petites. Juliette a déjà dit qu'elle serait là...
Quant à Cécile, elle nous a demandé la permission d'amener Salvador pour nous le présenter... Il ne reste plus que toi : tu viendras,
j'espère ?

– Vous savez bien que oui ! J'adore quand
nous sommes tous réunis !... Même s'il y a
Laurence, ajouta Stéphane avec une grimace
d'excuse à l'intention de sa mère.

Cette dernière se leva pour débarrasser avec
l'aide de sa fille, revint avec le plateau de fro-
mages, et le repas se poursuivit dans cette
douce intimité familiale qui faisait toujours
chaud au cœur de Stéphane et dont elle avait
besoin pour se sentir équilibrée.

L'inspecteur Brun portait mal son nom, ce
qui, dès l'enfance, l'avait exposé aux plaisanteries de ses camarades, lui donnant une légère
gaucherie, une timidité un peu maladroite
dans ses rapports avec autrui... Raphaël Brun
était, en effet, blond comme les blés : de ce
blond si clair et si lumineux qu'il semble

presque artificiel. Blond, des yeux bleus en
amande, grand, mince, athlétique, et la peau
claire qui ne demande qu'à dorer au soleil sans
rougir ni brûler : bref, l'archétype du Don
Juan !... Malheureusement pour lui, et en dépit
des sourires enjôleurs que lui décochaient la
plupart des jeunes femmes qui croisaient sa
route, le lieutenant Brun n'était à l'aise que
dans le cadre de sa profession. Tout ce qui sortait de ce cadre le laissait affreusement
démuni et terriblement mal à l'aise... Raphaël
Brun compensait ce handicap privé en s'inves-
tissant totalement dans son travail, ce qui en
faisait un policier consciencieux, efficace et
toujours disponible. Arrivé depuis peu dans
l'équipe de Lambert, il avait déjà largement
prouvé sa compétence, et c'est donc avec
plaisir que le capitaine Pujol de Ronsac avait
appris que Brun ferait équipe avec lui, à la
place de Stéphane, pour l'affaire Tobati.

Pour l'heure, installés dans le bureau du
capitaine, les deux hommes faisaient le point
sur les éléments acquis en deux jours.

– D'après Marchant, Tobati a été probablement tué très peu de temps avant qu'on ne le
découvre : le corps était à température normale, sans aucune rigidité cadavérique, et il
saignait encore... Bref, il venait juste d'être
égorgé !

– Du travail bien fait, dit Brun, appréciateur, en feuilletant le rapport d'autopsie. Une
seule plaie, nette, juste au niveau des caro-
tides ! D'après le légiste, le geste a été précis,
exécuté de gauche à droite par un droitier
placé derrière sa victime... Donc, réfléchit-il
tout haut, Tobati est avec son assassin, il ne
se méfie pas ou pas assez et, à un moment, le
meurtrier passe derrière lui, sort son arme, le
ceinture d'un bras et craaac..., fit-il en mimant
le geste. Large – pratiquement tout le cou
ouvert –, rapide – il n'y a aucune trace de
lutte –, sans hésitation – la plaie est impeccable, à bord parfaitement net – et efficace !
Comme je le disais, du travail bien fait !

– François pense que l'arme du crime,
compte tenu de l'aspect de la plaie, pourrait
fort bien être un bistouri... Ce qui n'aurait rien
d'étonnant dans un hôpital !

Les deux policiers réfléchirent.

– Ce qui m'étonne, dit Raphaël Brun, c'est
que l'assassin n'a pas dû repartir facilement :
il avait peut-être même du sang sur lui !

– Pas sûr... Pour circuler dans l'hôpital,
notre homme, ou notre femme d'ailleurs
– pourquoi pas ? –, était en blouse blanche. S'il
y a eu... disons, des éclaboussures, il lui suffisait d'ôter sa blouse et de la mettre dans le sac
à linge sale : il y en a dans chaque chambre de
garde pour mettre les blouses et pyjamas sales.

– Les pyjamas ?

– Oui, tu sais, cette espèce de costume vert ou bleu, pantalon et tunique, obligatoire pour les salles de travail et le bloc opératoire...

– Bon, d'accord... Mais pour repartir ensuite ?

– Il avait peut-être prévu une deuxième blouse ? hasarda Pujol.

Brun émit un sifflement.

– Préméditation, hein ?

– De toute façon, ce n'est pas un meurtre « accidentel » : même dans un hôpital, tu ne te promènes pas avec un bistouri dans ta poche !... Donc, si l'assassin en avait un sur lui, c'est bien qu'il avait l'intention de s'en servir !

Ils restèrent pensifs un moment.

– Donc, reprit Raphaël Brun, on a un meurtrier qui prémédite son coup, qui connaît suffisamment bien les lieux pour s'y déplacer sans attirer l'attention, puisque, toutes les dépositions concordent, personne n'a rien remarqué d'inhabituel ou d'anormal, et qui sait où trouver Tobati. En plus, on suppose qu'il connaît aussi l'existence des sacs à linge sale et qu'il sait manipuler un bistouri et où en prendre un... Un médecin ?

– Oui, dit Pujol, un médecin ou, en tout cas, quelqu'un du service... C'est pratiquement sûr.

– Bien, bien, bien... Ça prend forme ! constata Brun avec une évidente satisfaction. Alors, voyons tous les éventuels suspects et les mobiles envisageables...

– Je te propose de commencer par ceux qui ont découvert Tobati.

– Ce n'est sûrement pas Cécile Brandoni qui l'a tué ! s'exclama Raphaël avec une virulence telle que Pujol leva les yeux sur lui.

Sous le regard de son collègue, le jeune lieutenant vira subitement à un surprenant rose framboise.

– Ah oui ? demanda Amaury avec malice. Et d'où te vient une telle certitude ? Du fait que cette jeune femme est la sœur d'un de nos collègues ?

– Oh ! Elle n'est pas du tout comme Stéphane ! Elle est plus douce, plus calme, beaucoup plus posée ! Elle est plus grande aussi, je crois... et puis elle avait l'air drôlement sonnée... toute perdue...

Trop tard, Raphaël Brun se rendit compte de la fougue avec laquelle il avait parlé. Il s'arrêta net, sous le regard narquois de Pujol, et gagna un ou deux degrés en profondeur de rouge au visage.

– Oui, oui, oui... lieutenant Brun. Je vois que cette jeune femme t'a fait... disons... une bonne impression... Et je prends en compte, bien sûr, toute l'objectivité de tes remarques...

Puis, prenant en pitié le jeune policier maintenant entièrement cramoisi, Pujol ajouta :

– D'ailleurs, tout son emploi du temps a été retracé. À aucun moment elle n'a été seule ou

hors de vision de quelqu'un depuis environ
16 heures jusqu'au moment où elle a découvert le corps avec son fiancé.

Raphaël Brun émit une sorte de gargouillis.
Amaury lui jeta un regard en coin : il était
redevenu blanc et même, à présent, très pâle.
Sans insister, le capitaine Pujol de Ronsac
poursuivit :

— Je pense que savoir sa sœur complètement
hors de cause fera plaisir à Stéphane... En ce
qui concerne Perez-Garcia, il est arrivé à l'hôpital peu de temps auparavant. Il venait
manger avec Cécile. Le gardien l'a vu passer
vers 19 h 30, et il a été vu à l'internat et dans
différents endroits du service où il cherchait
Cécile.

— 19 h 30 ? Il aurait tout à fait pu avoir le
temps de tuer Tobati avant de retrouver
Mlle Brandoni, constata Raphaël Brun avec
une nette hostilité.

— Voyons, lieutenant Brun... Pas de manifes-
tation de jalousie primaire !... Restons professionnels !

Le jeune homme haussa les épaules, bou-
gonna une vague réponse et reprit :

— De toute façon, il faut trouver le mobile !
On aura le coupable ensuite.

Et, avec un sourire montrant qu'il avait
retrouvé sa bonne humeur :

— Dans tous les bons policiers, c'est ce qui

est dit : on trouve le mobile et on a l'assassin !... J'aimerais bien que ce soit aussi
facile dans la réalité !

– Tu exagères, Raphaël ! On en sait déjà pas
mal ! Je trouve que ça avance plutôt bien,
non ? Alors, tu as une idée du mobile ?

– Du côté professionnel, il n'y a rien à dire,
c'était un bon médecin, apprécié par ses collègues à quelques exceptions près...

– Des exceptions ?

– Attends, je vais y venir... Rien de louche
dans son cursus, pas de « casserole »... Il n'est
pas fiché par nos services, et il n'y a aucun
bruit ou ragot sur d'éventuelles histoires pas
nettes : erreur médicale, trafics divers ou
autres... Reste sa vie privée...

– Et alors ?...

– C'était un coureur invétéré : il accumulait
les conquêtes de façon impressionnante !

Il y avait presque une touche d'envie dans la
voix du lieutenant.

– Son problème, c'est qu'il semblait « spé-
cialisé » dans les femmes mariées... Rien que
dans le service, deux des secrétaires des
consultations externes, une des sages-femmes
de PMA, la surveillante du bloc et même la
femme d'un de ses collègues, chef de clinique
en suites de couches actuellement, Christophe
Vinceron. D'ailleurs, ç'a fait toute une histoire
avec ce dernier : il a découvert sa femme au lit
avec Tobati, en rentrant chez lui un soir où

il avait échangé une de ses gardes au dernier moment !... Vinceron a juré qu'il tuerait Tobati.

– Intéressant, ça !... C'était quand ?...

– Il y a un an environ... Ça s'est calmé ensuite visiblement. Quant à Vinceron, j'ai déjà vérifié : il était lundi soir chez ses beaux-parents avec sa femme et ses enfants, et il n'a pas bougé d'un poil entre 19 et 23 heures.

– Et comment es-tu au courant pour les conquêtes de Tobati ?

– Oh, tu sais... Tout se sait visiblement dans le service : même en étant prudent, les bruits vont vite. Il suffit de vérifier ensuite.

– Tu as fait du bon travail en deux jours, Raphaël ! Comme d'habitude, d'ailleurs... Bon. Et la dernière maîtresse en date ? Rien de ce côté ?

– Rien du tout. Personne ne sait qui c'était... Pas quelqu'un du service, *a priori*... À suivre...

– Assez intéressant, la piste privée... Mais il y a quelque chose qui me tracasse... Tu te souviens de la déposition de Cécile Brandoni ? Elle nous a dit que Marc avait semblé surpris en apprenant que le meurtrier était sorti du bureau de Desseauve avec la statue dans sa blouse.

– Oui, c'est vrai. Tu crois qu'il aurait vu quelque chose ?

– Écoute... Il partait en vacances ce soir-là... D'après la déposition de Cécile Brandoni, il a

dû quitter le service, comme tous les soirs lorsqu'il n'était pas de garde, après sa contre-
visite, entre 19 et 20 heures... Il a très bien pu
passer dans le couloir au moment où l'assassin
sortait de chez Desseauve : je te rappelle que
son bureau est dans ce même couloir... Tobati
sort de son bureau, aperçoit quelqu'un qui sort
de chez Desseauve, mais, sur le coup, il n'y
prend pas garde, parce que la présence de
cette personne peut lui paraître tout à fait normale à cette heure et à cet endroit-là : il n'y
fait pas attention... Ce n'est que lundi, lorsque
Cécile Brandoni lui raconte comment le
meurtrier a quitté la pièce, qu'il réagit.

— Oui, d'accord, mais comment l'assassin
pouvait-il savoir que Tobati l'avait vu ?

— On a deux solutions : soit lui aussi avait
vu Tobati en sortant de chez Desseauve, soit
Tobati l'a, pour une raison ou pour une
autre, contacté...

— Pour le faire chanter, par exemple ?

— Pour le faire chanter, ou lui demander une
explication, ou je ne sais quoi... En tout cas,
ça ne lui a pas réussi...

— Oui... C'est une hypothèse qui se tient...,
admit le lieutenant Brun. Desseauve et Tobati
tués par un même assassin, appartenant au
service de gynécologie-obstétrique... Le champ
d'investigation reste large, mais c'est intéressant comme hypothèse... très intéressant...

– Pas tant que ça, intervint le capitaine
Pujol de Ronsac.
– Comment, pas tant que ça ?
– Si l'assassin de Tobati est le même que
celui de Desseauve, que vient faire Petitjean
dans tout ça ?...

## 16

– Ta gueule !

Les pas du gardien, en train de faire sa ronde, se rapprochèrent, résonnèrent devant la porte ct s'éloignèrent peu à peu. L'éclairage incertain de la cellule – qui allait être éteint d'ici environ vingt minutes – permettait d'en distinguer le maigre mobilier et les deux occupants.

Petitjean, assis à la table, dodelinait du chef et accompagnait ses propos de grands gestes désordonnés. Allongé sur la couchette inférieure, un autre homme le fixait d'un air excédé. Louis Garcin, sorte de colosse au cou de taureau, aux mains comme des battoirs, aux épaules de déménageur et à la cervelle d'oiseau, dont l'aspect physique comme le comportement social justifiaient largement son sobriquet de « Louis la Brute », regardait pour l'heure Petitjean avec une franche hostilité.

Ignorant l'injonction, et inconscient de l'agacement de son codétenu, Yves Petitjean continua pourtant :

– Alors j'ai pris la statue qui était sur son burcau et je l'ai frappé...

– Ta gueule, je te dis ! Ça fait je ne sais combien de fois que tu me l'racontes ! Et, en plus, je m'en branle, moi, de ce type-là. Je l'connais même pas... Et puis j'ai envie de pioncer, alors tu te couches et tu la mets en veilleuse !...

La voix de Petitjean monta dans l'aigu :

– Mais je l'ai tué !... C'est moi qui l'ai tué !...

– Putain ! Mais c'est pas vrai !... Si tous les mecs qui en ont dessoudé un se mettaient à brailler comme toi, j'te jure que cette taule, ça serait pire que la Scala !...

– Je l'ai tué !... C'est moi, hein ? Pas vrai ?... Ils vont le dire à mon procès... Je l'ai tué !...

Dans un profond soupir, l'imposante masse de Louis la Brute s'ébranla, avec une rapidité surprenante compte tenu de son volume, et se propulsa vers Petitjean.

– Bon, mon pote, OK... Puisque tu veux pas comprendre, je te jure que moi, je vais te la fermer, ta grande gueule !...


La femme venait juste de refermer la porte : partie... rassurée... soulagée... Cécile replia le dossier et le mit sur la pile des autres dossiers, ceux de toutes les patientes qu'elle avait vues dans la matinée. Elle s'appuya contre le dossier de sa chaise, éprouvant sa rudesse et sa résistance, presque étonnée de reprendre contact avec une certaine réalité matérielle, et

s'étira longuement en bâillant... Quelle
matinée !... Elle était aux consultations
externes depuis deux jours : elle avait repris
mercredi matin, bien décidée à se battre
contre cette nouvelle épreuve, et elle se dit à
nouveau qu'elle avait eu raison. Travailler lui
faisait du bien, l'aidait à surmonter les événements de ce dernier mois et, plus particulièrement, la mort de Marc. Elle secoua la tête
comme pour en chasser les idées noires...
C'était une vraie chance d'avoir un métier
aussi passionnant, aussi prenant... Pas de
place pour les pensées parasites lorsqu'il fallait
se concentrer sur le discours des patientes – y
repérer le moindre petit élément d'orientation,
le plus petit indice qui amènerait vers une
solution, un diagnostic – ou sur l'examen clinique – laisser ses mains être un prolongement
de son raisonnement, de son esprit, pour com-
pléter le puzzle... Pas de temps pour s'apitoyer
sur soi-même quand se succédaient, au fil des
consultations, tous les bonheurs ou tous les
malheurs d'une vie, confiés, chuchotés, par-
tagés, enfin posés le temps d'une consultation
pour en soulager un peu le poids... Drôle de
métier : à la fois mélange de technique,
logique, raisonnement, savoir-faire, mais aussi
de non-dit, d'impalpable et d'émotions.

La jeune femme soupira : malgré son jeune
âge, elle se sentait parfois comme un vieux
singe philosophe, et cette « philosophie »,

acquise parfois chèrement, l'aidait dans son métier et dans sa propre vie... La philosophie et, surtout, il fallait le reconnaître, l'amour de Salvador. Elle s'abandonna au flot des pensées agréables que l'évocation du jeune homme amenait à son esprit...

Elle sursauta violemment lorsque, tout à coup, on frappa à la porte du bureau où elle « officiait » depuis ce matin.

– Oui ?

La tête de la sage-femme des urgences apparut.

– Excuse-moi, Cécile, mais il y a encore quelqu'un à voir... Elle vient juste d'arriver...

Brandoni regarda la sage-femme d'un air intrigué : elle avait une expression bizarre.

– Tu en fais une tête ! C'est quelqu'un que je connais ?...

Elle ajouta, fronçant les sourcils :

– Pas Mme Vergebleux, j'espère !... J'ai l'intention de déjeuner !

Elle se leva, sortit du bureau et parcourut du regard la grande salle d'attente. Hormis les quelques femmes que Cécile avait déjà vues et qui attendaient l'heure de leur rendez-vous avec un des chefs de clinique, il n'y avait qu'une frêle jeune fille, très pâle et l'air désespéré. Cécile eut un hoquet de surprise en la reconnaissant, mais s'approcha sans rien laisser paraître.

– Mademoiselle Desseauve, n'est-ce pas ? Je vous en prie, suivez-moi.

Brandoni n'avait pas fini d'être étonnée. À peine assise face à l'interne, Clara Desseauve fondit en larmes.

– Excusez-moi, dit-elle entre deux sanglots, j'ai si peur... C'est M. Buissonnet qui me suit habituellement, mais, là, il est au bloc... Je ne sais pas quoi faire... J'ai peur...

– Ne vous affolez pas, dit Cécile d'une voix qu'elle espérait apaisante. Dites-moi d'abord ce qui se passe. Il n'y a peut-être rien de si grave... Qu'est-ce qui vous fait peur ?

– Je suis enceinte... et je saigne depuis ce matin... et puis j'ai mal au ventre, comme si j'allais avoir mes règles... J'ai regardé dans un des livres de papa, à la maison : ça ressemble à une menace de fausse couche, hein ?... Mais je ne veux pas perdre mon bébé !

Ses sanglots redoublèrent.

– Vous savez, dit Cécile, on peut avoir parfois des douleurs et des saignements en début de grossesse sans que ça se passe forcément mal... Vous saignez beaucoup ?

– Non, pas énormément, mais en permanence...

– Vous êtes enceinte de combien ? Savez-vous ?

– D'après ce que m'a dit M. Buissonnet, ça doit faire neuf semaines environ...

– Bon, alors, avant tout, on va faire une échographie... On verra ensuite.

Accompagnée d'une Clara totalement défaite et paniquée, Cécile Brandoni se dirigea vers une des salles d'échographie, tout en pensant que toute cette histoire s'annonçait mal et que les symptômes de la jeune fille évoquaient bigrement une fausse couche. Elle jeta un regard en biais à Clara Desseauve, la petite lui faisait de la peine : perdre son père – et dans quelles conditions ! – et, dans la foulée, perdre un bébé qui semblait tellement désiré !... Enfin, avec un peu de chance, ce ne serait peut-être qu'une fausse alerte...

Quelques minutes plus tard, le doute n'était plus permis : pas d'activité cardiaque embryonnaire et un décollement trophoblastique net... Clara Desseauve faisait bel et bien une fausse couche. Avec le plus de ménagement possible, Cécile lui exposa la situation, expliquant qu'elle devait rester un peu à la maternité, qu'on serait peut-être obligé de lui faire un curetage et qu'elle allait prévenir le professeur Buissonnet pour qu'il vienne la voir dès qu'il serait sorti du bloc. Elle ajouta :

– Voulez-vous que je prévienne quelqu'un ?... Votre mère ?... Le père du bébé ?...

Clara renifla bruyamment.

– Oui... Merci... Je veux bien... C'est gentil... Le père du bébé... je ne sais pas...

Elle leva un regard perdu vers Cécile.

– Vous comprenez, il m'a quittée... Enfin, pas vraiment... provisoirement... Je suis sûre qu'il va revenir... Il réfléchit, il en avait besoin... C'est juste que je ne sais pas...

Elle se remit à pleurer. Mentalement, Cécile leva les yeux au ciel : combien de fois par semaine entendait-elle ce même discours ?...

Clara, toujours en pleurs, continuait :

– Je ne sais pas... Peut-être que ce serait mieux... J'aimerais tellement qu'il soit là !... J'ai son numéro sur moi...

Elle fouilla la poche de son duffle-coat et en sortit un papier froissé mais soigneusement plié qu'elle glissa dans la main de Cécile. Celle-ci le mit dans la poche de sa blouse. Cela sembla apaiser un peu Clara, qui, légèrement plus calme, ajouta :

– Oui, il faut lui téléphoner. Il va venir, for-cément !... Et à maman aussi, il faut télé-phoner...

– Ne vous inquiétez pas : je m'en occupe... Maintenant, je vais vous accompagner en gynéco, et on va vous trouver une chambre. Je préviens M. Buissonnet et, ensuite, je téléphone à vos proches... Ça ira ?

Clara leva vers Cécile un regard noyé de larmes mais reconnaissant.

– Ça ira... je crois... Je vous remercie... Vous êtes vraiment gentille...

Et l'une soutenant l'autre, les deux jeunes femmes se dirigèrent vers l'unité de gynécologie.

Le couloir sentait ce mélange indéfinissable de désinfectant, d'éther, de nourriture aseptisée, d'angoisse et de souffrance si caractéristique des hôpitaux, des cliniques, de tous les lieux où l'on dispense des soins...

Raphaël Brun reçut l'odeur de plein fouet à l'instant où ils franchirent la double porte menant à l'unité 10. Même s'il s'y attendait, s'il s'y était préparé, cette odeur unique, tenace et intemporelle, inchangée malgré les années, déclenchait toujours chez lui une réaction de dégoût et d'appréhension mêlés d'une vague tristesse... Cette odeur, qu'il fuyait avec application, avec obstination, évitant chaque fois que c'était possible de fréquenter les lieux où elle pouvait le retrouver, le projetait, malgré toute sa volonté et le temps écoulé, dans les longs couloirs des hôpitaux de son enfance où, petit garçon pâle et taciturne, il accompagnait sa mère pour des visites qui lui semblaient interminables au chevet d'un père malade, puis agonisant...

De ce père décédé Raphaël Brun gardait l'image d'un homme blond, maigre – si maigre ! –, aux grandes mains noueuses et décharnées, à la parole pauvre et difficile, au sourire triste et résigné... Pas d'image de joies partagées, de rires, de promenades ou d'instants de tendresse. Aucun de ces moments magiques et lumineux qui accompagnent les autres enfants vers l'âge adulte...

Il devait bien y en avoir, pourtant : son père avait commencé son chemin de croix hospitalier quand Raphaël avait cinq ans, mais de ces cinq premières années le lieutenant Brun n'avait rien gardé, hormis quelques photos, bien classées au fond de l'album rouge transmis par sa mère, et sur lesquelles il ne reconnaissait ni ce petit garçon souriant, ni ce grand homme à l'air heureux qui posaient côte à côte... Non... Malgré tous ses efforts, Raphaël Brun ne pouvait extraire de sa mémoire que de brefs instantanés glacés : les quintes de toux, rebelles à tout traitement, qui laissaient son père épuisé... l'air de plus en plus las et malheureux de sa mère à chacune de leurs visites à l'hôpital... l'attitude compassée des médecins qui leur parlaient toujours dans un langage hermétique et suffisant... Puis, plus tard, son père, le teint bleu et la respiration haletante malgré cette espèce d'appareil vert qu'il s'appliquait sur le visage pour puiser un peu d'oxygène... Plus tard encore, cette réflexion d'un médecin du service, saisie au vol : « Que voulez-vous, madame Brun, avec la silicose, on ne fait pas de miracle ! »... La silicose... Le nom lui avait paru exotique, presque doux à l'oreille, en tout cas pas porteur de mort... Des instantanés figés et, par-dessus tout, flottant sur toutes les images, imprégnant les moindres recoins de sa mémoire, cette odeur omniprésente...

Le lieutenant Brun s'efforça de faire le vide dans son esprit, puis de se concentrer sur l'objet de leur visite. Il se tourna vers Pujol :

– Quel numéro déjà ?

– Pas la peine, répondit le capitaine avec un mouvement de tête en direction d'une des portes, l'ange gardien est là.

À leur arrivée, le policier en tenue, de faction devant la chambre 103, les salua discrètement et leur ouvrit la porte.

La fin de matinée hivernale éclairait difficilement le lit sur lequel reposait, avec un ronflement sonore plutôt rassurant, une sorte de momie. Si les draps, pudiquement remontés jusqu'au nombril, ne laissaient rien voir du bas du corps, en revanche ils découvraient largement un torse couvert d'hématomes, un bras droit plâtré du poignet à l'épaule et une tête enturbannée d'un pansement du plus bel effet. Amaury s'avança, alluma la lumière et secoua le malade sans plus de ménagements.

– Hé ! Ho, ho ! Monsieur Petitjean ! Réveillez-vous, nous avons besoin de vous parler.

La momie grogna quelque chose d'inaudible et ouvrit un œil tuméfié et injecté de sang.

– Eh bien ! ironisa Brun. Mon pauvre vieux, il ne t'a pas loupé, Garcin !

Il poursuivit en s'asseyant familièrement sur le lit :

– Écoute... On voudrait revoir avec toi deux ou trois points concernant le meurtre de Desseauve... Reprendre ton emploi du temps... Relire ensemble ta déposition...

Il sortit un bloc et un stylo de la serviette grise qu'il avait emportée. Petitjean se réveilla tout à fait et glapit d'une voix pitoyable :

– Mais pourquoi ? Je l'ai tué ! C'est moi qui l'ai tué !

– Bien, dit Pujol en approchant une des chaises et en s'asseyant à son tour, bien. Justement, on voudrait revoir tout ça avec toi... Point par point...

– Tu as tout ton temps, n'est-ce pas ? ajouta le lieutenant Brun. Eh bien, nous aussi, et, tu vois, on voudrait vraiment comprendre ce qui s'est passé...

La boule argentée rebondit avec nervosité et sinua, en zigzags hystériques, d'un plot à un levier, avant de filer en droite ligne vers la sortie.

– Ah non ! Merde ! lança Stéphane Brandoni en gratifiant le flipper d'un coup de pied
rageur.

Rancunier, l'appareil clignota de toutes ses
lumières, lança un long cri métallique et
afficha un TILT fluo sur l'écran.

– Dis donc, Brandoni, le flipper, c'est
comme le boulot, hein, en ce moment !... C'est
pas brillant !..., lança la voix fielleuse de Martineau, qui, à son tour, venait de rentrer chez
Fred.

À la grande surprise de ce dernier, Stéphane
se contenta d'un haussement d'épaules mépri-
sant et retourna s'asseoir à la table qu'elle
s'était choisie, dans un coin discret, pour
attendre Pujol. Elle n'avait pas envie de s'en-
gueuler avec Martineau aujourd'hui... Pas
envie... Pas l'énergie... Rien n'allait... Elle vida
d'un coup sec son verre de vodka et, d'un
signe, en commanda un autre. Elle soupira : il
faudrait bien se décider à arrêter ça un de ces
jours ! Mais là, ce n'était vraiment pas le
moment ! Elle alluma une cigarette et jeta un
œil sur sa montre : Amaury n'allait pas tarder...

Elle souffla la fumée, regardant, sans le voir,
le léger nuage qui flottait vers le plafond, et
poussa un profond soupir : non, rien n'allait...
Que cette cruche de Laurence soit de plus en
plus insupportable n'était pas le plus grave :
c'était agaçant, et c'était un « plus » dont
Stéphane se serait volontiers passée... Ce qui

était plus grave, c'était de voir Cécile, malgré
la tendre présence de Salvador, sombrer dans
une déprime qu'elle refusait d'admettre et qui
inquiétait toute la famille, ses parents au premier chef, qui se faisaient un sang d'encre...
Grave aussi, ou du moins préoccupant et
source d'angoisses, la réflexion que Stéphane
menait sur son métier, ayant donné une
démission refusée par Lambert – pour l'instant – et se demandant ce qu'elle allait décider
au terme de ses vacances imposées (même si,
au fond d'elle-même, elle pressentait qu'elle ne
pouvait pas quitter ce métier qu'elle aimait,
qu'elle avait choisi et pour lequel elle s'était
battue)... Elle soupira à nouveau... En fait, ce
qui n'allait pas, mais alors pas du tout actuellement, c'était Arakis... Et c'est bien son souci
pour la siamoise qui teintait toute sa vision
actuelle en noir...

À l'évocation de la chatte, Stéphane sentit
les larmes lui monter aux yeux. À l'occasion
d'une banale visite chez le vétérinaire, pour
refaire les vaccins annuels, on avait découvert
une petite boule, derrière l'épaule, qui semblait peu étendue, mais dont le vétérinaire
disait pourtant que c'était probablement une
tumeur cancéreuse et qu'on ne sentait pas
vraiment bien toutes ses limites... Il avait parlé
d'opération, mais n'avait pas caché son pessi-
misme... À la seule idée qu'Arakis puisse disparaître de sa vie, Stéphane se sentait vidée,

anéantie... Oh, bien sûr, ce n'était qu'un chat
(comme disaient les personnes qui n'en
avaient jamais eu...), mais elle avait passé
treize ans de vie commune avec la jeune
femme (depuis qu'à dix-sept ans, après son
bac, Stéphane avait pris une chambre d'étu-
diante pour faire ses études). Treize ans de
complicité, de câlins, de présence attentive,
affectueuse et bavarde. Treize ans à partager
les bons et les mauvais moments... Stéphane
sentit une grosse boule lui monter dans la
gorge et avala sa seconde vodka.

Pujol s'encadra à cet instant précis dans la
porte du bar, évitant opportunément à
Stéphane de remplir son verre à nouveau, et,
ayant repéré la jeune femme, s'assit en face
d'elle.

– Bonjour, Stéphane !... Dis-moi, ça n'a pas
l'air d'aller fort... Je me trompe ?...

À Amaury, ami de longue date, dont la
famille, outre les cinq enfants, comprenait un
gros chien poilu nommé Patapouf et un matou
placide dont le pelage orange lui avait valu
son surnom de Potiron, Stéphane pouvait dire
son inquiétude. Alors elle lui raconta Arakis,
puis Cécile, et ses parents, ses doutes professionnels, et enfin, comme pour finir sur une
touche de légèreté, Laurence... Les mots
venaient d'eux-mêmes, semblant ne plus vouloir s'arrêter...

Quand Stéphane cessa de parler, elle

regarda Amaury et lui adressa un sourire contrit.

– Je suis tellement désolée, Amaury... Je t'ennuie avec toutes mes histoires ! Je ne parle que de moi !... Excuse-moi, je ne sais pas ce qui m'a pris !...

– Ne t'inquiète pas : tu avais besoin de parler, voilà tout. Et puis, dis-moi, à quoi servent les amis si on ne peut pas partager ses soucis ou ses peines avec ?... Je sais ce que c'est !... Souviens-toi de la dernière grossesse d'Anne-Laure : heureusement que tu étais là !... Allez, écoute : on va prendre quelque chose à manger, ça vaudra mieux que cette cochonnerie, dit Pujol en désignant le verre de vodka, et je vais te raconter les tours et détours de l'enquête, et où on en est avec Brun. Ça te va ?

Stéphane acquiesça avec reconnaissance. Ils passèrent commande et Amaury reprit la parole, détaillant longuement les éléments en leur possession, décrivant les méandres de l'enquête, expliquant les certitudes acquises et les doutes restants... Stéphane, attentive, laissait son esprit suivre l'exposé de Pujol, chassant toute autre pensée... Elle avait elle-même, pendant ses jours de repos forcé, échafaudé quelques hypothèses, mais il lui manquait nombre des éléments apportés par Amaury et, en écoutant ce dernier, elle essayait de trouver

dans ses propos des pièces qui pourraient s'in-
sérer dans le puzzle qu'elle avait commencé...

– Bien sûr ! coupa-t-elle tout à coup. Moi
aussi, je me suis dit qu'il y avait une possibilité
pour que l'assassin de Desseauve soit le même
que celui de Tobati ! Effectivement, ça expli-
querait bien des choses... Sauf le rôle de
Petitjean, termina-t-elle, faisant la même
conclusion que Pujol lui-même la veille.

Ce dernier sourit.

– C'est bien ce que nous nous sommes dit.
Alors nous sommes retournés interroger
Petitjean. Il est à l'hôpital, figure-toi, en trau-
matologie.

– Il a essayé de se suicider ?

– Penses-tu ! Il s'est fait tabasser par son
codétenu. Ils l'avaient mis avec Louis la Brute !
Tu vois ça d'ici !... Il ne l'a pas loupé, c'est le
moins qu'on puisse dire : fractures du péroné
gauche, du coude et de la clavicule droits, trois
côtes cassées à droite, contusions diverses et
variées, arcade sourcilière gauche éclatée et
traumatisme crânien !... Mais, finalement, il ne
va pas si mal, et, avec Raphaël, on a repris sa
déposition de *a* à *z*, et on a tout revérifié. Il a
tout confirmé, point par point, n'a pas changé
son témoignage d'un seul iota...

– Tu parles d'une avancée !

– Attends !... Quand on a eu fini l'interrogatoire, Brun lui a demandé de signer sa nouvelle déposition, ce qu'il a fait sans problème...

Pujol se tut, laissant Stéphane réfléchir et assimiler la portée de cette révélation.

– Attends... Tu me dis qu'il a tout le bras droit dans le plâtre. Comment a-t-il pu signer ?... Ah, merde !... Un gaucher !... Il est gaucher !... Comment se fait-il qu'on n'y ait pas fait attention avant ?...

– Parce que, sur le coup, ça ne nous a pas frappés. En plus, il avait avoué et tout son témoignage était cohérent... On n'a pas forcément fait attention au fait que Desseauve avait été tué par un droitier et que le type qu'on avait en face était gaucher... Et il savait même où était l'arme du crime...

– Merde !... Attends, on est vraiment des nases !... Après Krügel, Petitjean !... Eh bien, on n'est pas près de le trouver, l'assassin de Desseauve !...

Il y eut un nouveau silence. Pujol, l'air bizarrement neutre, regardait Stéphane qui réfléchissait.

– Mais dis donc, reprit la jeune femme, s'il savait où était l'arme du crime, c'est qu'il avait vu l'assassin la jeter ! Amaury, il *sait* qui est le meurtrier ! Il faut y retourner ! Lui faire cracher !... Il s'est assez payé nos têtes comme ça !...

Amaury eut un sourire amer.

– Tu penses bien que nous sommes arrivés à la même conclusion que toi ! On lui a dit tout ça, au bonhomme, on lui a mis le nez dans ses mensonges et ses invraisemblances, et Brun a exigé le nom du meurtrier...

– Et ?

– Il est soudain parti d'un grand éclat de rire et nous a regardés avec des yeux complètement hagards, puis il s'est mis à se balancer et à crier de plus en plus fort : « Je l'ai tué ! Je l'ai tué ! C'est moi qui l'ai tué ! Je devais le faire ! Pour Martine ! C'était à moi de le faire ! Je l'ai tué ! » D'après le psychiatre de garde, il a fait une décompensation aiguë sur une pathologie préexistante, je ne sais plus le terme exact, il est dans le rapport, et il a complètement disjoncté. Bref, il est fichu pour nous : il restera avec son secret !... Quant à lui, il est retourné sur-le-champ en hôpital psychiatrique.

– Eh bien, dit Stéphane avec un soupir, quel gâchis !

## 17

La chambre, blanche et anonyme, donnait sur un grand parc. Aucune fleur – témoignage amical –, aucun livre ne venait apporter un semblant de chaleur... Les draps rêches recouvraient une forme immobile. Le psychiatre avança jusqu'au lit et lança un faussement joyeux :

– Alors, monsieur Petitjean, de retour parmi nous ?

Petitjean resta strictement immobile, sur le dos, les yeux grands ouverts, sans un cillement, sans un infime mouvement pour montrer qu'il pouvait avoir entendu, malgré la dose de neuroleptiques qu'on lui avait administrée à son arrivée.

Nullement découragé – après tout, il en voyait bien d'autres –, le médecin se déporta légèrement de façon à se placer dans le champ de vision de son patient et reprit :

– Vous verrez, on va bien s'occuper de vous !

Alors, très doucement, si doucement qu'il donnait l'impression de ne pas avoir bougé, Yves Petitjean tourna la tête et, toujours muet, le regarda avec une haine infinie.

Geneviève Desseauve ferma la porte, prêtant
à peine attention aux chiens qui lui souhaitaient la bienvenue, accrocha son manteau
dans l'entrée et se dirigea vers la cuisine. Elle
s'approcha frileusement de la grosse cuisinière
en se frottant les mains pour essayer de les
réchauffer. Peine perdue... Sa sensation de
froid, elle le savait bien, n'était pas que physique... Les chiens étaient repartis, déçus de
cet accueil peu enthousiaste, vers leurs paniers
respectifs, et la grande maison semblait singu-
lièrement déserte. Geneviève frissonna et
entreprit de se préparer un thé, puis, avec un
haussement d'épaules désabusé, elle changea
d'avis, sortit la bouteille de gin du placard à
alcools et s'en servit un grand verre.

Mme Desseauve n'était pas coutumière du
fait. Elle avait des rapports sans équivoque
avec l'alcool, buvant un verre de bon vin ou un
doigt de champagne lors des repas ou récep-
tions, mais jamais en dehors de ces occasions.
Elle se félicitait d'ailleurs, grâce à un régime
alimentaire strict et sobre, et à la pratique
régulière du sport, d'avoir conservé, malgré
son âge et ses cinq grossesses, une allure svelte
et juvénile... Mais, aujourd'hui, elle avait
besoin d'un « coup de pouce », même factice
et illusoire, mais d'un « coup de pouce »
quand même...

Elle revenait à l'instant de la maternité – où

elle avait si souvent été voir Cyprien. Elle avait
laissé Clara somnolente, remontant de la salle
d'opération où Buissonnet lui avait fait un
curetage. Eugène avait été la gentillesse
même, comme toujours. Il était venu leur
parler, à Clara et à elle, avant l'intervention, se
montrant compréhensif et rassurant, expliquant que cette fausse couche ne compromet-
tait en rien les chances de maternité future de
Clara, que c'était un accident et que si personne, malheureusement, n'y pouvait rien,
personne (et surtout pas Clara) n'en était non
plus responsable... Si Geneviève lui avait été
reconnaissante de ses explications, Clara, en
revanche, s'était montrée insensible à ce discours, trop désespérée pour vouloir l'entendre,
pleurant à chaudes larmes jusqu'à son départ
en salle.

Quinze jours, jour pour jour, après l'assassinat de Cyprien, la fausse couche de Clara
venait noircir un peu plus l'horizon, déjà
sombre, de la famille Desseauve, et Geneviève,
malgré la maîtrise d'elle-même qu'on lui avait
inculquée depuis l'enfance, eh bien, Geneviève
craquait, tout simplement... Elle but avec prudence une gorgée de liquide et fit la grimace :
trop amer... trop fort... Puis, en une sorte d'absurde geste de défi, elle finit le verre d'un trait.
Elle suffoqua brièvement, sentit comme une
boule de feu descendre le long de son
œsophage jusqu'à l'estomac et faillit tout

recracher. Puis la sensation désagréable s'estompa presque aussi rapidement qu'elle était apparue et Geneviève balança un bref instant à l'idée de se servir un autre verre... Mais la raison l'emporta : Buissonnet avait promis de laisser sortir Clara le lendemain matin et elle allait préparer la chambre de sa fille pour son retour, ce serait une occupation plus saine !...

Elle monta lentement les marches en bois ciré qui craquaient sous ses pas et, arrivée sur le palier, tourna vers la gauche, redressant machinalement, au passage, le tomber d'un des doubles rideaux du couloir.

La chambre de Clara, à son image, mélangeait de façon surprenante romantisme et modernité, naïveté de jeune fille et maturité d'adulte. Geneviève s'assit sur le lit en bois blanc en soupirant : sa fille lui était tellement étrangère !... De tous ses enfants, c'était Clara avec qui elle avait le plus de problèmes et d'incompréhensions... Les jumelles, Pauline et Clémence, étaient encore des enfants... Marie avait une adolescence un peu chaotique mais sans plus. Sans débordement... Sans trop d'inquiétudes à avoir... Un cheminement normal... Les deux grands... Mon Dieu, les deux grands, ses garçons, quoique très différents l'un de l'autre, étaient, il fallait bien l'avouer, ses préférés. Elle avait soutenu et accompagné leurs rébellions, partagé leurs inquiétudes, compris leurs espérances, et avait tissé avec eux, au fil des ans, une relation tendre et complice... Mais Clara... Clara la déroutait...

Elle fit, des yeux, le tour de la chambre de sa fille, regardant, sans les voir, le décor romantique et les rideaux Liberty, le bureau *design* – curieusement décalé – et l'ordinateur dernier cri, et, sur le lit, les quelques peluches rescapées de l'enfance. Geneviève caressa le grand lion roux, replaça la patte du raton laveur et attrapa, avec tendresse, le gros marsupilami porte-pyjama qui n'avait jamais servi à cet usage mais qui, en revanche, recelait depuis l'enfance les moindres secrets de Clara. La peluche restait douce et soyeuse malgré les années, et Geneviève se surprit à serrer contre elle le gros animal... Le buste du marsupilami, contrairement au reste du corps, était curieusement rigide, presque carré. Geneviève, machinalement, fit jouer la fermeture éclair, introduisit sa main dans la peluche et en sortit un petit cahier usagé. Elle en feuilleta quelques pages, juste assez pour voir qu'il s'agissait du journal de Clara, et, consciente du respect de l'intimité qu'elle devait à sa fille, s'apprêtait à le ranger lorsque, mue par une impulsion soudaine, un désir – peut-être – de comprendre enfin l'aînée de ses filles, et le reste de ses scrupules étouffé par l'alcool qu'elle avait bu, elle décida de lire les pages qui lui étaient offertes...

Elle était tombée sur un passage où Clara parlait du père du bébé qu'elle portait (et qu'elle venait de perdre...). Geneviève faillit renoncer une nouvelle fois, un peu gênée de pénétrer ainsi, par effraction, dans la vie affective et sexuelle de Clara ; elle se dit pourtant que c'était sûrement la seule chance qu'elle avait de savoir le nom du salaud qui avait laissé tomber sa fille après l'avoir mise enceinte... Elle se rendait compte qu'elle réagissait comme une mère du siècle dernier, mais, malgré Clara qui clamait haut et fort qu'elle avait voulu ce bébé, malgré l'évolution des mœurs, elle n'admettait pas que ce garçon, quel qu'il fût, soit parti à l'annonce de la grossesse de sa fille !

Le journal, malheureusement, n'était pas très explicite : pas de prénom... pas de nom... « Il », simplement « Il », à toutes les pages... Et d'ailleurs, se dit tout à coup Geneviève en soupirant, qu'est-ce qui lui faisait croire qu'elle connaissait l'amant de Clara ?... Ce n'était pas forcément quelqu'un de leurs relations... et même sûrement pas, maintenant qu'elle y réfléchissait... Elle s'apprêtait à refermer le cahier avec un haussement d'épaules désabusé lorsque, tout à coup, là, en plein milieu d'une page, cela lui sauta au visage : comme tous les amoureux du monde, Clara avait dessiné un gros cœur percé d'une flèche, où leurs deux noms s'entrelaçaient... Clara Desseauve et...

Ah non !... Ce n'était pas possible ! Il n'avait pas osé, tout de même !... Incrédule, Geneviève fixa le journal : il n'y avait pas d'erreur possible !... Le salaud !... L'infâme salaud !... L'ordure !... Ce n'était pas vrai !... Pas lui !...

Sous le choc, hébétée, au bord de la nausée, elle resta longtemps prostrée au bord du lit, des milliers de pensées se heurtant dans son esprit un peu embrumé par le gin qu'elle avait bu...

Soudain, elle se redressa, ferma d'un coup sec le cahier et le remit en place : Clara ne devait pas savoir qu'elle l'avait lu... Quant à elle, elle savait maintenant ce qui lui restait à faire... Sans hésitation, elle quitta la chambre de sa fille et se rendit dans la leur... enfin, dans la sienne... Tout au fond d'un tiroir du semainier, bien caché, elle trouva le revolver de son mari, un petit calibre toujours chargé dans l'hypothèse d'une éventuelle agression, qui, fort heureusement, ne s'était jamais produite. Geneviève eut un sourire ironique : combien de fois avait-elle affectueusement raillé son mari pour son excès de prudence, ce zeste de paranoïa, comme elle lui disait !... Son sourire finit en grimace : finalement, cette arme aurait son utilité !...

Elle redescendit l'escalier en courant presque, portée par une sorte d'exaltation vengeresse, le revolver à la main, elle passa en trombe devant la cuisine, attrapa dans l'entrée son sac à main – où elle fourra l'arme sans plus de précautions – et son manteau. Elle eut un bref instant d'hésitation et revint vers la cuisine : sur la table, le verre et la bouteille de gin étaient restés en l'état. Geneviève attrapa la bouteille au goulot, en but une longue gorgée à la régalade, reposa le gin sur la table avec détermination et, sans plus se poser de questions, quitta la maison.


Cécile vida sa troisième tasse de café en grimaçant : c'était vraiment froid à présent... Elle s'essuya les mains à la nappe et regarda sa montre : 14 h 30. Bon. Clara devait être remontée du bloc, et elle lui avait proposé de téléphoner au père du bébé...

Cécile avait d'abord téléphoné, comme promis, à Mme Desseauve, qui était venue immédiatement au chevet de sa fille, mais elle avait différé le second coup de fil, pensant préférable de laisser Clara se réveiller et récupérer un peu avant... À présent, le temps de téléphoner et que le type vienne (à supposer qu'il daigne se déplacer), ça devrait aller. L'internat était vide à cette heure de la journée, et Cécile décida qu'elle pouvait tout aussi bien téléphoner d'ici. Elle se leva, se dirigea vers le poste mural de la cuisine, tout en réfléchissant à ce qu'elle allait dire... Elle haussa les

épaules : après tout, cela ne la concernait pas !
Elle n'avait qu'à simplement transmettre le
message de Clara, c'est tout.

Elle attrapa le combiné et, le coinçant entre
son épaule gauche et sa joue, entreprit de
déplier le petit papier confié par la jeune Desseauve. Elle jeta un œil sur le numéro et, brutalement, se sentit défaillir. Avec beaucoup de
difficultés, elle raccrocha, d'un geste tremblant
et imprécis, et s'appuya contre le mur avec la
certitude qu'elle allait s'évanouir. Elle se força
à regarder une nouvelle fois l'alignement de
chiffres, incrédule : le numéro dansait,
trouble, devant ses yeux, le sang cognait à
grands coups contre ses tempes en sueur...
Elle avala sa salive avec difficulté, s'assit sur le
tabouret le plus proche et tenta de maîtriser
son affolement.

Au bout de quelques très longues minutes,
la sensation de malaise imminent disparut.
Cécile, dont le cœur battait à tout rompre,
était maintenant gelée jusqu'aux os et vaguement nauséeuse. Prenant sur elle, elle se
dirigea, à nouveau, vers le téléphone et tapa
fébrilement sur les touches. Au bout de deux
sonneries, la voix de Stéphane lui annonça
qu'il n'y avait personne pour le moment, mais
qu'elle pouvait laisser un message ou un fax
après le bip sonore... La déception faillit faire
fondre Cécile en larmes, mais, prenant une
profonde inspiration, elle dit :

– Allô, Stéphane ? Écoute, ça ne va pas du tout... Il se passe quelque chose de grave... J'ai besoin de te parler...

Puis, après un long silence, elle ajouta :

– Bon... Tant pis... Je vais chez Salvador.

Malgré le désir qu'elle avait de se laisser tomber dans un des fauteuils, d'enlever ses chaussures et de se servir une petite vodka, Stéphane posa juste dans l'entrée les sacs qui lui sciaient les mains depuis une bonne heure (la corvée des cadeaux de Noël dans une grande famille !...) et se dirigea vers Arakis qui n'avait pas bougé de son panier, se contentant d'un bref miaulement de bienvenue.

– Alors, ma princesse, ça ne va pas ? Tu as mal ?...

Stéphane se sentait malheureuse et désemparée depuis que le vétérinaire lui avait annoncé qu'Arakis était vraisemblablement condamnée. Elle n'osait plus la prendre dans ses bras, de peur de lui faire mal, elle observait chacun de ses mouvements, la moindre de ses attitudes, cherchant à voir si la chatte souffrait... Elle s'agenouilla près du panier et caressa tendrement Arakis.

– Ne t'inquiète pas : ça va aller. Je t'aime, tu sais ! On va se battre, tu vas voir !... Et puis, si vraiment on ne peut rien, je ne te laisserai pas souffrir... Je te dois bien ça...

Sentant les larmes revenir, Brandoni se releva, alla à la cuisine, ouvrit le congélateur et se servit une Zubrowka, constatant une nouvelle fois que la bouteille semblait se vider à vue d'œil. Elle revint s'asseoir près de la siamoise.

Elle repensa à sa conversation avec Pujol, ce midi : cette affaire Desseauve était un échec de bout en bout ! Ils avaient d'abord mis Krügel en examen, puis Petitjean, pour un meurtre que ni l'un ni l'autre n'avaient commis... Bien sûr, pour Krügel, la découverte *in extremis* de sa culpabilité concernant la mort de sa femme leur avait évité le ridicule... Mais pour Petitjean... Stéphane eut un sourire amer : pour Petitjean, ils n'avaient pas été les seuls, et la déception de Martineau, qui, croyant les doubler, se retrouvait berné comme eux, était une compensation. Maigre et dérisoire, mais une compensation quand même...

La jeune femme haussa les épaules, enleva chaussures et chaussettes et s'étira. Elle jeta un œil à sa montre et se leva d'un bond : 15 heures ! Elle qui avait promis à Juliette de l'appeler avant 15 heures pour lui dire si elle avait trouvé un cadeau pour l'anniversaire de Cécile ! Elle se dirigea vers le téléphone où la lumière verte du répondeur clignotait. Elle

balança un instant entre écouter le message ou
appeler d'abord Juliette, puis, sachant qu'un
message serait forcément plus bref que sa
bavarde petite sœur, elle décida d'écouter ce
dernier :

« Allô, Stéphane ? Écoute, ça ne va pas du
tout... Il se passe quelque chose de grave... J'ai
besoin de te parler... »

Il y eut un silence si long que Stéphane
avançait déjà le doigt vers la touche « effacer »
lorsque Cécile continua :

« Bon... Tant pis... Je vais chez Salvador. »

Stéphane consulta le clavier : Cécile avait
appelé à 14 h 30. Elle devait donc être chez
Salvador à présent. La jeune femme fourgonna
un instant dans les différentes notes accumu-
lées près du téléphone pour trouver le numéro
de Salvador et le composa. La sonnerie
retentit de nombreuses fois sans succès, et
Stéphane commençait à se décourager lorsque, chez Salvador, le téléphone fut décroché.
Avant que Brandoni n'ait eu le temps de dire
« allô », elle entendit Cécile lancer d'une voix
excédée : « Ah non ! Ce n'est pas le moment ! »,
et raccrocher brutalement.

Stéphane, sidérée, resta quelques instants
immobile, le combiné à l'oreille. C'est alors
qu'elle se rendit compte que, au lieu de la tonalité d'occupation, elle percevait un brouhaha
indescriptible où s'entremêlaient plusieurs

voix coléreuses. Sa sœur, dans son énervement, n'avait pas bien raccroché ; alors, tendant l'oreille, la jeune femme essaya de saisir
ce qui se jouait là-bas, à l'autre bout du fil...
Malgré ses efforts, elle ne comprit pas un
traître mot. Soudain, un bruit sec, brutal,
retentit, suivi d'un silence. Ça, même à distance, le lieutenant Brandoni savait ce que
c'était : un coup de feu !...

Marmonnant quelques obscénités de son
cru, elle enfila à la hâte chaussettes et chaussures qu'elle venait de quitter, saisit, au
passage, son arme et ses clés, claqua la
porte derrière elle et dévala les marches de
l'immeuble, inquiète pour sa sœur et bien
décidée à aller voir, enfin, ce qui se passait
chez Salvador.


À cet instant précis, il ne se passait plus rien
chez Salvador... Les événements semblaient
marquer la pause... Il régnait un calme de
mauvais aloi...

Cécile, arrivée quelques minutes plus tôt,
essoufflée d'avoir monté les sept étages à pied
(l'ascenseur de l'immeuble populaire où habitait Salvador était en panne un jour sur
deux !), était tombée en pleine algarade entre
le jeune homme et Geneviève Desseauve. Salvador alignait, avec une rapidité étonnante,

des phrases incompréhensibles où se mélan-
geaient le français et l'espagnol, et Mme Desseauve égrenait une impressionnante série
d'insultes et de grossièretés tout à fait surpre-
nantes dans sa bouche de grande bourgeoise.

Cherchant son souffle, angoissée par ce qui
l'amenait ici, étourdie par les vociférations de
l'une et de l'autre, et les oreilles soudain vril-
lées par la sonnerie insistante du téléphone,
Cécile s'était à peine rendu compte de son
geste machinal pour décrocher, puis raccrocher ce foutu téléphone pour que lui, au
moins, se taise !... Presque dans le même
temps, Geneviève Desseauve avait brandi un
revolver, sorti de son sac, vers Salvador et,
dans le mouvement, le coup était parti. Fort
heureusement, personne n'avait été touché,
mais Geneviève, atterrée, avait aussitôt jeté
l'arme, prudemment ramassée par Salvador...

Depuis, plus personne ne bougeait. Cécile,
assise sur le bureau, se débattait pour
reprendre pied dans la réalité, avec la sensation angoissante de vivre un cauchemar. Geneviève, l'air hébété, se tenait debout, les bras
ballants, figée et muette. Quant à Salvador,
assis sur le rebord de la fenêtre ouverte (la
fenêtre toujours ouverte, quel que soit le
temps, était une habitude qui lui venait de l'enfance), il jouait, l'air absent, avec le revolver
qu'il avait récupéré. On n'entendait dans la

pièce que le bruit de la pluie et la rumeur de
la rue en contrebas.

Salvador se ressaisit le premier. Il secoua la
tête, comme pour chasser une pensée importune, et poussa un profond soupir. Puis, semblant tout à coup étonnamment à l'aise,
compte tenu de la situation, il désigna une des
chaises du canon de l'arme.

– Assieds-toi, Geneviève, fais comme chez
toi.

Cécile sursauta à l'emploi du tutoiement et,
conscient de sa réaction, le jeune homme se
tourna vers elle avec un tendre sourire qui fit
bondir le cœur de la jeune femme.

– Je suis tellement désolé que tu te sois
trouvée là, *querida*. *Lo siento mucho*. Mais
aussi, pourquoi n'as-tu pas téléphoné avant de
venir ? Ça nous aurait évité une situation...
disons... *molesta*... embarrassante.

Cécile murmura plus qu'elle ne dit :

– Clara Desseauve a fait une fausse couche.
C'est moi qui l'ai reçue aux urgences.

Encore plus bas, elle continua :

– Elle m'a demandé de prévenir le père de
l'enfant... et c'est ton numéro qu'elle m'a
donné.

Puis, osant enfin regarder le jeune homme
dans les yeux, elle ajouta :

– Je voudrais comprendre, Salvador ! J'ai
droit à une explication, tu ne crois pas ?

– Moi aussi, je pense, renchérit Geneviève d'une voix sans timbre.

Négligeant l'intervention de cette dernière, Salvador se tourna vers Cécile, le visage triste.

– *Qué desgracia, querida !* J'aurais tellement voulu te tenir éloignée de tout ça ! Je voulais te protéger... Mais, ne t'inquiète pas, tout va s'arranger maintenant : je vais tout t'expliquer, tu vas comprendre... Tu vas voir, tout est si simple !...

Il prit un temps, comme un acteur qui ménage ses effets avant une scène particulièrement valorisante, et commença :

– *Érase una vez* – il était une fois –, il y a une trentaine d'années de ça, trente-deux exactement, une jeune fille espagnole qui avait tout juste dix-huit ans. Elle était venue à Paris, chez un de ses oncles, pour travailler. Elle s'appelait Nieves, Nieves Garzon. Elle était belle, vierge et naïve... Elle était serveuse dans le bar de son oncle, un bar essentiellement fréquenté par les étudiants, surtout les étudiants en médecine car c'était tout près de la Pitié-Salpêtrière. Elle passait ses journées à travailler et, le soir, dans la petite chambre de bonne prêtée par son oncle, elle rêvait au prince charmant.

« Dans un des nombreux groupes d'habitués, il y avait un jeune interne en gynécologie-obstétrique, aussi blond que Nieves était brune... Lui, il s'appelait Cyprien Desseauve.

Geneviève Desseauve s'agita sur sa chaise. Salvador la regarda avec un sourire glacé.

– Tiens-toi tranquille, Geneviève, l'histoire n'est pas finie ! Comme il fallait s'y attendre, Nieves tomba éperdument amoureuse de Cyprien et, malgré les mises en garde de son entourage, malgré l'éducation religieuse qu'elle avait reçue et tous ses principes, son amour l'emporta et les deux jeunes gens s'installèrent ensemble. Il faut dire que Cyprien lui avait promis que, dès que ses études seraient finies, que sa situation serait établie, ils se marieraient pour fonder une famille...

Il eut une sorte de tic nerveux qui déforma brièvement son visage, mais continua pourtant avec calme :

– En attendant, pendant que Desseauve faisait des études – brillantes, il faut le reconnaître –, Nieves faisait bouillir la marmite, assurant l'intendance et le quotidien. Et pourtant, ces années, ces six années de vie commune ont été pour la jeune femme des années de bonheur parfait : elle répétait sans cesse à sa sœur, Pilar, à quel point elle était heureuse avec Cyprien. Heureuse au point de perdre définitivement toute prudence et de vouloir un enfant alors qu'ils n'étaient toujours pas mariés !

Salvador s'arrêta un instant, l'air lointain. Les deux femmes, immobiles, auraient tout aussi bien pu être des statues. Le jeune homme reprit, la voix légèrement altérée :

– Lorsque Nieves fut enceinte, Cyprien semblait heureux aussi. Tout leur souriait : ce bébé qui s'annonçait et un poste très intéressant de praticien hospitalier que Desseauve venait d'obtenir en province. Cyprien partit donc en premier, pour prendre possession de son poste et tout installer afin que Nieves puisse venir le rejoindre dès que possible... Mais les mois passaient, et il y avait toujours un contre-temps, un retard, un obstacle imprévu, une excuse, une bonne raison pour que Nieves ne vienne pas... Entre-temps, fatiguée par sa grossesse, la jeune femme était repartie vivre en Espagne, chez sa sœur Pilar qui venait de se marier.

Salvador, à présent, parlait pour lui seul, déroulant le fil d'une histoire qu'il connaissait par cœur :

– C'est là, en Espagne, par une lettre de son oncle, resté en France et toujours en contact avec les anciens condisciples de Desseauve, que Nieves apprit le mariage de Cyprien avec la fille unique d'un grand manitou local, moyen d'accès rapide et sûr à une carrière brillante et sans nuage...

Mme Desseauve eut un hoquet de surprise. Salvador la fixa sans aménité.

– Elle t'intéresse mon histoire, Geneviève ? Attends : le meilleur reste à venir !... Nieves

était presque à terme quand elle apprit la nouvelle. Elle accoucha, sous l'effet du choc, la
nuit suivante, donna un prénom à son fils, lui
écrivit une longue lettre, l'embrassa et se
pendit dans la chambre de la maternité.

Cette fois, les deux femmes eurent un haut-
le-cœur. Le jeune homme leur adressa un sourire sans joie, une lueur bizarre dans les yeux.

– *Pues* – je suppose que vous avez compris
que je suis le fils de Nieves... – j'ai été recueilli,
puis adopté par ma tante Pilar et son mari :
c'est pour ça que je ne porte pas le nom de ma
mère. J'ai été élevé avec mes deux cousines,
sans rien connaître de mon histoire jusqu'à
mes dix-huit ans : c'est à cet âge que ma mère
avait voulu que sa lettre me soit remise, et c'est
ce que Pilar a fait... Oh, bien sûr, ajouta-t-il
avec une effrayante indifférence, ç'a été un
coup dur d'apprendre d'un même coup que
ceux que je croyais mes parents ne l'étaient
pas, que mes sœurs n'étaient que mes cousines, que ma mère s'était suicidée et que mon
père était un salaud quelque part en France...
Que me restait-il ? Rien. J'avais dix-huit ans et
tout mon monde s'écroulait !... Pourquoi
pleures-tu, Cécile ? Il n'y a vraiment pas de
quoi, je t'assure ! Tu vois : je suis toujours là !
J'ai vite trouvé mon seul moyen de survivre :
retrouver ce *cabron*, ce salaud qui m'avait
engendré, et venger ma mère.

Commençant à comprendre, les deux femmes échangèrent un regard effrayé. Salvador avait maintenant un air presque amusé, comme s'il racontait une bonne blague.

– Ça n'était pas très difficile. Ma tante et la lettre de ma mère m'avaient appris tout ce dont j'avais besoin : l'identité de mon père, sa profession, et même la ville où il s'était installé et marié ! J'étais assez doué pour les études, alors j'ai fait médecine, puis je suis venu faire une spécialisation en gynécologie-obstétrique ici, au titre d'étudiant étranger... Un jeu d'enfant ! dit-il avec une évidente satisfaction.

Il eut un sourire ravi.

– *Pues*, après, tout a été très simple... Je voulais juste lui gâcher la vie, ruiner tous ses espoirs, anéantir sa réussite et son bonheur, comme il l'avait fait pour ma mère. Alors j'ai commencé par séduire sa femme et devenir son amant.

Cécile eut un murmure étouffé.

– Oh... ça n'a pas été très difficile ! Tu ne demandais que ça, hein, Geneviève ? Tu t'ennuyais dans ton petit train-train et, à ton âge, être courtisée par un homme de l'âge de ton fils, c'était plutôt flatteur... et même... inespéré !

– Goujat ! Espèce de mufle ! Salaud ! Ignoble porc !...

– Voyons, Geneviève, maîtrise-toi : c'est moi qui tiens le revolver ! *Calma !*... Après avoir atteint son couple, j'ai attaqué son talon d'Achille, sa fille préférée, *su princesa*, sa petite Clara.

– Ta sœur..., souffla Cécile, horrifiée.

– Ma demi-sœur seulement, *querida*. Ç'a été un peu plus difficile : Clara ne s'intéressait qu'à ses études !... Mais... bon... Je l'ai finalement eue, elle aussi ! Et, après quelques mois, j'ai même réussi à lui faire arrêter sa pilule. Comme je le lui disais, je voulais tellement qu'elle soit enceinte !... Bien sûr, il n'était pas question une seule seconde que je reste avec elle : je voulais que Desseauve voie, de ses yeux, et vive, là, avec sa fille chérie, les ravages de ce genre de situation !

Il ajouta, cynique :

– Geneviève me l'avait déjà appris avant que tu arrives, *querida*, mais je suis désolé que Clara ait fait une fausse couche : notre enfant aurait sûrement été très beau !

Geneviève émit une sorte de juron. Il y eut un silence horrifié. Cécile, défaite, prit la parole :

– Salvador, dis-moi, est-ce que c'est toi qui as tué Desseauve ?

– Oui, *querida*, c'est moi.

Il eut un geste d'apaisement en direction de la jeune femme.

– Mais je ne le voulais pas : ça a mal tourné... Je suis allé le voir, ce soir-là, pour m'expliquer enfin avec lui, lui parler, comprendre peut-être... Je lui ai dit : « Regarde-moi, regarde-moi bien : je suis le fils de Nieves. » Il a refusé de m'écouter ! Alors je lui ai dit que j'étais aussi l'amant de sa femme, le père de l'enfant que sa fille portait ! Tu sais comment il était : il s'est mis dans une rage folle.. Alors je l'ai frappé, pour le faire taire. J'ai pris ce que j'avais sous la main et j'ai frappé, frappé, jusqu'à ce qu'il ne bouge plus... Je n'avais pas le choix ! C'était un accident, *querida* ! Un accident, tu vois bien !...

— Et... Tobati ? demanda à nouveau Cécile, blême.

Salvador eut une moue ennuyée.

— Oui... oui, mais c'est sa faute ! Il m'avait vu sortir du bureau de Desseauve, le soir où je l'avais tué, une blouse roulée à la main... Je n'avais pas le choix non plus : il menaçait de tout dire à la police ! Il le fallait, *querida* ! Tu comprends, n'est-ce pas ?

La jeune fille resta figée. D'une voix pressante, Salvador reprit :

— Cécile, *amor mio*, dis-moi que tu comprends ! Écoute... Écoute-moi : quand je suis venu d'Espagne, je ne voulais pas tuer Desseauve, juste détruire toute cette vie qu'il avait construite sur la mort de ma mère... Oui, c'est vrai, j'ai utilisé Geneviève et Clara comme des pions, mais je n'avais pas le choix : c'était le seul moyen d'atteindre mon... mon père ! Oui, c'est vrai, j'ai tué Desseauve et Tobati, mais je n'avais pas le choix non plus ! Tu vois bien que ce sont eux qui m'y ont contraint !... Quant à toi... Oh, *querida*, toi, je ne t'attendais pas... Je ne pouvais pas savoir que j'allais te trouver... Tu es la rencontre la plus miraculeuse que j'aie jamais faite ! Cécile, *querida*, je t'aime, *te quiero*... Je ne peux pas envisager la vie sans toi. J'ai besoin que tu me comprennes...

« Écoute, *querida*, c'est fini maintenant : tout va s'arranger. Cette histoire, c'est du passé, les vieux comptes sont réglés, et nous, nous pouvons repartir à zéro tous les deux... Partons ensemble en Amérique du Sud, juste toi et moi. Tirons un trait sur tout ça. Soyons heureux. Je t'aime. Tu comprends, n'est-ce pas ? Dis-moi que tu comprends ! Dis-moi que tu m'aimes !

Cécile, les yeux pleins de larmes, fixait Salvador avec une profonde détresse.

– Oh, Salvador, je t'aime, moi aussi !... Mon vœu le plus cher, c'était de vivre toute ma vie avec toi !... Moi non plus, je ne peux pas vivre sans toi... Mais on ne peut pas faire comme si tout cela n'avait jamais existé !... Oh, mon Dieu... je t'aime... Je ne sais plus quoi faire...

– Si c'est Geneviève qui te fait hésiter, ne t'inquiète pas : c'est réglé. On dira qu'elle est arrivée, hystérique, traumatisée par les événements récents et pensant, à tort, que j'y étais impliqué, pour me tuer. Je me suis défendu et, dans la bagarre, le coup est parti, la tuant *malhadadamente*... Avec ton témoignage, je serai à peine inquiété... Non, tu vois, il n'y a pas de problème. Rien ne nous empêche d'être heureux !

– Mais, Salvador, tu es complètement fou !...

– Oui, *querida*. De toi, uniquement de toi ! Dis-moi que tu m'aimes. Dis-moi que tu viens avec moi. Je t'en prie, Cécile, dis-le-moi !

Dans le silence total qui suivit ces derniers mots retentirent soudain des coups impérieux à la porte, et la voix de Stéphane, inquiète :

– Cécile ! Cécile ! Salvador ! Ouvrez-moi ! Qu'est-ce qui se passe ? Répondez !...

C'est alors que Geneviève Desseauve, mettant à profit le bref flottement qu'avait provoqué l'arrivée de Stéphane, se jeta sur Salvador et, de toutes ses forces, le poussa par la fenêtre, le précipitant sept étages plus bas.

À cet instant, Stéphane fit irruption dans la pièce. Embrassant rapidement la scène du regard, elle vit Cécile debout près du bureau, livide, défaite et pétrifiée, et Mme Desseauve, blême et immobile, près de la fenêtre. Des cris et des hurlements montaient de la rue en contrebas.

– Mais enfin, qu'est-ce qui se passe ici ? Et où est Salvador ?

Geneviève Desseauve s'ébroua, comme lorsqu'on sort d'un long sommeil, et s'avança vers Stéphane d'un air déterminé.

– Voilà, je..., commença-t-elle.

À ce moment, Cécile s'avança à son tour, son regard croisa brièvement celui de Geneviève, et elle se retourna vers Stéphane.

– Oh, Stéphane, c'est affreux !... C'était Salvador le meurtrier... Il nous a tout avoué, et puis, quand il t'a entendue, il s'est jeté par la fenêtre... Il s'est... Il s'est suicidé !...

Et, s'abattant sur l'épaule de sa sœur, Cécile s'abandonna enfin à son immense chagrin.

# PRIX DU QUAI DES ORFÈVRES

Le prix du Quai des Orfèvres, fondé en 1946 par Jacques Catineau, est destiné à couronner chaque année le meilleur manuscrit d'un roman policier inédit, œuvre présentée par un écrivain de langue française.

• Le montant du prix est de 777 euros, remis à l'auteur le jour de la proclamation du résultat par M. le Préfet de police. Le manuscrit retenu est publié, dans l'année, par la Librairie Arthème Fayard, le contrat d'auteur garantissant un tirage minimal de 50 000 exemplaires.

• Le jury du Prix du Quai des Orfèvres, placé sous la présidence effective du Directeur de la Police judiciaire, est composé de personnalités remplissant des fonctions ou ayant eu une activité leur permettant de porter un jugement sur les œuvres soumises à leur appréciation.

• Toute personne désirant participer au Prix du Quai des Orfèvres peut en demander le règlement à :

M. Éric de Saint Périer
secrétaire général du Prix du Quai des Orfèvres
148, boulevard Montparnasse, 75014 PARIS
Téléphone : 01 43 20 28 25
E-mail : p.q.o@wanadoo.fr

La date de réception des manuscrits est fixée au 15 avril de chaque année.

*Cet ouvrage a été mis en pages
par ÉTIANNE COMPOSITION
à Montrouge.*

*Impression réalisée sur Presse Offset par*
MAURY-IMPRIMEUR

*pour le compte des Éditions Fayard*
*en avril 2008*

*Imprimé en France*
Dépôt légal : Avril 2008
N° d'impression : 136916
ISBN : 978-2-213-61574-5
35-17-1774-5/08